DARWOON DYREEZ

"Kathy Goss's voice is at once unique and universal. Her characters are quirky, funny, and touching, and the world she paints is as real as it gets. All kudos to an original talent."
—Arthur Bloch, author of *Murphy's Law and Other Reasons Why Things Go Wrong*

"Unlike Lake Woebegon and its fictions, Darwoon is a real place, and these are its genuine Diaries—droll yarns and wry histories artfully wrought from Alternative Reality. . . . If you think it's boring to live in an abandoned desert mining town at road's end, you better read this and smile. Or else, Pard."
—Ed Buryn, author of *Vagabonding in America*

"*Darwoon Dyreez* is a fascinating take on the 'desertification' of life and language. . . . It opens a door to a seldom glimpsed slice of the high desert that most of us never get to experience."
—Christopher Langley, "20 Mile Shadow Blog," "High & Dry;" christopherlangley.org, desertdispatches.com

D1519221

"It might seem that the colorful history and eclectic inhabitants of Darwoon could exist only in someone's fertile imagination. But this randomly inhabited 'desert ghost town' is real, and its stories are told, fittingly enough, in its own unique language."

—Jon Klusmire, Director, Eastern California Museum, Independence, CA

"Leaving behind the cities of politics, economics, and celebrity, this book delivers you into the mostly forgotten yet quirkiest of rural America. Welcome to Darwoon, where the residents are as offbeat as the location. With the reimagining of language, the journey through these stories brings the unexpected surprise of a most welcome sensation—simple delight."

—Rick Haltermann, author of *Curriculum of the Soul*

"Kathy Goss has chronicled this unique community through the artful, honest, and vulnerable voice of her narrator, in surprisingly readable desert-rat jargon. Because it is autobiographical, it lacks the slant, agenda, and manufactured plot lines of other attempts to portray this place. All she has done is describe, with her customary wit, the life that unfolds outside her front door. May you read it and laugh."

—J. Roberts, MACP, LAC, behavioral health professional

DARWOON DYREEZ

a fictional memoir

KATHY GOSS

Darwoon Dyreez: a fictional memoir
Copyright © 2017 by Kathy Goss

Cover Design by Rocki deLlamas
Author photo by Kim Schwarz
All other photos by the author

ISBN 978-0-692-82696-6
Lonesome Burro Press, info@lonesomeburropress.com

This book is a fictional reconstruction of real events, as recollected by the author, recorded in her journals, and derived from historical research, eyewitness accounts, and reputable hearsay. In order to maintain anonymity, names of individuals and places have been changed.

 LONESOME BURRO PRESS

*For my neighbors, living and dead,
two-legged and four-legged.*

AUTHOR'S NOTE: READING DARWOONISH

Does the text look odd to you? Just sound out the words in your mind, or read them out loud. This is an oral literature, recorded phonetically.

The stories and folk wisdom of Darwoon have been passed around by word of mouth. We tell the tales to one another, over and over. They have not been written down until now. Spelling and punctuation really don't matter when you're telling a story out loud.

English is not a phonetic language. It's so far from phonetic that it's sort of funny—funnier, really, than the spellings in this book. The flexibility of the English language allows for puns and other plays on words—a subtextual commentary on the characters, their stories, and our revered institutions.

Don't be alarmed if you find yourself moving your lips as you read this book. That's how we do it in Darwoon.

For a Quick Start on reading Darwoonish, visit the *Darwoon Dyreez* videos on YouTube at:
www.youtube.com/channel/UCHNKXauqpZlVueAoTVcrEJg

Read the corresponding chapter in this book as you listen to the narration on a video. You're off and running.

CONTENTS

Acknowledgments

About the Author

Prologg

I hav fergot jest abowt evry sivalized thyng Eye evur noo ufter livvin fer twenny yeerz in Darwoon. Muved frum Sand Fransisko tu this lil ole myning toun yoo ken jest imadjin the kulcher shok. The dezzurt gradjully whipes awai yer buk lernin yer manorz yer fantsy kweezeen an fashin an sitty peeple eyedearz. Yoo git doun tu the bair esentshilz simpul fude simpul cloze simpul thots. Leevin plenny uv rume fer the big umpty spaysez tu creap inn an fil yoo with a kundishun uv perpetchewal wundermint.

Eye kno that middl uv noware izza kleeshay but if it evur upplide tu enny playse itd bee Darwoon. Sorrowndid by mowntinz inna hi dezzert itz foarty mylez tu the neerist stoar er gass. Thayrez no sell foan no raydeo the tellafonez an ulecktrissity not vury relyibble. Jest bairly enuf watter tu keap us hangin on.

The prezzint pobulayshin uv Darwoon iz abowt thirdy fyve fooltyme rezzidints. Evvabuddyz priddy mutch povurty lyne er if thay got moar thay doant goa braggin aroun abowt it. Ole beetup houzes lotsa traylurz ainshint karz n pikupz sum uv em stil runnin.

Moast uvva peeple ar priddy oald sum jest got that wai frum bein heer lawng tyme utherz cum tu Darwoon tu liv owt thayre kwiet yeerz. Thayrez a fyoo yunger peeple but thay genrilly doant last.

Wy wud ennywun chuze tu liv in sutch a playse yoo mite ax. Bsidez bean cheep the mayne reezon iz freadum. Thayrez nobuddy tellin yoo wot yoo kan er kannott due no guvmint no churtchiz no puleese no roolz. Sum peeple bild thingz er wurk on thayre veehikulez mayke aurt er muzick. Sum doo drogz er drunk thayrself tu deth. Sum ar vury sivick myndid ullwayz argonyzing projex bean hulpful doon gud deadz. Wottever yoo wanna due iz OK az lawng az yoo doant stepp too bad on nobuddy ulsez toze.

Vizziters toorists cum tu toun tayka luk aroun thay say ooh ooh how pitcheresk so peasfull Eye wud lyk tu bye a hoos inna Darwoon an muve heer alsotoo. Wel mabey er mabey not. Heerz sum troo storeyz uv the toun the floora an fawna an summa the peeple hoo hav livd hear. Parradyse er sumthin ulse yoo kin goa ahed an desyde fer yersulf.

Wellcum tu Darwoon.

{ 1 }

Evrydog Haz Hiz Day

Evabuddy but me noze abowt Sparky the Amayzing Barker. I hav jest muved tu Darwoon frum the big sitty Ime injoyin the silents uvva dezzert speshully at nite wenna burdz ar awl sleapin in thayre treaz an frum insnide I kin hurdly heer the veehiklez raycin uppandoun Mane Strete goin ta mayke drog deelz. My hous iz jest a oald fixdup mynerz shak but it keapz owt the sowndz priddy gud. Ufter a cuppla nytes inna hous tho I nodise barkin noyz ull nyte lawng barkin barkin.

Nex murning I goa akrost the streat tu big bilding witch useta be a stoar cauled Crossons Cornur. Thayreza dawg onna chane hidged tu a stayke inna yurd barkin barkin nonstoppin speshully now that Ime lukkin atta dogg heeza burkin at mee too. Alzo inna yurd behine duzzinz uv jonk veehicklez opsnide doun karz oald pikops with bursted

3

winnowz hoodz flappin oapin thayreza big ole booro klozed op inna penn hur hed hangin oaver the syde goin heehaw evvy noun then.

Latter on I goa uppa Mayn Streat tu oald Dollyz hous sheez sittin inna bakyurd drankin bere with Clara the Indeyan ladey inna shayd uvva grapvyne. I axxem hooz doggle izzat inna yurd uv ole stoar awl chaned op burkin ull dayn nyte. Oh thay ripply thatz Sparky. Blongz tu Ham n Josie thay uzeta liv inna Crossinz Kerner now thay liv at airpart in Long Tree havva fixxit shoppe. Sparkeez thayre watchdug hee gardz alla jonk inna yurd an insnide the bilding too. Thay tel me heez bin chaynd op siven yeerz gardin the bilding anna jonk inna yurd.

I goa oaver evvy noun then ta vizzit Spurky. I hav nodice outa my winnow that heez bean fedd by too lil gurlz the neesez uv Krazey Digger dawters uv hiz suster Nellie shee muved tu Darwoon with gerls ta gittaway frum meen hozbind inna Mitchigin. Gerlz brung im fude puddowt wadder also tayk kare uvva booro hoo shiffles aroun goin heehaw stampin feat inner lil pen.

Awl daye Sparklez bein traumented by uther toun dogglez big n smal speshully Axel big oald blak Labbadore dawg an Gage skinney wite blakspot mut dogg a badass teezer heeza barkin snappin jest outa raynge uv pore Sparkee hooz tuggin attiz strangulchayne the hare awl woar owt aroun hiz nuck but heez vury strawng heez got big musslez inniz frunt leggz frum pullin anna tuggin ull daye teezed by Axl n Gayge ole bluck lunjin dawg lil wite blakspot meendawg.

I hayte tu thynk wot croolteez Sparkle haz snuffered atta hanz uv hyoominz an annimulez doorin siven yeerz uv chayned op heeza barkin barkin ull daye ull nyte nayberz wanna chute im. Finyully sumbuddy kaulz Annimul Kuntroal the big dawg katcher ladey cumz owt frum Long Trea taykeza luk an sez itz pryvit proppidy shee kant tutch dawg an bsidez heez bean fed nuthin unleegul goon on heer shee kant due nuthin goze oaf inner vann Spurky barkin buro brayin nayberz sayin shootim leddim loost.

Uppa strete frum Crossunz livez Lily sheeza sweet lil thyng the ex wyfe uv Nick the skolpter thay ar stil livvin tugither oof n onn. Sheeza bleading hart anamul luvver wantz ta rexcue Sparkie shee kaulz op Jozie hiz oaner axes pleez cud I hulp Spurky tryta fynd im a gud hoam. Jozys not too eeger ta givvim op but finyully tellzer OK yookin goa ahed an luk fer noo hoam fer Sparkle meenwile yoo kin taykim fer waukz. Lilly putz op sinez in alla neerbye touns sayyin Pleez Hulp Sparkie Neadza Hoam. She getza hoze givez Spurkle a barth so heel bee awl kleen in kayse ennybuddy kumzta lookit him fer adaptayshun heez niver had one a thoze bfore. She gitz im a leesh sez sheeza gonna taykim fer wauks. Yoo kin tayk Sparkle fer a wauk alsotoo shee telz mee.

So Ima try it I geddim onna leach tryta pettim skrutchim behine hiz eerz an onniz tore op nek hare heeza lukkin at me awl pozzled withiz loanley oyez. Itz vury hard tu tayk Sparkie fer a wauk heeza snuffin at evry liddle thung az iff he niver seen a butch er rok bfor. Itz impozzibul ta due mutch waukin heez ullwayz snyffin an diggin an pizzin itz awl noo tu hym. I tryta throe a stik fer im ta fedge but hee doant unnerstan hee niver lernt howta play nuthin hee jest lookzit stik waddaya throne that fer heez axxin with a cornfyuzed ixpreshin.

Nobuddy shoze op tu adept Spurkey. Mabey Lilly shoont uv putt inna part onna sine bout Sparkle bean badd abyouzed neadz vury spatial atenshin.

Itz sturtin ta luk hoapliss wen in stepz Rodney the Psyko heez livvin inna big oald trayler uppa streat frum Poast Offiss gitz krazey munnie frum guvmint pozzibly dayngerful. Heeza big taul sorta jompy fello but he goze nokkin at Lilyz doar reel pullite hee axes cud I lyke ahem yoo kno tayk kayr uv Sparkey. Lili iz not so shore but sez OK less sea how it goze.

Rodney cornsults with evabuddy abowt wot tu due with Sparkle. Kant keap im inna hous heez not hearsebrokkin heeza piss evry butch n rok jest imadgin the farnishure. Kant puttim inna yurd heed needa fents mabey he cud jest lettim ron loost lyk the uther doggles. Latter that day thayrez Sparkey hidged op with the leesh inna shayd uv Crozzons portch not inna yurd lyk bfore. Heez not barkin jest sittin thayre hiz nek iz stil skruffey an mungled but heez Rodneyz doggle now. Rodnie shoze op an telz hiz plan heez gonna fead im a stake tunite attiz trayler then lettim ron. Thay goa oaf togither Rodney prowdley leedin Sparkle hooz sniffin an pizzin alung onniz leesht.

Ufter dark that nyte thayreza hyooge dawg noyze ull aroun toun barkin groulin manely oof inna direckshun uv Rodney n Sparklez moabul hoam peeple yallin. Nex day wen Ima goa tu the Poast Offis I heer the storey. Sparkey hazza stake dinnur curtisy uv Rodny then hee ternz im loost. Spark runz roun toun fyndz Axel thayreza big dawg fite barkin snappin groulin dogg furr flyin aroun. Heer kumz Joseyz nefew hee brakez op the fite gitz bit by Axl er Sparkey nobuddy noze hoo. Nefyoo goze oaf tu horspittle in Long Trea fer stidgez. Then oof runz Sparkle lukkin fer Gage moar barckin snurlin scrabbin razin a dost klowd. Nelly hooz the oaner uv Gaige manidgez ta brake op the fite bfore Gage gitz kilt shee doant git hert bcuz hur dawterz hav bin feadin Spurky. Sparkle noze wots wot.

Nex day thayrez Sparkey bak at Crozzons Kerner chaned op owt inna yurd oncet agin heez not Rodneez dawg ennymoar. Jest sittin thayre happie fayced rememorin stake dinnur an git eavin day. Frum now on evabuddy gonna treet Sparkle with respeck. Axel n Gayge woant be a barkin at enda hiz chayne nomoar.

{ 2 }

Tweekurz

Doant nevvur leev yer doar unlokd sez Dolly passin me a canna bere. Thayrez awl theez droggies in toun thay wil wauk rite intu yer hous brake intu yer shedd steel yer teavee yer macrowave grabb yer munnie.

Weera sittin in Dollyz back yurd unner hur grapvyne op atta end uv Mayne Streat. Sheeza tiney lil oal ladey livvin ull aloan inna tiney lil hous hur hozbind Ace dyed sum yeerz aggoa. Sheez the oyez an eerz uv Darwoon eaven tho she mite not ullwaze git thyngz exackly rite.

Ime priddy noo in toun an Dollyz my cloasist nayber exept fer Skulpder Nick anniz ex wyfe Lilly anniz sun Cooper rite akrost the streat. Cooper iz one uvva socauld droggiez cording tu Dolley. Hansum yung goy raycez arown toun inna skarey lukkin pikop truk with dear hornz onna hud. Awl nyte heeza dryvin uppandoun Mane Strit

9

withiz hedlites terned oof uppandoun hil tu Rockeyz traylur er tu Cosmoze playse eaven ferther uppa hil.

Dolly sez that Rockey hazza drog labb inniz trayler sheez alla tyme smellin nazty kemmikal waffts n wizps cummin doun frum thayre.

Rockie seams lyka smurt enuf felow hee noze ull abowt myning n servaying useta bee kayretakker up atta myne. Heeza big ruff lukkin gye with fatt bellie howcum gotta fat bally if heeza shutin spead Ima wunner.

Dollie haz me awl befraggled oaver droggiez tweekurz inna Darwoon. Ima lok my doar n winnows evvy tym I goa owt eaven tu Postal Orfiss ta pikkop male. It buthers me that Darwoon hazza rebutayshin fer bean a tweeker toun. Ive dun my shayr uv drogs inna big sitty but doant wan no badd ellamintz no riffruff in my noo nayberhud.

Bsides Rockeyz allejid math cukkin labb inniz trayler thayrez Cosmo hee hazza vary bad wraputayshun azza eavil doap deeler evvabuddy sez heal steel ennything he kin gettiz hanz on. Ima stay awagh frum that Cozmo chubbey gye with babby fayse lil skwinty oyez. Hee dryvez aroun toun in ole piggup truk er onna bursted op modorsikkle hungs aroun at edja podluk pardies lissenin tu evvathing that yoo ar sayin hee maykez lil kommentz behin hiz han unner hiz breth az iff tryin ta mayk yoo skayred er perranoyd a reel menipyulader.

One daye priddy sune ufter I muve ta Darwoon heer cumz the ambyoulantz rite tu Dollyz hoos. Sheeza fel onna strit ufter dronkin too mutch bere hazza week leg ennyway frumma stroak wen shee wuz yung. Sheeza burstid op sumthin prolly hur angkle hazta goa tu Murgincy Rume fer treetmint.

Ternz owt sheez not the oanly kustummer fer ambulints tuday. Rocky uppon hil hazza vary bad infexion inniz aurm frum shotting op a bad batcha kristal math that Kosmo giv im. Hiz urmz awl swallen op prolly gang grean er flash eeting bagteerea vary seeryus sitchuation. So Dollie n Rocky ar rume maytez inna umbulantz onna ryde tu Lawng Tree Horspittle eatch snuffering the frootz uv thayre rispecktuve visez.

Dollie cumz hoam priddy kwik inna kast with krutchiz sheez gotta broaken ankal but sheez gonna be ull rite. Not so shore abowt Rocki cordin tu dizgushin atta Poastal Oaffice. Heez bin tranzfurred tu hozpittal in Reeno hazza turrible infexion awl threw hiz bludd sez Rodney the Psyko. Gang green er sumthin awl uppindoun hiz urm may hafta bee ambutaydid. Mabbe heez gunna dye mabey not nobuddy noze. Thatta Rocky heeza weerd goy sez Rodnie he stanz aroun oatside Poost Oofice witha gunne onniz hyp lyka Whyld Wast. Hoo neadza gon ta pikkup mayle iz hee goona goa poastil shute op Pozt Oofis.

Nayberz ar hungin owt drankin bere in Dolleyz bakyurd wunnerin wether Rockyz goona liv er dye. Wall we reep wot we sew sez Dolly hitchin arown the kast onner lag so she kin reatch a noo kan frumma kooler.

Woodnt be so badd if tweeker loalife seen wuz limmided tu groan opz but thay got kidz hoo seam tu be priddy mussed op thayreselfs. Thayrez lil Elvin sun uv Cozmo n Luann. Mabbe Cosmoz not yousin krank oanly sellin it az thay saye but Luann wuz doon krunk wen she wuz pragnint. Seams lyke thayre may bee sumthin rong with lil Elvin. Hee kin wauk aroun jest fyne but doant seam tu be innarested in tawkin at ull mabey a lil slo on the drawer.

Then thayrez Charlene hoo seams ta be on agin oof agan gerlfrund uv Cooper the sunna Skulpder Nik. Ime priddy shore shee n Coop ar youzin krank wen Nickz notta roun. I kin heer hur nokkin onna dore uv trayller in Nikz yurd yallin Coopur ar yoo thayre. Doar oapinz reel qwik she slups in reel fasst mabbe heeza cukkin kriztul math oaver thayr uv korse itz nunna my biznus.

Furst tyme Ima meat Charleen wuz at my Krismus housworming pardy. She an hur sun Cedar sho op Ive niver sene neethur uv em bfor. Nyce lukkin blund gerl kewt lil redhare kidd but thay boath seam a lil horryed op. Sharleenz awl smiley kissassey ooh lookit alla wunnerfull foode alla bere n whine ooh yer plays iz fixd op so priddey thanx fer havin pardy oh itz so nyse uv yoo tu hav uss. Doan thanck me Ima thynk I dint invitate yoo an yer hypercromatik kidd. Cedar iz clymin op onna wubbley blak lether chare in my livvin rume jompin offa chare lannin onniz hed oaver n oavur Ima wunner wot happinz if he brakez hiz nuck I havint got no lye abbilidy inshorintz. Charline jes letzim bong hisself onna hed keapz tawkin abowt wotta grate pardy sutch byoodiful pitchers onna waulz ignoarin pozzible brayn dommage kyd.

One daye I fynd Cedar stannin onna hood uvva jonk kar onna slabb nixdoar tu my hoos ware preevyus oanerz useta wurk on veehicklez. Heez gotta big hevvy led pype stannin on toppa kar hud bangin on wandsheeld smoshin the savedy glas. Hay doant doo that Seeder I tellim stoppit. It wuz broak ulreddy he sez. Nivermine I say itz not yoorz git doun yoo mite hert yersulf. He gitz doun awl sadlyke no moar fun bangin on wundsheeld Eye hoap he doant try it on my slidding doar it doant wurk rite ullreddy.

Nuther tyme Ima fynd Cedar insnide the ole fallindoun Skool Hous nexdoar tu mee heez kikkin in the waulz stannin inna big mes uv broakin op waulbord witch iz prolly fulla azzbestoes. I kin sea heez ulso bin playin with matschiz inna Skule Haus maykez me vary nervis wottif he sturtza fyre. Yoo gotta keap an oye on Seeder alla tyme.

Fer sum reezon Cooper muvez outa toun maybe goze tu jale mabbe kleenz op an gitza reel jub I doant ax. Nomoar puckop truk speadin uppindown Mane Strit allnite withowt hedlites nomoor raycin aroun inna dizert onniz liddle murdersykle ronnin oaver the vudgitashun. Rocky evenchully rekoverz frum infexion inniz urm itz not ambudated ufter ull but thayrez big sowed up skarz hee kant uze thatta urm mutch ennymoar.

Charleen ternz owt tu bee ull rite she muvez tu Long Trea getza jobb inna Kownty Domp ware sheez ullwayz fyndin the graytist trezhurz. One dai she cumz tu my hoos with a big statchue in hur urmz setzit doun on my portch. I thot yoo mite lyke thissa statchoo she sez. Itza oald beet op plazder stadyoo uvva Spainitsch Cornkwistadore one urm brokken oof one legg missin justa pees uv thik wyre ware the lagg useta bee. Vary gud statyoo I puddit inna winnow uv ole Skool Hous witch it immedeyitly bcumz a turizt atraxion peeple ar ullwaze waukin aroun in my yurd takkin pitchers uvva Konkwestadoor. Ima liddle annoid atta toorists trezpazzin inna my yurd but Eye axed fer it puttin innaresting statyoo inna windoa wot thay kall a atrackdiv noosints.

Cedar ternz owt not tu bee brane domaged ufter ull. Vary athleddick n ortistik kid groan up reel hansum nys smyle lawng red poaney tale. Wen heeza jes finushin hy skule he brakez intu shuriff stayshun inna Long Tree steelz alla gunz that bin cornfuskaytid frum crimmunilz startz passin em owt tu hiz frenz at skule. Oh whell reel tallintid poppyular kyd too bad heeza youzin hiz tallintz inna stoopid wai. Heez outa jale now doon OK.

Cozmos sun Elvin haz grode op awlrite alsotoo jest tukka wile tu git stardid but vary gud lukkin tawl kid alla gurlz chassin ufter im inna hy skule I jest hoap he doant hafta joyn the Urmy tu gedda jub.

Dispyte alla this gud nooz the drog seen stil corntinyuez inna Darwune. Stil veehickles raycin op n doun Mayn Streat ull nite bak n foarth tu drog deeler playsez in an outa toun. Fonny thyng iz evabuddy sez sum peeple ar youzin drogz but not them thay parsonally ar not smoakin krunk er wottever thay due theeze daze. But yoo kin tel sumthinz goon on peeple tawkin reel fasst onreelyable in keapin thayre uppoyntmintz bigg soarz on thayre fayce n urmz ware thay bin pikkin an skratchin at thayrselfs. But thayre not doon drogz thay tel yoo oanly uther peeple.

I kin sea wotzup I dint doo drogz alsotoo wai bak wen.

{ 3 }

Tubbiez

Not fur frum Darwoon thayreza wunnerful hott spryngz itz vury hard ta git tu yoo hafta dryve sixdy mylez onna rucky rotted warshborded rode throo loanlie dezzert an oaver remoat mowntinz. Sumtymez the rode iz warsht owt yoo kant gett thayre at ull an wennit snoaze inna montins yoo mite git stuk atta spryngz fer weaks yoo gotta be prupayred fer ennything wen yoo goa tu Dusty Vallie. Theez hotsprungz ar moarless seakrit itz too farway frum sivulizashun too ruff onna yer veehickle. But oncet yoo mayke it thayre itz a madgikal parradice hott wadder byoodifull seament tubz bilt by volintearz evathingz wel tooken kayre uv. Thayres a librerry fulla payperbak bukz ditchwaschin sinck shoowerz evathing yoo nead ta spen sum kumftibble tyme inna dezzurt pom treez grassey laun burdz twiddering flyttin inna booshez wyld booroz wannerin aroun.

Evabuddy taykez oaf thayre cloths ta goa inna hot tubz. Goin nood in tobz hulpz keepa wadder kleen an bsides evabuddy lykes bean bott nekkid runnaroun nood inna kump gittin tann ull oaver layn doun onna laun sonbathin. Nobuddy kayrez wot yer boddey lookz lyke yoo mite bee a liddle imbarissed at furst but yoo git yuzed ta tayke oof cloze itz notta big deel. Fat ole guyz blobber hangin oaver thayre pryvit portz ole ladeyz thayre bubez draggin aroun thayr wastes skinney peeple boanz awl stikkin owt wimmin with mazztecktummiez lil babbyz twenny sumthyngz with byootiful yung buddies nivermine awl bearass naykid inna pules onna laun eaven hykin inna duzert ixcep then thayra warin bootz.

Summa the peaple hoo liv inna Darwoon goa tu the hott spryngz. Nayberz kallem Tubbiez onna counta hangin owt inna hot tubes. Ha ha say naybers titterin maykin fon jest pitcherin how theez peeple thay ullwayz sea awl kuverd up muss luk nekkid floppin aroun inna wadder. Tubbeez tee hee.

Itso happinz that this parfikt parradize vallie iz bean took oaver by Nashinul Purk Surviss unner Duzert Pertekshun Akt. Gonna be noo roolz inna Dustie Vallie. Nummer one kwestchin alla Tubbiez ax iz ar wee gunna hafta putton cloze. But Perk Servass leevz it kloathyng opshinul fer tyme bean an jest passiz a boncha ragyulashins awl dawgz gotta bee onna leesh no kamping fer moar then thurty daze pur yeer.

Uptu thissa tyme sum peeple bin moarless uzin Duzty Valli az thayr purminint uddress. Thayve muved in with lil traylurs er jest liv inna bak uvva pikop trok kumper shull. Thay bryng plenny uv fude mayk runz evvy kuppla weaks ta git more cand beenz n bere. Wadder frum spryngz iz OK fer drankin but yoo gotta hav bier alsotoo.

Nacheral Perk Surviss senz in Parq Raynjurz tu inforse noo roolz. Thay sturt givin owt tikkits tu peeple hoo hav doggz offa leach fufty doolars fyne. Thay chardge in dryvin big mullitarey lukkin Homvee with ussawlt riffle mounded insnide tryinta skare oof illeagul kumpers hoo bin livvin inna Vallee fer munths er yeerz eavin. Thay sturt pooshin peeple aroun hanz on thayre gonz pissin owt tikkitz fer unleegul kumpin vialaterz hafta apeer in Fedril Kort in Rustic. Evabuddyz reel opset by thissa devilupmint thay feal surry fer the hoamliss peaple hoo bin givn tikits. Summa the squanters muve akross the cownty rode tu Baddwatter Kanyin witchiz nott inna Nashunal Pork but the watterz poyzin thayre so thay kant staye indeffanitley.

So summa theez skwadderz muve ta Darwoon.

Bigg pobulayshun splozhun in toun onna counta ixpulshun frum hot sprungz. Scruffy goyz big beerdz long mussy hare sturt showwin op but thay ar vary kleen witch thay bin alla tyme baything inna hut tobz. Now thayre lukkin fer a playse tu liv inna Darwoon witch izza neerest oatpoast uv sivulizashun thayre veehikules cant git mutch ferther no lisents plats no rudgistrayshun thay jes bairly maid it heer.

Thissiz how Darwoon ackwired summa itz noo sittizinz Peeyano Ben Rodney the Psyko longbeerd Woody so foarth. Thay wuz awl wel noan karackturz atta spryngz Ben playd trompit heez ulso kauld Trombit Ben but heez manely a jaz peeyano playr. Rodney wuzza maykin peetza atta spryngz heed han it owt tu alla kampurz. Woodie helled kort attiz kump peaple ullwayz sittin aroun nextu hiz pikop truk boolshiddin smoakin doap drankin bere Wuddy stroakin hiz lung gray beerd.

Woodey gitz purmishin ta perk hiz pikkop bilow Jesseez bred truk inna warsh atta boddom edj uv toun. Jesse izznt livvin inniz bred truk onna counta heez kayrtayking atta myne livz in fantsy soopertendintz hous on toppa hil oavurlukkin the hole toun. Jesse is frendz with Woody frumma hott sprungz heez bin thayre kumpin an sokin so heeza sorda Tubbey alsotoo.

Ooh ooh sez Peyano Ben tu Woody I needa playse tu liv cud I mabey purk my lil kar inna wosh bilow yer pikkop. Wuddy stroakez hiz beerd sez wall I gess Eye kin ax witch Jesse sez OK Ben kin liv thayre til hee findza hous ta runt in Darwoon. Skwattin anna subskwattin haz kumpleatley fild op the lil bred trok wosh.

Rodney the Psyko maykez a deel with Jake Parlan big tuff blakbeerd ex Mureen gye ta bye sevril lotz with a oald traylur onnem. Rodnie paze fer proppity with krazey munney heeza git frum Snoshul Seguridy. Nobuddy noze what kinda krazzy Rodnyz spozed ta bea excep thayrez sum stoareyz bout himma skayrin wimmin frum tyme tu tym atta hod sprungz. He duz havva wyld luk inniz oyez. Alla farmerly hoameliss pursonz frum Dusty Vallee now havva playse tu kaul thayre hoam. Thay sturt fyndin wayz ta mayk thayrselfs yousefull Woody n Rodnie wurkin inna peeplez yurdz Ben hulpin with kompooterz maykin jaz muzik Rodney cookin peetsa delivvurin it doar tu doar. Woodey alzo hasta wurk oof pennilty fer kamp too lawng atta Hott Spryngz the Fedril Judj in Rustick haz sendinsed im tu one hunner owerz uv komunidy survass he hazta hulp Purk Rainjerz rimuve tammerisck treaz frum Darwoon Fallz thay ar a so cauld invaysuv speeseez.

Wel wee gotta hoal noo kasta carikatures in toun obsurvz ole Dolly tu Clara Bloo Crow clankin thayre bere canz togither unner the grapvyne in hur bakyurd. Lotta noo Tobbiez witch I jes hoap thay doant sturt ronnin aroun nood inna streatz uv Darwoon.

{ 4 }

Stuk in Parradice

How inna wurld didjoo evur end op in Darwoon izza kwestyun Ime offen axed by toorists az wellaz noo frendz hoo dint kno me bfor I livd heer.

The eezy anser iz oncet yoo cum tu Darwoon itz vury hard ta git owt. Itz pozzible tu bye yer oan hous fer vury liddle munnie peeple hoo hav bin moovin frum one runtal tu anuther thayre hoal lyfe kin ackshully seddle doun an liv priddy cheep ixcep fer the kost uv gass ta dryve bak n furth fer fude an surplize witch itz foartey mylez tu neerist stoar in Long Tree.

Oncet yer ackshully seddled in wear cud yoo goa if yoo wantid tu leev. I mite hafta be thunkin abowt thissa kwestchin if Ime goona sho ennybuddy awl this riting abowt Darwoon thayre mite be sum naybers not too happie bout wot Ima tel on em.

Trooth iz one uv the mayne waze peeple leev Darwoon iz thay dye. Uv korse thayrez a lawnger anser bout how Ima git stuk inna Darwoon an heerz the stoarey.

Furst tyme I sea Darwoon izza sayme az fer priddy mutch evaboddy I jest heer abowt it goa an tayka luk. My powet frend Perry inna Sand Fransisko telz me ooh sints yoo goa tu moontinz bakpakkin an tu dezzurt kampin alla tyme yoo awta luk op my fren Clay hee livz in thissa tiney liddle toun inna dezzert cauld Darwoon onna Eest Syde uvva Seeyerra hiz fother Leonard izza famos skolpder hee livz thayre alsotoo jest dryv in an tellem I sent yoo.

Ime planing a tryp tu dezzurt so I kall infermashin git Clayz fone nummer inna Darwoon I kall the nummer but no anser. So wen I goa ta dezzert I jest dryve doun Darwoon Rode frum hiway see wot I kin sea.

O my gudniss wen I cum oaver the pas thayrez thissa lil toun tukked awai atta fut uv sum darck jaggidy baire hillz with byoodiful mowntin raynge rizin op behine em wotta speshul playse kumpleatly hidn awai frum restuvva wurld. I dryve passt a oald myne onna syde uvva mowntin a vary pikcheresk mil bilding with grean kopper rufe big kunvayer sloose goon rite oaver the rode luks lyk itz reddy ta faul doun enny minnit. Thayrez liddle mynerz shax ull lyned op in roaz in frunta the myne bildingz. Ferther doun the rode iz the toun itsulf broakin doun shax burstid op traylerz jonk veehiklez abbandind ull oaver the playse. Nobuddy inna streat the toun iz kumpleatly sylint an dizurted ixcep fer this one skinney oald jentilmin with long wite beerd sittin onna portch uvva mussed op shak with a Oley sine onna frunt heez lukkin at me lyk git owta heer ladey I cud sware heez gotta shutgon leenin op aganst the bilding.

Thayrez a stop sine atta innerseckshin ware payved rode seamz tu end I havva fealing thayrez a bonch uv oyez peakin at me frum bhine the kertinz uvva oald faullin doun houzes. It doant seam lyk the kinda playse ware yoo wanna git owt an wauk aroun so I tern aroun dryve bak outa toun an thatz the end uv my furst vizzit tu Darwoon. How menny peeple hev I see doo the exack saym thing oaver the yeerz sints then.

Fyoo munths latter Ime atta pardy in Big Sir atta Hennrey Miler Liberry ware my powit fren Perrey iz now wurkin an hoo shud bee thayre but hiz oald boddey Clay hoo I tride ta kall inna Darwoon. Skinney goy abowt my ayge sault n peppur beerd reel annimaytid ixpreshin inniz oyez. We git tu tawkin heez reel frenly telz me uv korse Eye wil sho yoo aroun Darwoon eaven tayk yoo tu Dustey

Hut Spryngz witch Ide hurd abowt but the Forrist Raynger hed tooken one luk at my liddle Mozzda kar an tole me fergeddit ladey yoo kant dryve thayre in thatta thyng.

Ternz owt Clay hazza big fambly hous in Byg Sir witch hiz fother Leonard the skulpder bilt menny yeerz aggo. Clay livz thayre purt tyme but moastley heez livvin inna dezzurt. Yool reely lyke the peese an kwiet inna Darwoon he telz mee vury spearitchul playse gud fer ritin an doon aurt projex geddin awagh frum sitty noyze n trafick.

Clay finitchez op a truk dryvin jobb delivvuring vejtibblez frum Maxikin boardur then he cumz an pix me op inna sitty drovez me tu Darwoon. Wow heez got thissa mayzing unnergroun hous waulz maid outa grate big rox. Peeple nodise Clay iz bak an sturt showin op rite awai. Weer stil unloding the truk when Jesse kumz bye. He uzeta be a drog addick in Big Sir now heez wurkin az karetayker at the myne op onna hil. Claye givzim a kanna Budd frummiz twalve pak.

Weer jest gittin rilaxed wen thayreza stuckattoe seariez uv gonshotz an heer kumz a taul dronk gye with a piztul onniz hip. Hiz nom iz Sam heez gunna barbakew a pigg latter on axes due we wanna cum. Klay givzim a Budd he dranks it an taykez oof tu invide moar peeple tu pigg diner.

Thissa yung smartallick goy kumz hobbelin in onna krutsch karryin a kanna bere hiz naym iz Brendan he groo op inna Darwoon haz jest finitshed kleenin op frum drog habbit hee got wurkin az bountser at Muztang Raunch hoarhowse in Nivadda. He cum bak tu Darwoon got ron oaver rite awagh onniz modorsickle by a truk rite inna midl uv toun. Hiz lag wuz broak in sevril playsez hadda lotta surjureez wen thay tuk owt hiz breething toob hiz frunt teath got puld owt by miztayk too bad utherwize heed be kwite hansum.

A sorda Oakey lukkin kupple Huck an Maddy dryve op in thayr pikop Clay givezem a bere thay hangue owt laffin an joakin. Taul gunn toatin gye Samm kumz bak roring op inna Jeap with a buddey ulso cauld Sam thay ar boath waring piztils karryin assawlt rifflez. Klay givzem a kuppla Budz. Wee sit onna taylgait uv Clayz pikop drankin bere watchin the two Samz settin oaf fyrwurkz inna rode with a fyoo gonshotz fer bedder sownd effex.

Wel wel. Cording tu Clay Darwoonz a peesful kwiet sankchewary gud fer medditaytin. Seamz moar lyk a boncha dronkin loonatix shootin op the playse.

Wotta lotta karakterz I meat inna Darwoon Clara Blue Krow a big oald Indeyan ladey Dolly a tiney liddle wite hare ladey. Frentch Betty a fizzikul thurapiss with a vary thik Frunch acksent. Rupert a riter frum Bigg Sir.

Claye shoze me aroun taykez me tu Dusty Valley Hut Spryngz. Wotta playse niver saw ennything lyke that bfore peeple ronnin aroun nood inklooding me oncet I git youzed tu it. We dryv aroun inna montinz on vury rokkey ruff daynjerus rodez I wunner howcum hiz pikop truk izznt tip oaver the rode iz so slantey. Lotza fun exploarin aroun with Clay vizzitin eatch uther baknfoarth. Priddy sune Clay taykez op with nayberz yung wyf Brooke by this tym I hav mayd frenz with so menny peeple inna Darwoon I kin kum bak enny tyme an havva playse tu staye.

Sumtymez Rupert putz me op atta Mexikun Oskarz hous ware heeza livvin. Roopertz a vury kurteeyus hoast but I nodise he seamz tu be pursoana noan gradda at moasta the pardiez gitz too dronk passiz owt. Rupert wauks aroun a liddle slompt oaver lyke wate uvva wurld iz on hiz shoaldurz a eyewronick twinkle inniz sad oyez. Hiz kidgen iz stokt with umpty wyne boddlez an boxiz n boxiz uv Eyerish Oatmeel that seamz tu be it. I vizzit Ruppert one Krismuss tyme thayrez a bonch uv disrapyutibble lukkin karakterz hangin aroun drankin n braggin Ime not so shore I wanna spen Xmuss with thissa croud so I bye em a terkie inna ixpensiv murkit in Lawng Tree tellem Marry Crismus heerza turgey fer yoo an I tayk oaf goa kampin inna Natchinal Parq ware itz not so Gran Sentril Stayshun.

Housiz ar vary cheep inna Darwoon so rite awagh I sturt axxin aroun if ennybuddy mite wanna sel me a lil hoos fer geddin awagh frum sitty. Clay innerdoosez me tu peeple hoo oan howzes but doant liv moasta tyme inna Darwune. The Spy oald gye useta wurk fer Eff Bee Eye now heez doon sum kynda sneeky stuf fer See Eye Ay er so hee klamez. Durty Lee uzeta bee a turrible dronk now heez a rickuverd alkolick hiz noo naym izza Yoaga Lee he duz Yooga now. Kit hooz Leonard the skolpderz stepp sun hazza vury nyse liddle hous heeza fotoguffer wurkin inna muveez. Nubuddyz innarestid in sellin thayre hoos but Kit sez I kin staye attiz plays wenever I wanna. Hiz hous itz sorta difurred mayntinints but vury kumftibble sumtymez Ima sleap inna badrume sumtymes oatside inna yurd wear I heer trafick goon baknfurth ull nite also the diztint noyz uvva myll doun in Luckey Jym Wosh witchiz wurkin ull daye ull nite cruntschin op rox.

My bruther Fred anniz wyfe Ellen wanna vizzit Darwoon so I git purmishun tu staye in Kittz hous. We goa tu Hut Spryngz vury plezzint kumpin soakin an watchin famos kommit Hyakootocky oanly problim iz big so cauld dost stoarm witchiz ackshully a sansturm er eaven gravil stoarm weera pikkin gravill outa owr skalpz alla way bak tu Darwoon.

We git bak tu Kitz playse Ima chek my ansering masheen in Sand Franzisko it seamz ta bee kumpleatley fulla mesidgez sevril frenz sayin oh so sorrey pleez be shore tu kaul me bfore yoo doo ennything I wunner wotz this awl abowt. Then thayreza kaul frum San Frisco Hommaside Pulees sayyin yer rume mayt haz bin kilt weed lyk ta tauk tu yoo az sune az pozzibul.

My hoal wurld kullapzis. Ternz owt Pablo my Arjintean rume mayte witch weer shayrin a big flatt wuz merdured inna my barthrume by sum kid heeza pikt op inna bar. Pabloz gaye but vury klozzit nobuddy noze abowt it attiz impoartint guvermint wurk er hiz impoartint Hizpannick pullitikul aktivadeez oanly me hooz bin goon tu hiz gai dinnur pardies fer yeerz.

My upartmint izza dizzastur aria blud ull oaver the waulz an floar Eye kant goa insnide my bluddy barthrume et ull. Taykez a wile tu fynd sumbuddy hoo kin kleen op the kryme seen inna meentime I corntinyue wurkin in my oaffiss hulping a nyse ladey rite a buk about Mess Paynting witch izza Aurt Therippy tekneek. I gotta fynd nuther playse tu liv priddy sune.

I git onna wading lizt fer ardist livwurk spayse inna sitty meenwile the ladey hoo Ime hulpin rite hur buk shee givza a Muss Panting wurkshop witch I partissipayte. I settop paynting stoodyo in Pabloz foarmer oaffise then fer sevin weaks I throa aroun payntz laff kry sware sing dantz git it awl oof my chust witch izza hole poynt uv Mezz Payntin. Thissa therippy prosess iz sposta bryng big chayngiz inna yoor lyf an indead it duz I getta kaul frum Clay sayyin hay thayreza kupple uv howzes fer sayle inna Darwoon wy doant yoo kum an chuck em owt so I due.

One hous iz owta the kwestchin too mutch fixup too ixpensuv the uther iz bean soald by Doris Hinkle the Poastmiztris hur sun Cooter izza livin thayre. Doris izza ruff lukkin karakter sigurett hangin owta hur teath. Shee shoze me aroun the proppity ixplanes that oald Skule Hows izznt inkloodid eaven tho itz sittin rite inna korner uv wun a the lotz. Yoo kin try tu kontack the oaner uvva Skool Hoos if yoo wanna bye it she telz me puffin owt a big klowd uv smoak.

I kin sea Cooterz gotta reel lolyfe seen goon on inna hous but luks lyk I cud priddy mutch muve rite in havva nyse vakayshin playse withowt a lotta fussin aroun. OK

29

Ima teller Ile bye it an we goa ahed makka deel fer vury cheep.

I muve sum fernitcher frum Baye Orea tu vakayshin hous putta lotta stuf in stoaridge. I bye a anteek propain stoav frum Skolpder Nick OK I kin mayke it heer throo the winder waitin fer my ardist livwerk spays inna sitty ta becum avaylibble witch it nevvur duz.

Wotll it bee lyk I wunner wen spryng kumz witch iz vury plezzint then sommer itz orfully hot Ime swettin awai wurkin onna big noo buk projeck wunnerin wotll it be lyke inna faul witch ternz owt tu be byoodiful. I goa bakpakking inna montins kamping atta Dustie Hod Sprungz tyme passiz an heer I stil am menny yeerz latter.

Thatz how Ima end op inna Darwoon. Sum caul it Parradice I woodnt goa that far mysulf but it duz hav itz gud poyntz. At leest I doant nead tu fynd enny moar rume maytez.

{ 5 }

Darwoon Getza Dantz Haul

Dezurt Petez a Tubbey. I mettim atta Hot Sprungz sokin inna poolz heeza nyse fello rydez oaf rode modorsickle withiz boddies hazza lil moater hoam dryvezit tu Dusty Vallie spenza weak er too kampin atta Spryngz sokin an pardyin with alla peeple thayre. Evvabuddy lykes Pete hee useta bee a plummer in Arange Coonty got divoarsed an retarred muved bak tu famly farm in Nibrazka still hazza muther n relladivez thayre. Gud lukkin goy grate sensa hyoomer vury playne spoakin. Thayrez still a lotta farm boye in Dezzurt Pete.

One daye in Darwoon I getta poastal curd inna male. Itz frum Duzert Peat it sez I jest bawt the lott nixdore ta yer proppity Ime gonna purk my moder hoam onnit soze I kin

31

stay in Darwoon frum tyme ta tym onna way tu Hot Spryngz thatz hooz modor hom it iz in kayse yer wunnerin sea yoo sune sined Pete.

Moader hoam nivver duz parc nex doar ta my hoos. Lott jest sitz thayr awl umpty sayme oald jonk az uzule. Meenwile I noadiss thissa liddle sine gitz putt op onna Crozzons Corner the oald stoar kiddykoarner frum my hoos. Reeltor syne sayin Proppidy fer Sail. Hm Ima wunner wotzit luk lyke insnide how mutch duzzit coast.

Uv korse I kno Crozzonz blongs tu Ham n Josie onna counta Sparky the Dawg insidint. By thissa tyme Sparkeez bin muved tu thayre uther proppidy with a big Kwansitt Hutt anna ole hous that wuz toed doun frum the myne long tyme aggoa. Thayreza fallin uppart trayler lotza jonk veehicklez on Kwanza Hot proppidy. Sparkyz now chayned op thayre surving az gard dawg fer thatta pyle a jonk. But the booroz styll inna pen at Croissants stil goin heehaw Nellyz gurlz ar styll feadin hur. Ole jonk vehikules stil inna yurd stilla big mes.

Happinz that I goa tu the Hot Sprungz abowt thissa tyme an hoo shud bea thayre but Duzert Pete. Weera a sokin n blabbin inna pule didja git my postcurd so furth. Yez I tellim not oanly that but Croosins Kerner iz fer snail. I wuz thunkin Ide kall rilltor ladey takka luk mabey yood lyke ta cum an sea alsotoo. Shore he sez. So we mayka plan tu caul reeltur lookit bilding jest owta cureyossity we tel arselfs.

Reeltor naym iz Hazel shee cumz ta Darwoon with big boncha keez oapinz op bilding. Whoa big muss insnide boxxiz uv stuf evryware pyleza papperz hoo noze wott heeped op alla way tu the hye seeling liddle narro pathz bitwean alla pyledop jonk. We creap aroun throo narro iles shulfs fulla podderie lil bellz n ayngelz casted outa plazter muzt be sum kinda ortistick projeck uv Joseyz we figger.

I dunno wotz awl this stuf sez Haizel the Rilter. Thay saye thayll kleen it opp wenna playse gitz soald. I shud hoap so sez Peet.

We lookin kidgen. Big fyume hud oaver ole beet op stoave izzit sum indoostreal oppurashun we wunner. Evathingz awl scrumbled aroun lotsa cubwebbs durt on floar yoo kin jest imadgin itz bin left umpty fer yeerz n yeerz.

Hm sez Pete this plaice haz potenshul. Lemme thunka bout it.

We goa owt inna yurd looka roun at ole opsnide doun karz broakdoun pickop trux booro shofflin aroun inner pen. Uv korse sez Peet awl this stuf wud hafta goa bfore mayke enny kynda deel. Shore sez riltor Hazel thatz no prublem.

Nex thing I kno Peet haz bawt Croozins Kerner. Seamz lyke sints hiz deevarce lotza wimmin bin ufter hym atta Hott Spryngz prolly ulsewear alsotoo. Finully this sorta optite wumin Tina sheez gottim inner klutchiz. I kno hur frum Hot Sprungz darkhared skinney ladey not vury soashible. Ternz owt Pete an Teena gonna bye the proppidy tugither eaven tho thay doant kno itch uther vury wel oanly bin a eyetim a kuppla weakz.

Priddy stoopid tu mayka reel istate dill with sumwun yoo bairly kno Ima thunk. But itz nott my biznis.

Ham an Josie sho op frum Lawng Trea sturt muvin alla jonk outta the bilding. Sheeza tuff lukkin durty blund bilt lyka truk heeza big strawng Indeyan doant tawk too mutch. Big lodez uf stuf ar tranceparted op Markit Strit tu uther proppity fillin op Kwanzit Hot with Crozzins jonk. Mexikin salvidge gyez kum ta toun hawl oof a cuppla bursted op veehikules toe uthers op tu Kwonsit Hat proppidy mayke eaven bigger muss up thayre then it wuz bifoar.

Ooh ooh say alla nayberz. Ham an Jozey ar kleenin op Krossins Korner thissa noo gye Pete anniz gerlfren Teena gonna moov inn.

Ham bringz tulez tu yurd taykez uppart booro pen muvez booro tu Kwonzit propidy putzer inna noo penn mayde outa tooken doun partz. Booroz livin with Sparkie now goin heehaw uppa streat at noo plays.

Sloaley sloaley proppidy gitz kleend opp enuf so Peet kin goa insnide sturt fixxin op bilding fer livvin inn. Tina stannin roun snoopervizin Petez doin alla reel wurk. Setzup tabble sauw brungz lomber inniz pikop truk putz op shit rok bildz kidgen conter an kabnitz fixiz op bathrume bilds shoower putz tylez onna floar payntz bidrume putz noo dobble glas winnows muvez inna kyng syze bed uther nyce farnishure. Instawlz wadder heeter potz n panz inna kidgen itz awl set op fer liv inn.

But Crozzons bildin iz vury bigg. Mayn parta bilding witch oaver the yeerz youseta be a stoar a suloon a mynerz younion hawl ull kydnza thyngz inna two hyuge rumez thet had alla pyled up jonk with pathwaze thoaz big spaysiz remane umpty ixept fer tabble saw.

Pete n Teena sturt spennin tyme inna bak rumez witch ar bedrume an kidgin. Thay hav muved inn. Ime gonna kall this the Darwoon Dantz Haul Pete anounsiz.

Aargh say lawng tyme nayberz wen thay heer thissa nooz. Hoozee thunk hee iz he kant caul bilding Darwoon Dunce Hall itz Crozzons Conner. Wotta nurve.

Priddy sune thayrez Pete op onna rufe uv Crossins portch with canna broun paynt. Panting DARWOON DANTZ HAWL big ledderz not vury perfeshinul onna frunt uvva bilding.

Nayberz ar sittin roun in Dollyz backyurd inna shayde uvva grapvyne. Thay sturt crittasizin Pete fer renaymin Crozonz Kerner. Wot bizness he got caulin it Dantz Haul sez Maddy poppin a canna Dolliez bere. Aynt no dantsez thayre. Noo guy in Darwune thynks hee kin chaynge thyngz jest lettim try. Nivermind sez ole Dolly. The Good Lard noze wotz bust. Weel tayk woddever wee kin git.

Evvabuddy agreaz that Peetz a rill nyce goy. Not so shore bout this Teena tho seamz sorta stan offisch doant seam ta lyke Darwoon vury mutch. But Petez vury frenly peeple sturt droppin inn atta Dunce Haul kidgen. Ternzout Petez got plenny uv bere Myller Jenyuine Druft az wellaz bux whine sumtimez eaven chipz n predsils. Nayberz kum ta choo the fatt drynk Peets whine an bier smoakin sniguretz joyntz n seegars tawkin n laffin it op. Thay cum ta vizzit inna layt ufternune stil dronkin n joakin aroun at nyne er ten at nyte. Teenaz notso happie with thissa raingemint shee goze intu budrume shotz offa lite Peets stil pardyin inna kitschin rite nexdoar. Maddy Woody Rodney the Psyko an Claraz sunz the Blue Krow Boyz ull hungin owt inna Dantz Hawl til awl ourz.

Wel wel mabey itz not sutcha badd eyedea tu havva Dantz Haul inna Darwoon ufter ull.

{ 6 }

Boddle Myning

One murning Ime jes bak frumma cumping tripp inna dezzert. Waukin ta postal orifice throo my bak yurd oops I neerly faul inna bigg hoal inna grownd niver seen thissa whole bfore. Cudda broak my nuck if not lukkin Ima say tu mysulf.

I goa inspecka hoal. Itz forefive feat deap priddy wyde. Thayrez trax uvva diggin masheen leedin frum whole tu streat. I noadice peeses uv broakin boddles alung sida the hoal lotsa bloo n grean n broun glas. Hm Ima thunk thayrz bin a bigg strung ladie with a backhoa in toun duggin wholes an didgez fer peeple. Mebbe Dezert Pete now sokaulled Dantz Haul Pete hadd backwhoa operayder digga bigg hoal inniz lott lukkin fer oald boddlez.

I kno itz Peetz lut becuz itz the wun hee bawt rite nexdore tu my hoos bfor he bot Dantz Hawl with Tina.

Now we hev ugreamint I kin buy lott frum him ennytime I wanna. Sints heez gotta Dants Haul he doant needa purk hiz moader hoom on thissa lott ufter ull.

I wauka cross strit tu Danz Hall see if Peet an Teena ar bak yit frum trip lukkin fer wildfloors. No sine uv em no waye I kin fynd owt did Peat havva whoal duggen inniz lott.

Layter the saym murning Ima lookowt budroom winnow. Thayrez two hedz stikkin op outta the hoal in Petez lott. I kin see neether uv the hedz blongz ta Peet. Lukz like Jud hoo livez purt tyme in Darwoon heez sum kinda kuntracter big matcho goy I doan hurdly kno im at awl. Alsotoo inna hoal iz Rodney the Psyko heeza gud frend uv Pete maykez im peetza wurks fer im inna yurd. Hmm wots Rodney doon in big hoal in Peetz lut. I bett Pete doant kno bout this. Wot tu due.

I goa bak tu wurk onna compooter try not tu thunk abowdit. Doant rilly wanna git involvulated but finully goa oatside an wauk oaver tu hoal.

Thayrez Jud n Rudney inna whole. Thay gott shovilz diggin uptu thayre chestz swett porin doun thayre fayce thayrez oald boddlez an broakin gluss ull aroun. Jud bigg tuff gye lookzit me like hoo tha fukker yoo ladey.

Skuzemee I say tu Judd. Doo ya no hooz lott yer duggin onna. Itz Dantz Haul Petez I hoap yoo got purmishun.

Jud lookz awl dizgarsted. Thiss aynt nobuddyz lut he sez thissiz inna allie.

38

Oh I doant thunk so I ripply reel plite like. See that ole Skool Hous itz insida the proppidy lyne see how yer eaven widda skule hoose. Peets gunna sell thissa lott tu me so I kno ware izza propidy lane. I neerly fawld inna yer hoal this murning Ima tellim.

Judz priddy mutch ignoarin mee. Op pypez Rodny. Hay instedda kumplaynin bout neerly fallin inna whole howbout lukkin at ull theez vallyouble boddles wee dugg op.

Hm Ima say tu Rodnie Ime sprized yood be pardy tu this oppurayshun yoo bean frenda Peetz n awl. Yoo no thissiz hiz lutt.

Eye doan kno nuthin bout no lott uv Peetz oaver hear sez Rodny. Ima thunk tu mysulf yoora lire Rodnie.

Thay jes brosh me oof. Cant doo nuthin go bakk intu hoos. But stil fealin buthered thay dint paye me no tenshun.

Finully I goa intu my orfiss look inna file kabnit pul owt Darwoon map showwin alla stritz n lotz n alleyz. Thayrez me thayrez Skule Hoose thayrz Peetz lot then umpty lott onna nex streat. OK Ima thunk I doant wanna doo this butt ef Eye wuz owta toun n sumwunz duggin onna my propidy Ide wanna nayberz ta tawktu purson doona duggin.

I wauk oaver with mup. Bsidez Rodney n Jud inna hoal thayreza wide trasch lukkin ladey stannin onna edja whoal. Thayre tawkin bout bakk whoa iggnoarin me wile Ime stannin thayr with mapp in hend waytin payshintley.

Look Ima say hoaldin owta mop. Heerza pruppidy lyne heerza whoal yer onna Peatz lut yoo kin sea.

Judz jest iggnoarun me. Bairly lookzit mup goze on duggin with shuvvul Rodney iggnoarin me alsotoo.

Oh wel I dun wot I cud. Leest I tride. Go bakkin hoose fealin sorta badd thunkin mabey Ime jest bean optite mebbe evabuddy in Darwoon goze duggin op nayberz proppidy bryng in bak hoze wen thay goa owta toun Ime noo heer mabey Ime misstaykin.

Nex murning I look outa budroom winnow. Nobuddy in whole. Ima goa owt an takka luk. Thayrez lotza bruken boddlez awl byootifull faydid dezzurt kolorz. I kulect a buntcha broaken glazz taykit insnide azza soovaneer.

I goa fer lil wauk op ta Dollyz hoos sheez sittin inna backyurd unner hur grapvyne drankin bere. I kawt Jud n Rodnee diggin a hoal in Dantz Hawl Petez lott I say tu Dollie. Aargh she sez that Judd heez ullwaze diggun op peeples yurds wen thay arnt hoam. Hee noze ware evvy outhoos suloon n reztorant useta bee in Darwoon. He kum by heer thissa murning shode me sum bartles he jes duggop. Sed one uv em iz wurth a kupple hunner doolarz.

That ufternune I heer buck hoa moovin aroun in Peetz lott. Thayrez Rodny n Jud stannin onna sida hoal buckhoa ladey pooshin durt intu the hoal. I mine my oan bizniss.

Latter on Pete n Tina git bak frum wyldflour tripp. I goo over tel em wot hapind with Judd n Rodney inna Peetz lott. Taykem oaver sho em wear the hoal wuz thayrez bruken glaz ull aroun the boardurz. I tellem wot Dolly sed bout too hunner doolar boddle so furth. Petez uzuly a priddy eezy goan gye but heez gittin reely pizzed oof. Teenaz nerviss an pist oaf moast uvva tyme ennyway so no serprize that shee iz too.

Nex murning Dantz Hull Peet waukz uptu Pozt Orfice. Judd druves op inniz pikop truk. Pete waukz oaver tu trok Jud roalz doun hiz winnow. Peet sez I heer yoo bin duggin op bartles onna my lott. That aynt yer lott sez Judd. Yessit iz sez Peet buntchin op hiz fusts. Jud startza oapen dore like gunna gitout n fite. Then seamz ta thunkit oaver sez whell Ile sea yoo in kort.

Pete an Tina ar rilly madd now. Bak at Dantz Hool thay kaul op shuriff ripport that Jud n Rodney hev vandyulized Peetz lott duggup boddles withowt hiz parmishin. Shuriff sez sitt tite Ile be rite owt thayre. Hazta druve foarty mylez ta git frum Long Tree tu Darwoon.

Wile weer watin fer shuriff Pete Teena n mee goo oaver tu lott. I poynt owt ware hoal wuz n Peet taykez poodered chawk maykes a owtlyne uvva hoal on groun jest lyk outlawn uv ded parson onna sidewauk atta cryme seen. They tayk pitchers uvva chawk marx proppidy lyne peesez uv broakin glas so ferth.

Wen sharuff rives I tellim my part uvva storey Peet telz hiz purt. Shireff taykeza pitchers paycez offa hoal inspeks wear izza proppidy lane. Goze bak tu pulice kar telz Peat Ile be bak n druves oaf inna direkshun uv Juds hoos.

Sum tyme latter shuriff kar pullzup in frunta Dantz Hawl. Shiruff taykeza box owta hiz tronk. Heer he sez givz Pete bocks uv ole bartles an taykz oof fer Lawng Tree. Pete n Tina an mee weer awl priddy shore Judd dint tern oaver alla bootlez. Doant luk lyke enny too hunner dooler boddle in thatta bux gromblez Peet.

Jud n Pete nivver speek tu itch uther agin fer yeerz n yeerz. But Peet tawkz ta Rodney priddy sune ufterwurds. How cud yoo goa duggup my lott he axes when I bin hyring yoo ta wurk aroun Dantz Hull. I wuz jest tryin ta makka lil munnie hulpin Jud sez Rodnie awl pathedick lyke. I dint think I wuz doon nuthin rong. Uv curse evabuddy noze Rodneez krazzy ennyway.

One gud thing kumz outta this Boddle Kayper. Azza sorda eyeronic staytmint bout the intsidint I sturt maykin liddle peesiz uv aurt owta the brukin glas I kleckted frum syde uv hoal. Evabuddy goze ooh ooh how byoodifool thay wanna bye my ort wurk. Nevur soald ennythung fer too hunner doolerz tho.

{ 7 }

Naydiv Floora

Thayrez lotsa bookz ritten abowt the plantz an annamulez uvva Mohavey dezzert witch Darwoon iz cornsiddured tu bea lowkaytid inna Noarth Mohavvie. Heer ar summa the plantz that giv Darwoon itz speshul karacktur.

The Joshooa Trea iz the indakayter speeseez uv the Mowhavey Dezurt so cauled bcuz itz aurmz reech op intu the skie lyk a oald tyme proffit inna Bybel. Thayrez vury dents forristz uv Jozhewa Treze in summa the big dezurt flatz outsida Darwoon I imadjin thayre useta be menny moar uv em rite ware the toun iz now bfore peeple cum an toar em doun mabey fer fyool thay ar youseliss fer bilding.

Sum yeerz alla the Jozhooa Treze git tagethur an desyde tu havva big blume uther yeerz thay jest tayk it eezy an yoo mite sea oanly a cuppla treaz with blozzims. Inna gud yeer thay hav hyooge buddz witch groa vury fast. In urly Martch

43

wen I goa owt onna waukz I peak intu the spykey endz uvva brantchiz lukkin fer budz sturtin ta swel. Yoo hafta be karefool er yool git ponktyure woondz ull oaver yer fayse wen yoo goa lukkin insnide uv Jozhwa treaz.

The budz ar vury byootifol kreemy wite with tutchez uv perple priddy kwikly thay tern intu buntchez uv wite blozzums az biggaz a pursonz hed. One yeer wen thayrza vury big Jozhewa blume Ime disgussin with my frenz Jo Muir an Simon abowt how the Naydiv Merkinz useta eet the blosims. I lukkit op onna Innernet it sez thay boyld the blozums pored oaf the wadder boylt em agin. Wee goa owt an pik a fyoo blozzimz I tayk pitcherz uv Jo an Simon smylin hoaldin em lyke troapheyz. I boyl em twicet lyk it sez an makka kasseroal sorta lyk makkaroney an cheaze an surve it atta potlock inna Dantz Haul. Notta vury popyooler disch but nobuddy gitz sik et leest. I figger I doant nead tu mayke thatta ressipey agan.

Latter on I fynd owt that Jotchewa Trea izza pertecktid speeseez yoor not spozed ta pik the blozimz I gess we cudda got inna trubble if thayre wuz enny lore inforsmint atta podluk diner.

Thayrez eaven Josh Trea russlerz hoo diggem op inna dezzert sellem tu peeple fer fantsy lanskapping in thayre subberbin devilupmintz. In Dustey Valley I oncet run intu a cupple uv lanskayper gyez thay havva bizniss uv kleerin Jozhwa Treaz outa the waye fer rode konstrukshin an muvin em tu kaseenos inna Lass Vaggas. Thay say that yoo hafta pay atenshun how yoo tranzplunt em yoo gotta marck the noarth syde uvva trea ware itz uridginully growwin then plant it with sayme syde faysing noarth in itz noo lokayshun witch eaven then it mite not servyve.

Inna my yurd thayrez a vury nyse Jotchewa Trea with lotza liddle babbeyz thay hav gott a lott biggur sintz I bawt the playse alltho thay ar vury slo groan. Evry Krismuss I deckurayte the big Joshwa Trea with hunnerdz uv tiney lites witch iz not vury eezy I ullwayz end op with bleading woondz onna my urmz an hanz. Itz vury fastive at nyte with alla lytes blingin an shynin but sorda straynge alsotoo inna darck yoo kant tel wot kynda fonny shayped trea it cud be stikkin itz brantchiz owt evry witch wai.

Thayre wuz a vury famus Jozhewa Trea livvin neer Darwoon onna Sentennyul Flatt the trea that wuz onna kuvver uvva Yoo Too rok bandz Jotchua Trea alboom. On hiz vary humerus wubsyte my nayber Sol menshinz thissa trea an hintz that itz neer Darwoon. I doant kno if that haz ennything tu due with Yoo Tue fanz fyndin owt the lowkayshin uvva trea but thay doo fynd it an sturt leeving awferingz at itz feat puttin doun kumemrativ plakz taykin lil peesez uvva trea azza soovanear priddy sune the pore trea kealz oaver an dyez thiz famus trea jest gitz luvd tu deth.

O wel Jozhewa Treaz doant liv awl that lawng ennyway an thay say that gloabul worming klymit chaynje izza kyllin em eaven fastur now.

Onna uther hend anuther impoartunt plaunt uvva Mohavvie Dizert izza Kreosote Busch witch one spessiman uv thissa plant kauled Kyng Kloan iz wun uv the oaldist livvin thyngz on urth neerly twelv thoozind yeerz oald. Kreasoat Butch groze owt frum the senter witch azzit dyez oaf inna mittle it foarmz a ring awl the sayme plaunt ole Kyng Kloon iz sevintey feat in dyamitter moar er lest.

Thayrez a speshul rizurve inna Suthurn Mowhavey Dezurt fer thissa vury aynshint plaunt an hiz relladivez yoo kin goa an vizzit em thay ar awl fentsed oaf. The syentists doant tel ixackly witch butch izza Kyng Kloan so peeple woant mayka pilgrummidge lyk fer the Yoo Too Trea an sturt tarin it uppart tu havva pees uvva famos aynshint plaunt.

Kreeosoat Butch iz alzo kauld Shapperal it wuzza vury impoartunt an pouwerfool meddisin fer Naydiv Amurkinz. Thay youzed it fer infekshinz an toomerz an uther seeryus cundishunz. Itza poatint andy oxidint useta bea emploid azza indoostryal prizurvadiv. Stoopidly the guvmint haz oarderd Shaperral tookin offa the shulvez uv helth fude stoarz thay saye it kawzez livvur dammidge er kantser in myse if yoo fead em a hoal bonch uv it. Nuthin ta stop yoo frum goan intu the dezurt an klecktin it fer yersulf tho.

Efedra izza nuther vary innaresting an valyoobil plaunt also noan az Moarmin Tee er Skwaw Tee witch izza pullitickly inkurreck turm theez daze. Thissa straynje lukkin plant wuz vary yousefool tu Indeyinz fer kleering op long conjestchin synis infekshinz so ferth. Yoo cruntsch it op an boyle it tu mayke a tee witch yoo hafta drynk it in smaul sipz bcuz itz gotta stimyoolayding efekt. Madder uv fakt itza saym kemmikal that thay hav poot vary tite kuntroalz oaver inna farmaseez bcuz itza sturting muteeryal fer maykin barthtob kriztul math. Heerza yousefool plaunt jest a growwin owt inna duzert that cud be uv innarest fer improppur perpusez. Doant tel ennybuddy.

Kaktis izza wunnerful dezzert plant thayrez menny vuriediez aroun Darwoon sutch az beevertale kottontopp prikkley pare hedjhawg n choya. Thayrez sevril kindza kacktissez on my proppity thay hav big madjenta an red an yello blozims evry spryng. Caktiz izza purfikt dezert plant fer yoor yurd it doant nead mutch wadder an if yoo havva lardge kaktis unner yer winnow yoo woant hafta wurrey abowt berglerz brakin inn.

Itz ileegul tu diggop an muve kaktiz plauntz frumma dizert jest lyk Jotchua Trea witch I hed no eyedea wen Ima muve ta Darwoon. One uvva furst thyngz I due iz goa owt inna dezurt diggop a fyoo difrint kyndza babby caktiss puttem inna my yurd. I rememmer the fedril BLM rayngeur stoppin bye wun daye ta choo the fatt heez lukkin reel sospishus at alla my kaktissez uv koarse moast uv em wuz thayre ulreddy.

Yoo gotta watsch yersulf aroun kaktis plaunts doant tutch em with yer hans er kloze er yool be sorrie. Thayrez awl kindza theeriez abowt howta git the tiney spynez outa yer skin sum peeple say duck taype er Ullmerz Gloo sum youze tweazurs sum eavin pore on lyter flooid an seddit on fyr. Ull thoze thyngz may hulp but yool prolly nevur git em awl yoo jest hafta wate it owt.

Wot kin Eye tel yoo abowt the wyldflowurz thayrez absalootlie nuthin lyka a gud whildflour seezin inna dezzert. Moast springz thayrez notta reel specktackyooler blume but if thayrez bin enuf rayn atta rite tymez ull the woshez an sloapz an hiltopz kum alyve with kuller. So luvlie an intocksikayting lyk arooma thurapie evryware yoo goa.

Gloria iz owr lowkal eggspert onna wyldfloras. Sheez gotta hoal bontch uv refferints bukz noze alla Latten naymez. If yoo takka wauk with hur yool lern a lot abowt alla difrint speeseez. She reminez yoo not tu stepp on the tiney lil blozzumz but sumtymez it kant bea hulped thay are sutch a thik karpit so she telz yoo jest stepp litely wottever that meenz.

Gloria draggz hur huzbind Clyde hunnerdz uv mylez ull oaver the dezzert trakkin doun rayr spessiminz uv wyldflooras inna spryng. Menny nytez thay cump outsida Darwoon an laye in wate fer the eavning snoa tu oapen op ufter the son goze doun lyke hunturz stawkin gayme.

Mee I jest injoy the majik uvva gud wyldfloor yeer wen I wauk inna hillz itz lyk flotin onna ayr the floraz jest pul yoo alawng. It hapinz so rairely tu havva reely gud blume that I may hev fergot the naymez uv summa the floraz sints the lass tyme thayre wuz enuf tu wurry bout. Payntbrusch tidey tippz marypoza dezurt dandyline primroze thay ar lyk oald frenz itz so gud tu ron intu em agan.

Wun vury showey wyldflour izza Pryncez Ploom. Az yoo dryve intu toun inna gud spryng thayr taul yellow spykez an big grean leevz lyne the syda the rode thay mayke a vury imprassiv dizplai. Lukkey Jym Warsh iz fulla Printsez Ploom. It ternz owt that thay ar ackshully a sine uv pullooshun thay lyk tu groa inna soyl thatz bin kuntamminaydid with sileenyum. Thissa byootiful rivvur uv yello izza sine uv awl the tocksick stuf thatz bin dompt intu the wosh by myning oppurayshinz inna passt.

Lyk so mutch uvva pikcheresk stuf inna duzzert theez Pryntsiz Ploumz ar a remynder uv how hyoominz bin makkin a mes uvva inviramint evur sintz thay ron oaf the Naydive Merkinz hoo jest myndid thayre oan biznuss thay wurnt taykin soovaneerz uvva famos rok bandz trea er tarin op the groun lukkin fer minrulz er makkin drogz in thayre kidgen sinx.

{ 8 }

Pardy Tyme

Springza kummin anna wether iz sturtin ta worm op in Darwoon. Pete n Tina ar gettin priddy mutch seddled doun inna Dantz Haul er at leest Peet iz seddled I doan no bout Teena shee seamz sorda twitschy moast uvva tyme. Wun ufternune wen weer havvin a glassa whine inna kidgen Pete sudgests wee havva houswharming fer Duntz Haul. Gud eyedea I ripply letz havva pardy togither I kin hav a sekund hoosworming eaven tho I hed a bigg pardy at Krismuss tyme. I prynt op invitayshins on my compooter we mayl em owt tu relladivz frenz frum the sitty peeple frum neerbye tounz an frum Dusty Vallie Hot Sprungz. A band frum Long Trea sez thayll play fer frea Prudence n the Packerz.

   Big frunt rumez uv Dantz Haul ar priddy mutch bair. Peet n Tina hav ullreddy payntid the waulz with noo wite pant tu briten it op. Fer pardy Pete gitz lil kanz uv kullerd paynt lotsa cheep broshes an invitates evabuddy tu paynt pitchers onna waulz. Sum peeple ar vary kayrful makka byootifull pantings rainboze klowds floras annamules nyse mesidges abowt Danz Hal dedakayshun. Uthers mabbe bin drankin too mutch er az roomer hazzit bin taykin sum kinda sykadelliks thayre kreeashunz ar a liddle moar difrint lyk bad dreemz er hellucinashinz. Wel theez ar the deckerashuns uvva Dants Haul frum now on tayk it er leev it.

Lotsa peeple hev cum frum outa toun an menny uvva Darwoon nayberz ar alzo natcherly curyus abowt whatll the pardy be lyke thay wanna dantz tu Proodinse anna Pakkerz witch iz wel noan ban in Lawng Trea. Thayreza bigg potlock dinnur lotsa grate fude plenny uv whine an bire. Moast Darwoon peeple corntribyoot tu potlatch diner excep fer batchelers hoo bin livvin on cand snardeens awl yeer wot cud thay pozzibly bryng tu a podlock but thay ar not shie abowt hulpin thayrsulfs tu the rufreshmintz.

Ufter potlock Proodintz band playz til reel layte then Dantz Hawl klozes op fer nite. Az uzule Rupert iz past owt inna strit in frunta Dunce Haul portch. Sumbuddy pixim op tayksim bak tu hiz watter tanck hous tu sleap it oaf. Nex murning alla gests chipp in hulp with kleenop witch izza tradiction atta Hut Springz. Tubbeez kno how ta throe a pardie.

Pardy seams tu hav gawn ovur OK in Darwoon. Nayberz drankin bere unner the graypvyn oaver at Dolleyz giv it a priddy favuribble ravue nyse peeple gud fude lotta strayngers tho an that band was sorda lowd doant yoo thynk an playde way too layte we goa tu bedd urly heer in Darwoon. Niver mine sez Maddy that banned wuz hott. Its jest one nite not alla tyme Dollie poynts owt taykin a sippa bier. We awl gotta getta lung wun way er nuther.

Oanly wun sorta souer noat ufter pardy. Wun a the gests izza laydie frum Hut Sprangz hur nayme iz Lena. She bryngz a gift tu pardy an preezentz it tu Peet. Itza reel nyse wynd chymez frum helth fude stoar ware shee wurks. Ingrayved onna chyms izza mussage sayin Fer Pete Happey Horsewurming frum Leena. Pete thanx hur hangz op chymes inna Dantz Haul goze on pardyin with gests. Ufter pardy er mabey eaven dooring it Tina cornfrunts Peet. Wots this Leena doon brangin yoo a wond chyme with riting onnit fer Pete not fer Teena alsotoo. How rood tu iggnoar pardy hoastiss. Wotz goon on btwean yoo an Leena so furth. Yoo kin tel that Pete n Tina bin havvin wurdz abowt thissa win chym giff.

Tina Lena Ime gittin sorda konfyoozed by theez wimminz noms. Peet seams ta bee poppyular gye.

Spryng pardy becums tradishin in Darwoon. Nex yeer we hava bigg meating deside tu givvit a naym. Scritchin our hedz wot kinda nayme tu kall it. Weera goin spryng spryng spryng fling spryng thyng thinga ma jigg. Sunly Alma Howe the oald hippey granmuther yallz owt I goddit Spryng a Ma Jig witch becumz the nom frum then on. Evry yeer we mayl owt pardy invatayshins thayrez ullwaze a speshil theem we ax peeple tu ware kostumbes ackording tu wotz the theam thatta yeer.

Thurd yer uv Spryngum Jigg we havva Sinko de Mayyo theam onna counta pardy hapinz tu fawl on Fith uv Mai. By this tyme itza mutch biggur avent. Wurd gits owt at Hut Sprungs thayreza big Cinko Mayo pardy in Darwoon cum on owt lotsa fude Sattiday nite dantz boonfyre on Forth uv Joolie Flat mayka woopie awl weakend. Lotsa peeple sho op not invitated by ennyone frum Darwoon er eaven by frenz uv Darwoon rezzidentz. Boncha kidz cum frum Long Trea lookin fer frea bere an dantzin tu pobular lowkul banned. Mabey thayrez too menny peeple mabbe nott weel sea.

We have Sinko de Myo purade doun Mane Strit. Rezidints uv Darwoon lyned op alung the streat watchin parayd. Evvabuddy in prade iz drest op in Maxikan costumbes soombrayroze papper floras lawng Muxcan skurts. Thayreza a maryatchie band inna bak uvva pikop truk playin La Coocooratcha oaver n oaver clairinut dromz cuppla trompitz floot shaykerz gurlz dantsin alungside uv truk.

Inna parayd ar sum felloze frum Hut Sprungs ruther skandily klad. One ackshual Maxikan gye vary hansum bigg mussles warin nuthin but lil redd loynkloth oaver hiz privoot partz red hedban onniz hare nuthin ulse. Nuther goy frum Hott Spangz haz ladeyz brah on topp lil Speadoo swimsnoot onna bartem. Praktickly nood in nuther wurdz an laideyz unmansionables at thatt.

Dolly n Clara Bloo Kro ar stannin onna strit owtsida Dolliez hoose hoaldin canza bere watchin prade. Ooh ooh yoo kin sea thayr not kumftibble with this skandulus dizplay by the Tubbiez inna perade. Kant stopp lookin at mosly nekid Muxkan gye uther gye in ladeyz unnerware. Pardy peeple aktin a liddle too wyld fer oald ladeyz uv Darwoon.

One lil nugative intsidint atta my hoos. Ufter pardy I noadice that sumthin iz missin frum my orfice namebly a pigg masq I got atta Muxico karnival lawng tyme aggoa. I remummer seein sum sneeky lukkin felloze hungin owt in my livvin rume hoo nobuddy seemta kno. Hm gotta be moar kairful in fyootchur not tu let straynjurs inna hoose.

Itz unnerstannable straynge peeple kum intu my hous bcuz thayreza bigg ortistik pees on dizplay thayre. Vikki a fotogruffer frum Hut Spryngs haz brawt a culladge uv pitchers uv Hardwair Harry so cauld becuz heez got meddal peersings stuk in awl kindza playsiz yood be serprized. Harrie iz wall noan atta Hut Sprungs evvabuddy iz shokd furst tyme thay sea im nekid inna barths awl kuvvered with tantoos duzzins uv wryngz n steal rodz thru hiz gentlez nibblez oyebrowz etsedera. Thay git uzed tu im priddy fast seams lykka nyse goy jest a liddle weerd. Uv coarse this iz menny yeerz bfoar peersing er tatuez bcom rill popplar.

Lotsa peepl kum intu my hoos tu sea Hoardwear Harrie colladje ahh thay say grate immadgez vary sensadive sutch suttle lyting. Sum peeple hoo niver seen im in parson takka wile tu rekuver frum shok but sune evabuddy iz stannin aroun tawkin n joakin. Awl this hangin roun musta inspyred thoze sneeky lookin gyze tu steel my pigg masque. Notta bigg deel jest gotta wadge owt nex tyme.

Ufter toobig pardy shokking neerly nood Sinko de Maio purade we reelize in fyootcher itz gotta bea invatayshin oanly no moar strayngers atta pardy. Sum Darwoon nayberz ar clukkin thayr tongs sayin wotta nurve nookummerz in toun havva bigg pardy lotsa oatsiders ull oaver the playse awl weak end hoo do thay thunk thay ar.

Pardies will be a lil moar sivulized frum now onn me an Dantz Hawl Pete uggree. No moar undrest Tobbiez pradin doun Mane Strit.

Hmm if oanly Dolly n Clara cooda see the ortistick kolladge uv Hordwear Harry.

{ 9 }

Moovin Rox

Thayrez a lawng tradishun uv moovin rox in Darwoon. Eavin the Naydiv Merkins useta pyle op rox in a sirkle so cauld howse wringz tu makka playse tu liv.

Wenevvur sumbuddy noo muvez intu Darwoon yoo kin bea shore thayrez gonna be a big noo rok on thayr proppidy. One eavning ufter Pete n Tina git muved intu Dantz Haul Efrem Howe an hiz sunz Simon n Luke dryve op with rok hawling kwipmint hidged tu Efremz ole Foard puckup trok. Thayreza bigg rok suzpendid onna boncha chaynes. Ware da yoo wan yer rok axes Efrum. Pete ull serpryzd thinx fer a minnit an poyntz owt umpty spayse unner Sybeeryin Ulm trea thay karefooly bakkup rok hallin kwipmint an dipozzit rok in dezzignaytid playse. Wow Pete iz vary pleezed with noo rok hee plantz ixotick kaktis neerby itza grate spot ta sit inna shayde uvva trea.

Thay saye that Pengwinz wen thayre lukkin fer a mayt thayrez a ixchainje uv roks. The mayl Pingwin tryin tu impres a feemayl serchez the beech fyndz the purfict lil rok ta prezent tu hur hee duz a lil maiting dantz. Moovin rox in Darwoon iz sorda lyk that a frenly jestcher but withowt the dantzin part.

Mabey Pengwin rok maiting rityule ixplanez Simonz rok throwwin bihavure. Seamz lyk wenever heez in luv heeza throne rokz atta howse uv the objeck uv hiz uffeckshinz. I ullwaze wunner wy heeza throan rox at Mitzis hoos wile sheez insnide makin munney doon sex tawk oaver tellafoan. Wy heez sittin onna groun owtsida Lolaz haus inna midl uvva nite throne roks uppin the ayr wile Lolaz insnide awl past owt. Nobuddy hert but gift rox seam tu bea a bedder eyedea.

I gitta rok uv mye oan sune ufter I moov inn. Efrem n the boyz sho op at my Krismuss hoosworming pardy witha meedyum syze rok hangin in rok hawler thay puddit nextu my frunt starez unner the pommagrannit trea. Vary uppolagetick thay say oh weer so sorrey we shudda brot a biggur rok wy doant yoo goo intu the dezirt pikowt a rok yood lyke fer yer yurd.

Wotta grate oaffer. Wen Ime owt hikking I fynd a vury nise big rok priddy fur awagh frum toun I tel Efrem anna boyz I fownda gud rok but itza lawng waze awai. Thatz OK sez Symon less goa geddit. I excort thayr truk n hawling devyse tu the rok Simon n Luke hitsch op chaynez lyft the vury bigg rok with kummalung an dryve it bak tu toun.

Thay digga big hoal in my frunt yurd then berry the boddem uvva rok so itz gud n flatt on topp. Luks grate nextu big beevertale kacktiss wen Crismuss kums agan I putt liddle lites onna rok vury festuv.

Thayreza kuppla rok muvin riggs in Darwune witch Clay anniz fother Leonard hav got one alsotoo. Rok moovin kwipmint wuz orijinaly youzed fer muvin propayne tunks thay bawtem frum propayne kumpani.

Thissa rok muvin seddop wuz innerdoosed tu Darwoon by Lennard. Heez the one hoo stardid tradiction uv hawlin big rox aroun an eztablitched Darwoon azza sorda ardist kollanie. Lenard useta havva skulpin stoodeo gullery on Kanery Roe in Monderay but hiz studeyo bernt doun. Claye hed ulreddy dixcuvered the byootifool lil dizert toun uv Darwoon bawt a lott ta bild a hous. Howzes ar vury cheep inna Darwoon so Lennard desidez ta muve heer alsotoo settop a stoodyo fer makkin rox intu skolpcherz. Hee hazza eyedea tu havva wurkchop teech peeple howta skolp rok sevril oald frendz muve tu Darwune speshully tu lern rok skolpin. Sum uv Leonardz stoodints hev bkum sucksessfool skolpers inn thayre oan rite inkloodin Nick akrost the strit frum me. Lotza storeyz bout skolpin stoodint daze in Darwoon but thatz bfore my tyme.

Wen Lennard gitz too oald ta hyke vury fur inna dezurt Efrum anna boyz hawla big rok owt alung a durt rode heddin toard Sleapin Prinsiss Mowntin. Thissiz Lenardz rok thay saye. Nyse n levvul on topp so hee kin wauk owt ta rok draggin hiz oxigan tunk goa doun a liddle parth sitt on hiz rok an lookit muntins. Vary gud uv Efrem anna boyz tu makka speshul dezzert rok fer Lennurd. Wennevur Ima wauk passed Leonardz Rok I leev a liddle stoan on toppa big rok in rememorance uv im. I noadice that uther peeple havva same eyedea leeve lil stoonz thayre. Suner er ladder sumbuddy kleenz awagh alla lil stoanz we sturt ull oaver agan.

Dooring hiz oald ayge yeerz Leonard hazza kummishun tu makka skolpdure uvva wadderfaul fer writsy hoatell inna Skotsdail Arazoana. Hee sturtz with a liddle moddle then Clay an Nick doo alla hevvy wurk maykin ackshule skolpchur owt in Lenardz wurkshup wile Lennard sitz onna portch soopervyzin. Finully watterfawl skulpdure iz finushed an dulivverd tu fantsy hoatel thayrez a big resepshin inna Skootsdail evabuddy inna Darwoon iz invided itz a big pardy sevril famos sellebritiez. Ime sorry now that I wuz too batchfull tu goa tu Lenardz pardy hee dyed not too lawng ufterwurdz.

Bsides moovin grate big rox intu yurds er maykin skolpdures peeple ar ullwaze moovin roks ta bild hooses. Thayrez sevril unnergroun howsez in Darwoon witch Clayz wuzza furst. Vary innaresding hous kool inna sumer worm inna winder onna counta bilt unner groun. Yoo mite thunk ondergrown hous wud be vary darck insnide but thayreza lotta lyte thanx in part tu skylite inna rufe. Clayez skoylite iz kuvverd with bedsprangz in oardur tu pravent booroz er drunx frum droping in unixpektidly hee sez. Alla waulz uv Clayz unnergron hoos ar bilt uv big roks pyled op vury aurtistickly lotza simment vury hard wurk. Hee sez he bilt the hoos but evabuddy noze mosta the rok hawlin an pylin wurk wuz dun by Evie hiz gerlfrund atta tyme. Clay figgerin owt ware ta bild waulz Evie druggin the rox aroun iz how thay say it ackshully hapind.

Saym fer hous bilt by ole Walt anniz wyfe Ella. Sheeza lott yunger n Wault shee wurked reel hard kulecktin rox outin duzert heepin em op tu make byootiful rok waulz fer hous. Thissiz not spowzal abyoose Walt iz a oald man but stil vury sharpe Ella izza big strung yung woomin sheez happie ta due the hevvy lyftin.

Lyfgard Leo hazza vury ellagunt hoos unner grownd big rox inna waulz an moar rox spred ull oaver durt rufe on toppa the hous. Leo spint twinny yeerz bildin hoos hee useta bee lyfegard at Sanda Moonicka beech finully retarred inna Darwoon hee wuz wurkin onna hous purt tyme wile hee wuzza lyfgardin in Ell Ay. Vary prowda hiz hoos hee wil tayk ennywun onna toor atta drop uvva hatt speshilly kewt yung laideyz. Leo got alla mateeryuls fer frea er skrownjed vury cheep bigg ole beems frum Sanda Marnica Peer slabbz uv murble onna floar he gottem fer nextu nuthin. He dint hav no whyfe er gerlfren tu hulp bild hiz hous but he gotta lotta hulp frum Clayz haff bruther Cap.

Efrem iz bildin a unnergroun rok hous alsotoo. Efremz the paitreyark uvva Howe klan a taul oprite jentilmin with graye beerd anna ritechus attatood. Hee an Alma cum frum the Deap Sowth yoo kin stil heer thayre acksent. Thay stardid a bizniss maykin speshul oyeglassez endid op muvin tu Darwoon razed thayre famly heer. Efrem pix owt eatch rok fer hiz hous vury karefooly hazza storey abowt evry wun uv em hee bilds op bigg waulz. Meenwile him an Alma ar livvin inna lil hous lyk a kunstrukshin shak a traylur with addid on bedrume mayd outa guradge doarz. Jest tampurary sez Alma priddy sune bilding projeck wil be finitsched weel muve intu unnergrown rok hoos. Evry noun then Efremz urms n shoaldurz git ull woar owt frum hawlin n pylin op rox micksin simment so furth. Hee hasta stopp an rezt op wile hee n Almah keap on livvin in liddle gurage dore hoos witch iz kwite kumfurtibble ull panted op vary deckuradive by Alma hooz a aurtist az wellaz a powet. That unnergroon hous niver duz git finitched. Efrem got cantser an dyed a feu yeerz aggo the rok waulz ar stil stannin thayre withowt no rufe the siment floar iz pardly finushed partley nott. Simon keaps tellin hiz ma Alma weel git a croo an finnisch op the howse butt it hazznt hapind yit. It doant madder thoze rox wil be stannin thayre fer sentyuriez nuthin kin nock em doun.

Ufter Efrem dyez thayrza big mummoreal at Darwoon semmitary. Hiz markur izza big taul stoan lyk a jyant fingur with inskribshin sayin Gimme jest a minnit an Eye wil fixxit. Witch iz wot Efrum wuzza sayin alla tyme wurkin on projex fer hiz famuly an nayberz.

Biggest rok moovin projekt in Darwoon so fur iz Clayz mummoreal fer hiz fother Leonard. Clay hazza chancet tu bye big blak rox frumma kwarry in Gypsum btwean Darwoon an Long Tree fufty doolarz a peas. Hmm thinx Claye howta gett theez rox tu Darwoon. Turnzowt hee noze a eldurlie fello in Steamer hoo hazza ole wore owt kraine an loboy traylor jest purfikt fer muvin big rox. Clay spenza lotta tyme in Steemer fixxin op krayne so it kin luft big rox fixin op loaboy so it kin hall roks alla waye tu Darwoon. Menny tripz bak n furth from Gypsum tu Durwoon one rok atta tyme a duzzin hyooge rox mabey twulve feat taul. Clay haz mayd a moddel an bawt a umpty lott btwean hiz plays n Frentch Bettys fer bildin mummoryal. Diggz deap hoalz pores konkreet stanz op the twalve rox inna big sirkle urraynged cording tu kumpiss poyntz thayrez vuez uvva dezurt n muntins in evry dureckshin. Hee bilds a fraymwurk fer rufe outa speshilly bendid pypez hee planz ta putt Lennardz skulpdures insida the twalve rok Stoanhinge struktcher. Wotta amayzin jobb cornsiddering that Clay doant hav enny trayning in arkatekcher er injinearing. Onfordunitely hee doant git rufe finizhed fer menny yeerz onna counta hee muvez bak tu hiz hoos in Big Sir wile hiz lil dawter Farrah iz groan op sheez his dawter frum Brooke hoo iz yung enuf to be hiz dawter hursulf.

Clay iz gittin alawng in yeerz now but hiz rok muvin rityulez hav surtinly bin sexessfull in keapin im supplide with feemail maytz eaven intu hiz oald ayge.

{ 10 }

The Moar Thyngz Chaynge

It cumz az no serprize that Pete an Tina ar onna splitz by enda thayre furst sumer. Shee kant stan hoal Dantz Haul seen too mutch oapin hous too mutch pardyin daye n nyte. She doant wanna liv in Dunce Hawl but duz wanna keap an oye on Peet so shee byza a moodular hoam at end uv Mane Strit frum a cupple hoo ar muvin awai shee paze a vury inflaydid pryse fer it.

Alla nayberz ar ull befrumbled wunnerin whyz Teena byin op alla reel istayte inna Darwoon. Scrotchin n bongin thayre hedz wishin thayd noan sheeda pai twicet the valyoo fer enny peesa shitt hous inna toun.

Wow so mutch houzhoald gudz goin evvy witch waye upndoun Mane Strit baknfurth acrost toun. Evabuddy inna

Darwoon iz hawlin thayre trasch back n furth byin an snellin broakdoun Vee Dubble Youz Toyootaz Dudge Vanz. Maxikan jonkyurd skrappurz kum tu toun dai ufter dai draggin oald veeklez offa peeplez propidy sumtymez withowt thayre purmishin. I go kumpin fer a fyoo daze wen I git bak the oald recked Tyoota with a smosht in winsheeld iz no lawnger onna slub nexdoar ta my hoos upparintly the Muxakinz pade sumbuddy a feu doolerz ta lettem hawl it oaf.

Evabuddy iz gittin ridda thayre jonk onna counta Poastmiztriss Doris Hinkle surkyulaydid a patishun kumplaynin tu Cownty bout Ham n Josie ronnin a jonkyurd n keapin a booro witch ull that stuf frum the Danz Haul iz now pyled op on thayr Kwanzit Hot proppidy rite nexdore tu Doriz trayler hous. Ledder cumz bak frum Conty sayin OK thayra brakin this n that lore buro hazta bee onna haff aker no jonkyurd aloud withowt purmit so ferth. Uh oh now evabuddy hoo sined the pedishun iz wurryed cuz Jozeyz ullwayz kaullin the Cownty rattin oaf peeple fer brakin zoaning ordurances thay bedder sturt hawlin awagh thayre oan jonk uffraid that shee wil ackuze em uv ronnin jonkyurd alsotoo.

Oh whell one wai er nuther Darwoonz gittin kleend opp er at leest alla junx bean rediztributated.

Dantz Haul Peet an Teena goa oof togither fer sumer attiz Nubrazka farm thay plan tu doo sum site seen allung the waye but Tina kumz bak priddy kwik tu staye inner noo hous at end uv Mane Strete. Sheeza tel evabuddy that Peetz miss treetin hur hee maye seam lyka nyse gye but heez reely a oss hoal reel bad goy heeza sayyin meen thyngz tu pore Teena.

Peet haz uppoyntid Woody tu be kartayker uv Dantz Hawl fer sommer hee maykez a vejtubble gurdin putz op fents aroun it ta keap owt boroz raykez op the yurd but Tinaz alla tyme pissin im arownd tellin im wadder the cacktiss umpty the gurbidge. Peet kaulz frum Nibrazka telz Woodey I woant be kummin bak til enda sumer prolly eaven laiter. An pleez lokk op the doar on yer waye owt. Woddy stroakin hiz bierd sez he figgerz he woant stik aroun mutch lawnger Tinaz too mutch pane inna oss. Hee haz finnisched hiz kommunidy surviss punitchmint fer kamping too lawng atta Hut Spryngz so hee iz frea tu goa. Heel havva lil Maxikan potlock atta Dantz Haul then heel sturt thynkin bout hittin the rode. Eaven invitatez Teena tu the potlatch ufter ull itz hur Dunce Hawl.

By the tyme Pete gitz bak inna wynter Tina haz horryed op an bawt a hoos in Rustic gud riddintz izza the genril sendiment. Shee sellz hur Darwoon hous tu Efrem n Alma Howez dawter Dinah fer vury hi pryse onna instawlmintz uh oh evvabuddy sez proppidy valyooz ar goon hyer an hyer.

Spryng urrivez so wee git tu havva nuther Sprynga Jig pardie. Dantz Haul Peet has invided Lena az hiz speshil gest the vury sayme Leena hoo givvim the trubblesum wynd chymez atta lass yeerz pardie. Lena izza big broonette with darque flatsching oyez a lotta teath in hur smyle shee seamz a frenly sort speshully kumpayred tu that Tina. She staze arown ufter pardy fer a feu weakz eaven tho shee hazza jobb bak hoam inna helth fude stoar. Nobuddy seez mutch uv Pete er Leena thay seam ta be hungin owt inna badrume moast uvva tyme.

Priddy sune itz tyme fer Peat ta goa bak tu Nubriska fer sommer. Hee n Lena immerdje frum bidrume hee anownsiz thayre a goona git marryed. Oh grate nuther stoopid eyedea. Shee unnounsiz alsotoo that sheeza chaynge hur nom tu Laurinie fer sum reezun OK Loreeney it iz we ull ugree. Thay goa op to Cownty Seet in Liberty an git merryed rite awagh go oof tu Nibruzka.

Nayberz ar sittin aroun drankin bere unner Dolliez graypvyn disgussin the lattest nooz. Et leest shee seamz nyser then Tina izza vurdikt but itza lil horry op izznt it doo yoo thynk shee cud be pregnitt mabey she wantz hiz bigg farme in Nubbrazka hee seamz ta be thynk withiz peaniss nottiz hed. Oh wal sez Dolly taykin a sipp wottever maykez em happie.

Eaven fer sitty peeople hoo ulreddy hav lotz uv pardnurz tu chuze frum Springum Jig seams tu inspyre noo romantz. Tayke my fren Elizabeth fer ixumple. I furst mett hur at Dusty Vallie Hut Spryngz shee jest luvz Sprynga Jig pardy shee maykes the krazzyist kostumbes itza hi poynt uv hur hole yeer. Sheeza nerse inna Murgincy Rume in Okelind also noan azza Nife an Gon Klub. Furst yeer that shee kumz tu pardie izza big Sinko de Maiyo yeer witch my fren Lan Roaver Al frum Sand Fransisko cumz alsotoo.

Thay sturt givvin itch uther the oye ingayge in widdy reppartay. Heeza sorta straynge felloa he shoze op warin shiney shooz anna blak tranch kote inna dezurt. Vary smaurt gye heez gotta invesdmint biznis byin an sellin kumodditeez but hazza lotta weerd eyedeaz inklooding heez vury seeryus Kathlick hee prayz awl in Lattin an hee lykes tu plai gulf mabbe he duzzit tu hussle invesderz.

Ufter ull that flurtin at pardy Elzabith an Al manidge ta git togither in Baye Aria git thayrselfs inna hoal lotta muss goin tu Frantse gittin vury seeryus Kathlick maryed in Lattin mabey not kompleatley leegully married but thatz a hole nuther storey. Eye wil oanly sai that heeza kauld Lan Roaver Al becuz ufter thay git maryd he givz me a Lund Roovur azza thanck yoo prezzint fer innerdoosin im tu Elzabith. Lan Roavur kep goin a hoal lot lawnger n thayr marridje.

Dants Hal Pete an Loreenie doant lass too lung neethur. One ufternune sheeza cum oaver tu my hous sitz doun onna wubbly lether chare in my lyvin rume sturtz kumplayning abowt Peetz dun this he sed that awl pizzed oof weaping an shee goze bak tu Dantz Hawl. Liddle wile latter heer kumz Pete hee sitz inna wobley lether chare telz me alla teribul stuf Laureenyz doon hazzim ull opset. I doan wanna tayk sydez itz nunna my bizness reely I wish thayd keap it tu thayrself but Peets a oald fren I gess I gotta lissen tu im. Evantully Loreeny muvez bak hoam sturtz wurkin at helth fude stoar agan. Whind chymez ar stil a jinglin inna Dants Haul as fur as Eye kno.

Fer sum tyme Pete manidgez tu keap outa trubble doant git mixt op with enny moar krazzy wimin. Then Sheila shoze op we ull kno hur frum Dustey Hot Spryngz vary nyse ladey vury brite n gud naycherd. Ternz owt that shee an Peet hav jest git togither atta Kwartzite Arrazoona ware thay boath went fer big jem an minnerul sho witchiz vary popyooler with seenyur sittazinz in Ar Veez. Lotsa Tubbey peeple frum Dusty Vallie goa thayre thay kamp owt fer a cuppla weakz shoppe fer beedz roks ull kyndza jonk havva pardy evry nite aroun kumpfyre. Peet an Sheela ar now a kupple she muvez intu Dants Haul evabuddy lykez hur mutch bedder then Tina er Laureeny.

Spryng pardy aproachiz oncet agan. Sheila kumz oaver tu my hoos sitz onna shakey lether chare inna lyvin rume sturtz kryin ull bside hursulf. She sez Loreeny iz kummin tu Springa Jigg witch Peet toald me that I wil hafta sleap inna tent inna Dants Haul purking lott dooring pardy. Ackshully I kno that Peet an Laureny ar stil murried hee nivver cud mannidge tu gitta divorce too mutch komplikaydid.

Az Eye hav sed I doant lyk tu tayke sydes in theez dumeztick dispyoots but this taykez the kake. Lissen I tel Sheila yoo goa bak oaver thayre an tel Peet that no yoo wil nott sleap inna yurd. I gess thatz wot hoppinz bcuz Lawreeny duz kum with a bonch uv frenz an shee sleaps inna yurd not Sheela an thatz awl Eye kno abowt that. Ufter sum ferther ops an douns oaver the yeerz Pete an Sheela ar now marryd I gess he did finully git loost uv Laureenie.

Uv korse thayrez ullwaze sum kynda fonny biznis goan on at Spryng Pardy. I woant repete enny ferther gozzip abowt hooz wyfe wuz fuling aroun with hooz huzbin onna bentsch in Skolpder Nicks yurd hoo wuz sneekin inn and outa hooz tant. Thatz noarmul pardey stuf speshilly wen thayra warin awl thoaz reveeling kostyumbez dantzin kloase atta Satterday nyte dants.

I cud say wot hoppinz inna Darwoon staze in Darwoon but thatz not reely troo. Oncet yoo stepp oaver the thrash hoald intu itz ulternadiv reealiddy Darwoon kin tayke aholt an chaynje yer hoal lyfe wether yoo wuzza plannin onnit er nott.

71

{ 11 }

Peeyanoz per Kappita

Sumbuddy haz ramarkd that thayrez moar pyanoz per kappita inna Darwoon then enny uther playse. A lotta peeple playe sum kinda peeyano er uther but manely thay jest seam tu pyle op aroun toun.

Rite ufter I muve heer I goa with Clay tu vizzit hiz fother Leonard the faymos skolpder anniz wyfe Margaret. On Lenardz portch thayreza reel oald oprite peeyano awl beet op itz keez ar yellode n chipt hoo noze how lawng itz bin sittin thayre ixpoazed tu the son an wether. Weer hangin owt tawkin wen op dryvez Clyde an Gloria inna Tooyota pikop trok. Heeza wirey ole gye with mussed op hare raggy kloze tawks lyk sum kynda mowntin mann karackter. Gloryaz hiz wyfe mutch yunger vary priddy lawng legz lawng bloond hare. Clyde an Lenard shute the breaz fer a feu minitz then Clyde sitz doun atta bursted op peyanno sturtz ta playe buggey wuggy. Wow heez playin reely gud ole Lenardz bountsin oppandoun inniz chare ole Margrits smylin an jest abowt snappin hur fungerz Gloriaz dantsin aroun shakkin hur boodey evabuddyz karryed awagh by the moozik. Peeyano iz not exackly in toon but nobuddy seamz ta kare. Clyde plaze fer kwite a wile lotza diffrint bougy nummers singin eavin tellin storeyz abowt Jellie Roal Mortin an Meed Lux Loowis Glorya keepza dantsin reel ennerjettick n saxey.

A fyoo munths latter Clydez sun hoo wurkz atta lomber yurd brungz a big pyle uv lombur ta bild a gallurie nexdoar tu Lennardz hoos. Hole boncha nayberz sho op tu raze the waulz so the bildin gits putt op priddy kwik. Thay instawl ilektrik cunnekshinz put karpit onna floar then Lenard brangs a lotta hiz skolpcherz frum Byg Sir putzem inna gullery onna peddistuls vary perfeshunal.

Lenard byze a big Jappineez Kahwai gran peeyano hazzit sett op inna gullerie speshul fer Clyde tu playe. Hee an Clide mayka deel itz Clydez peeyano he kin paye it oaf one wai er nuther oaver tyme.

Oh thayrez so mutch myuzik cummin outa Lenardz gollery. Clyde playne buggy wuggy Lenurd sittin in thayre lissenin awl smylez Glorya dantzin aroun. Sumtymez Peeyano Ben shoze op an plaze kool jaz heeza vury gud jass peenist. Sum nites a lotta peeple cum oaver with instroomintz n dromz playe alung with Clyde er Ben. Wen galorie winnowz ar oapen onna sumer eavning yoo kin heer sowndz uv peeyano moozik flotin ull oaver toun so byoodiful.

Lennard an Margerit past awai a kupple yeerz ufter I cum tu Darwoon. It wuz sutch a privalidje tu hev git tu kno em fer that shoart tyme. Cording to Lennardz wischez Clay planz tu prizurve hiz daddz owtdoar skulpin wurkshop an alla hiz tulez he wantz tu hav rok skulpin classiz inna Darwoon. But that doant manidge tu happin so he goze ahed an selz the proppidy tu Thomas an Polly Kramer hiz oald frenz frum the Grate Peese Wauk witch a boncha peeple wauked akrost the Yunided Stats fer peas. Clay n Thomas dint ixackly wauk thay wur drovin trux doon mickanick wurk.

At furst peeple assoom that Lenardz galrey iz stil avaylibble fer playn peeyano drommin an dantsin butt it bikumz obveyus reel kwik that jenril poblick iz not wulkum thayre ennymoar. Clyde muvez the pyanno tu hiz tiney hoos witch izza traylor lokayted in Darrel an Joaniez druvewaye thay ar oald frendz. Clyde neadz ta bild a edishun ontu the trayler fer gran peeyano it taykez op a lotta rume az yoo kin imadjin. Hee an Gloaria tayke vary gud kar uv peeyano keapa hyoomidafyre goin alla tyme so it doant faul uppart inna drie duzert ayre. Sheez got grean plantz groawin ull arown it tu put moystcher inna ayr an hulp it feal at hoam.

Yoo mite be wunnering wether Clyde evvur pade oof Lennard fer thissa vury ixpenziv gran peyanoh. Anser iz yess menny tymez oaver. Fer the lass yeerz uv thayre lyfes

Lenard n Margret ar tooken vury gud kar uv in evry pozzibul waye by Clyde n Glorya. Shee nersiz em throo ull thayre fizzikul dissabilideez an keapz a oye on Margrit hoo haz divelupped a bad habbit uv klippin kooponz sennin oaf thoozindz uv doolarz tu fayke charriteaz stoopid male oardur oaferz. Clyde ennertaynz Lenurd playne the pyano tellin im taylez uvviz montineering adventcherz inna Seeyerraz fixiz op thayre veehickelz an uppliantsez. One dai wen Ima cum oaver ta vizzit thayrez Clide inna pandry tawkin tu the warshing masheen now letz sea wear duz thissa belt goa wy arnt yoo ternin aroun wy doant yoo fit intu this heer spayse hiz uzule methid fer doon reparez.

Thayrez two oprite peeyanoz inna Dantz Haul eaven tho nobuddy thayre playza peeyano. Tina byez furst peeyano sune ufter shee an Pete muve inn itz the oanly fernushing inna hyoodge umpty frunt rume. Clyde doanaytez seckind peeyano sum yeerz latter. Evver so offen hee cumz in an toonz op the peeyanoz alla tyme heez tooning it heeza tawkin tu peeyano wotz thissa stryng doon wye ar yoo stikkin so furth. Wen heez dun heel wipp offa cupple buggie wuggie nummerz. Peeyanoz havva vury hard tyme stayne in toon Clide tryz tu sett the pinz with gloo. Rowndz op a feu strawng peeple tu lai peeano doun onnitz bak so hee kin wurk onna sonding bored by now thayr ar menny ixpeerienst peeyano muverz inna Darwune.

Furst Dants Haul peeyano wuz perchissed frum Peeyano Mann Vic heeza eksillint pyano playr noze ull kindza muzik Chaikoffsky Moatsart rok n roal yoo nayme it hee sitz doun an playz ull thissa difrint stuf reel kwik one thyng ufter anuther. Peeyano Mann Vick byez op ole broak doun pyanoz inna thryft stoarz er peeple giv im wunz thay doant want nomoar he taykez em uppart an rebildz em. Vicz stoarin oald peeyanoz ull oaver Darwoon. Fer a wile he hazza bonch uv em statched in Rockyz lil siment blok fondry bilding doun in Locky Jim Warsh wurkz on em in thayre. Then fedril BLM kumz n tarez doun the blok hous so Vic hazta lode the peeyanos wun bye wun inna bak uvviz pikkop trok stikkem heer n thayre ull aroun toun. A cuppla the peeyanoz hee statched ar faulin uppart bhine the Poast Oaffuss distroid by the ellamintz.

Evvy noun then Vic cumz ta Darwoon tu kolleck one a hiz peeyanoz taykez it tu the Hut Spryngz. Heeza hangue owt inniz kump inna shayd uvva treaz kumpleetly naykid rebildin the pyano inna bak uv hiz pikop truk. Wenna peyano iz finniched Vic givza konsurt inna bak uv truk. Kewt yung gerlz cum tu hiz kamp heeza cookem enchalladaz thayra hungin aroun admyrin hansum nood gye fixxin op peeyano hoo wooda gesst thayd fynd sutcha thing wai owt thayre.

Wen Vick cumz tu Darwune heeza stay inna lil duggowt cayve in Locky Jim Wosh. Thissa so cauled Uffoardibble Howzing iz dugg intu kalichey witch izza rok lyk konkreat thatz inna groun ull oaver toun. Inna ole daze the mynerz the Choyneez er vaggabonz wud liv in theez dogowts speshully ufter big fyrez inna toun distroid lotza bildingz. Thay eaven say the Chyneaz slayve gerl prostatoots myta bin ternin trix in em.

Vickz duggowt iz fixd op with a lil stoav mayd outa mettle jonk ole muttriss sumtymez thayrez a chare er tabble reel sivalyzed. Yoo kin tel wen Vikz arownd heez gotta floffy doun kumfurter lade out onna madriss reel koazy an heez prolly gotta peeyano heeza wurkin on. Sumtymez thayreza peeyano konsurt in the cayve Peeyano Man Vic er Peeyano Ben hooever wantz tu playe the fixinop pyano.

Frentch Betty hazza gran peeyano inner big hoos fer hur sun Oliver ta playe wen heeza cum ta vizzit. Olliverz a jaz muzishin goze tu famus jass myuzic skule inna Bosstin. Heez leegully blynd doant havva druverz lisents but wen heeza cum tu Darwoon he gitz ta dryve Beddyz doon boogie ull aroun toun. Oncet wen my bruther Fred kum ta vizzit we goa fer doom boggy owting Ima ryde with Clay an Fredd goze with Olivur he noze heez blynd but he doant kare. Ryde gitz a lil bompy druving aroun onna durt rodez op warshiz n throo butches Fredz a liddle wite nukkle but nobuddy hert. We goa doun Lockie Jim Wosh an watsch the two Samz shutin at ratz inna domp with thayre ussawlt riffles tippikal weak end ennertaynmint inna Darwoon.

Oald Walt stil hazza gran peeyano inniz unnergrownd hoos that Ella useta playe. Shee wuz takkin lezzins frumma ladey in Long Trea wen she uppan dyed uv cantser in Sanda Fay Noo Muxiko. Cumpleat shok tu evryboddie Ella wuz kwite yung an seamed so helthy shee iz grately mist speshully by Wault uv korse an Gloaria hoo wuz hur hikking n byking boddy.

Peeyano Ben hazza grate big lektrik peeyano he hawlz aroun frum one playse tu nuther. Fer a wile he uzeta havva babby gran wen he livd inna howse uppon the hil but soald it an muved tu Lawng Tree fer a feu yeerz. Bedder fer him tu hev a ullectrick pyano becuz he gitz kikt owt by lanloard onna rigular bayzis heez ullwaze lukkin fer anuther playse tu liv. Eezier ta karry aroun a lecktrick peeyano eavin tho itz pritty hevvy he neadz hole 88 keez tu playe jaz on. Mutch uvva tyme itza sittin owt inniz yurd gittin awl beet op inna son wynd n rane. Heez ullwayz wunnerin howcum hizza pyano haz so menny prublimz but itz priddy obveeyus.

Fer sum tyme Ben hazza jobb playne a reel peeyano inna fantsy Frentsch reztarant in Liberty oaned by Laurent n Adiba heez Franch an sheez Algeeryian trybul Burbur. Thay oan proppidy inna Darwoon but doant liv heer nomoar. Thayrez vury slo survis atta rezturan becuz

Lawrent an Adeeba ar drankin too mutch inna kidgin havvin big fites alla tyme. Meenwile Benz tryne tu keap the dynerz ennertayned heez huntched oaver the peeyano peerin throo hiz thik glassiz at hiz buk uv oald standerd toonz the kustummerz ar wunnerin ware iz thayre fude. Sumtymez Adiba wil kum outa kitschin awl dishavled givvem a hoars durve tellem thizziz onna howse wile yure watin fer yoor meel but thay git chardged fer frea appatyzer ennyway hoo kin keap trak with alla muss inna kidgen. Benz gigg finully enz withowt no eggsplinashin by thissa tyme heez muved bak ta Darwoon itza long komyoot tu Libberty in enny kayse.

Ive gotta bonch uv ullektrik keebordz I gess thay kownt toardz peeanoz per kaputa alsotoo. Inna Baye Aria I hadda liddle bannd with myuzik podner Micky cauld Hy Straynjniss I kep byin keeboredz offa Eebaye. Thay hev reely pyled op I cant eavin rememmer howta play sum uv em ennymoar. Mickey cumz owt tu Darwune frum tyme tu tyme we playe inna stoodyo he bilt fer me inna Kargoa Box we mayka boncha rickordingz uvva noo onsomble cauld Hoztil Eldurz. Ufter Mikkey dyez I try tu keap sum kynda muzik goon on inna stoodio but itz not the sayme withowt hiz speshil wackie insparayshin.

Clyde ulso past aweigh vury reacintley. Evvur sints then the peeyanoz in Darwoon hav fawlin kwiet nobuddy tu keap em in toon nobuddy tu plai buggie wuggie. Thayrez stil a hoal lotta peeyanoz inna toun but seamz lyke weer ronnin lo on kappitas.

{ 12 }

Badass Bobbey

Wott terribul luk Badass Bobby iz bak in Darwoon the vury day uv Woodyz Muxikan Potlock fairwel dinnur. Pete iz gawn fer sumer Woody iz kayrtaykin atta Dantz Haul heez gonna hung owt a wile lawnger then moov on.

My fren Liv haz jest aryved frum Noo Muxiko sheez gunna play muzik with me tunite ufter Podlock. Weer jest sittin n smoozling on my portch wen I nodice a fonny lukkin truk pull op in frunta Dantz Haul paynted awl mullitary ullive drub big wite splutchiz ull oaver lyka mullisha tipe trok. Thayrez sum ogly fat wite hared goy n sum eaven ogglyer blitched blund gurl hungin roun truk. Sune we heer peyanno muzik cumin frumma Dantz Hawl. I say tu Liv less go sea mabey Clydez playin heez a grate boogy wooger.

But bfor we kin goa Woody cumz oaver frum Dunce Hole sez thayrez this gye wantsa play hiz gootar neadza kord cud he borry one frum yoo. Woodie stroakin hiz beerd sez I donno hoo this goy iz but hee seamz OK Ime not shore bout hiz gurlfrund tho.

Ime ullwaze rilluktint ta lone owt my kords but tellim OK but Ile needit bak sune so I kin play my keebored. I putta big stikker onnit with my naym givvit tu Woody.

Priddy sune Liv n me goa oaver tu see wotz goon on at Dantz Haul. Heerz this ogly goy with bleetched wite hare big fatt berebally hangin outa derty blak vest ploggin inniz lektrik geetar. Woodey innerdoosiz us. Thisz Bob he sez. Witehare gye acks reel rood iggnoarun us lyke sumkynda bigshut. Liv n me stan aroun pullite lyke ta lissen. He tutchiz hiz fungers tu the strungz n thayre cumzout this horroriffuck scroochin n skroomin oggly nerze. We ron intu the kidgen ta gittaway frum too lowd noyze ploggin owr eerz.

Whoa sez Liv that gyz got rill badd ennurgy. We peep aroun kitschin dorewaye. Now the bleeched blund raggyhare gerlfrundz sittin atta outa toon peeyano plankin onna keez playin an singin Hoos Uvva Rizing Sunn oavur n oavur not vury gud. Fatbelley gye hazza macrofoan hidged op tu hiz amplafire playn hurmoonika too lowd nott vury gud nither. We goa bak tu my houz wayte fer em tu stopp.

Liddle wile latter heer cumz Rodney the Psyko frumma Danz Haul. Ooh ooh sez Rodnie hooze that gye heez reel badd nooz hee muss be spidfreek got niddle murks dupe shottin trax awl uppndoun hiz urmz. Gerlfrund luks lyk got Ades er sum kynda fukdup. Ime stayne awagh frum that goy sez Rodnie.

Uv korse Woody bein the frenly type haz ulreddy invitated Bobb n hiz gurlfrund tu the Muxcan putlock. But sune I nodice nayberz ar tawkin uh oh Bobbyz bak in toun.

Oops now I rememmer Bobby the spead freek I mettim that Krismuss wen I wuz visitatin with Rupert bfore I muved tu Darwoon. Vury unnoying gye tawkin reel lowd braggin how he niver warshed hiz kloze draggin aroun a liddle lectrik keebored maykin me lissen tu im play priddy bad ugh now I remmumer. I bawt Rupert anniz buddeyz a terkie kleered owt an spint Crismus inna Nashinul Parque kumpgrownd hadda grate tyme drankin bere ritin powetry ull my mysulf.

Lass tyme Bobbie wuz in Darwoon nayberz sed he wuz skwattin in wun a the lil duggoutz inna Lukey Jim Wosh. Lerkin aroun at edja toun evvabody wurried heez gunna brake intu enny hoos er shud left untandid doon drogz hungin owt with the wurst loalyfes inna Darwoon.

Now heerz Badazz Bubby bak in Darwoon in the Dantz Hawl uv awl playsiz makkin this hurribble muzak hiz gurlfrund playin Hearse Ovva Rizing Son oaver n oaver. Me n Liv sittin in my hoos gitt tyred uv lissen tu im maykin rakkit so I goa akross strit an kolleck my cabble say I neadit gonna play my keebord. Thanx fer lenting cabble sez oglyfayse blichblund raggeyhed gerlfrund. Bobbey doant say nuthin maykin byg noiz bloowin hurmunnicka oaver macrofun.

Muxikan potlatch goze OK eaven tho Bobbey n gerlfrend ar thayre hungin owt with Roopert nobuddy ulse wil tawk tu em evvabody gozzipin behine thayr hanz oh shitt Bobbyz bakkin toun wott we gonna doo hafta lokkop our hooses n shedz hyde owr thyngz heez a famos brakeinn riboff artista.

Liv n me n Simon sturt playyin muzak ufter diner iggnoarin Badazz Bobby doant invide im tu plai. Heez hungin roun wantin ta gett inna akt bangin a liddle onna peeyano. Liv gitz op tu getta drynk Bobbey sez Ile hoald yer geetar no yoo woant shee sez an givzit tu Simon. Evvabody wispurin bhind thayr hanz ooh ooh Bobbiez bakkin toun.

Latter on Bobby sez ta Liv yoo mayda bigg musstake not lettin me hav yer geetar I stoddied with Sigoveeya Eye em a bigg tyme muzishin. I doan kare hoo yoo studyd with shee ritoartz yoo hoald yer gutore Ile hole myne.

Ufter a wile we stop playin evabody goze hoam Woody lox the doar no bigg problimz at Dantz Haul thatta nite. Eavin Rupert aparintly gitz bak tu hiz wadder tunk et leest heez not pazzed owt inna streat nex daye.

Reel urly that murning thayrez awl this scritchin n skreemin outsnide. Itz Muxikan Oscar ull dronk n disordurely waukin uppan doun Mayn Streat yallin ware ar yoo Bobby Ime gonna git yoo kum owt an fite lyka mann yoo fattbelly kowurd. Kum onn owt Bobbie yer not wellkum in thissa toun. He paysez bakkan foarth in frunta Dantz Hawl hiz blak hare ull scrumbled hiz glassiz ull steemed op.

Liv my gest frum Noo Muxiko grabz hur sootkayse an geetar sez whell Ime outa heer bedder geddon the rode tu Bai Aria shee dryvez oaf hurryup lyke Oskarz stil yallin n skroomin sumwarez aroun toun.

Priddy sune Badazz Bubby n gerlfrund sho op outsida Dunce Haul axin Woody fer murning kaffe. Woodie nyse goy invytez em in. Then heer kums Oscar rydin inna kar withiz fother a middl kluss Muxican fello warin a leezure soot. Osker popps outa kar heez stannin inna strit yallin kummon owt Bobbey yoo kowurd kum an fite lykka mann. Hiz fotherz sittin inniz kar Oscar waivin fusts in ayr threttenin tu ponch owt Bobbey nevvur mine Oscar iz missin too fingurz frum hiz ponchin han onna counta indoostriul acksident.

Bobby kumz owtta Danz Haul ponches Oskar inna fayce Oskerz fother jompz outta kar wayvin lil peesa lomber evaboddy skreemin an yallin. One uv Oscarz oyes iz ull bursted opp bigg bleading gush oaver hiz oyelidd.

Osker n fother druve oaf tu Long Tree fer muddical surplies ta fixop bursted oye thay threttin tu kall Shureff if Bobbeyz not outa toun by tyme thay git bak tu Darwoon.

Wen I goa tu Postal Orifice ta pikkup mayl Alma Howe dryvez op shee sez uh oh Bobbyz stil in toun evvabuddyz peakin outa thayr kertins lukkin warez he goin hooz haus iz hee braykin intu. Alma sez she sore a witehare goy hangin aroun bakdore uv Frentch Bettyz hoos sheez in Ell Ay itz prolly Bobbey braykin in. I tel hur Ile go chek at Beddyz an allso ax Woody pleez doant inkuridge Bobby tu stik aroun nomoar.

Bak at Dantz Hal Bobby n truk ar goon but blitchblund gerlfren iz hulpin Woody kleen op. I tayk im assyde tellim bedder git Bobby outa toun doant inkurage im ta staye evvabodyz awl frikked owt peapin owt frum behine kertins lokkin their doarz nuthins sayfe if Bobbeez in toun.

I wauk doun Mayn Streat thayrez Simon inniz yurd wadgin owt fer wotz Bobbey doon. I tellim yer Ma saw sum witehair gye braykin intu Bettyz houz Bobbyz gurlfren iz at Dunce Haul but not Bubby mebby itz hym brakin inn. Symon chukklin ripliez thats no gerl. Gurlz doant hav no Addumz upple no fyva klok shaddoe at enda Muxikan potlutch. Hm I thot that ogly blitchblund gorlfrund lukd sorda difrint.

We goo oaver tu Franch Beddys bakyurd. Thayre inna yurd iz oald Zack Cotton with wite hare diggin hoal fixin Bettyz wadder lyne. OK itz not Bobby brakin inn Almaz oald oyez muss bea playyin trix on hur.

Latter on inna ufternune I see Bobby an socauld gerl frend an Rupert sittin aroun onna Dantz Hawl portsch. Thay awl pyle intu oglypanted olluve drub trok n dryve doun tu Rupertz lil ryting offiss inna shak atta edja toun. Ull day evabody peakin outa kertins keapin a oye on thayr veehikulez n shedz wurryin warez Bobby goona brake inn.

Wadgin owt fer Bobbyz fren prolly not gerlfren ufter ull warez ahem shee waukin roun toun wotz shee brakin intu.

Evabuddy hooz bin frakkin n frumblin oaver reesint dispyootz Pete an Teena brakeop nayberz steelin jonk caullin kowntey bak n foarth on itch uther sudnly evabuddyz bean hulpfull watchin owt fer thayr nayberz awl onna counta Badass Bobbiez bakkin toun.

{ 13 }

Wadderfaulz

Seams lyk oaver the yeerz thayrez moar n moar toorists dryvin intu toun. If thay stopp inna middl uvva innersekshin at Mane an Murkit Streats an roal doun thayr winnow yoo kin be priddy shore wot kwestchin thay ar gonna ax namebly how doo wee git tu Darwoon Faulz. Thay ax it in ull kyndza acksents Jurmin Frantsch Jabbaneez Spainisch Inglitch Awstralyin Amerkin. Anser iz ullwaze the saym yoo hafta tern arownd goa bak the wai yoo kaym tern rite onna hiway dryve doun tord Rode Ronner Vallie. Wee giv direkshuns tu Loawur Darwoon Faulz witch izza toorist wadderfaul not dayngerful ta git tu.

The lass thyng yood ixpekt tu fynd inna dezurt ware itz nuthin but bair rox an bloawin duzt izza wadderfaul but thass wot we got rite owtsida Darwoon. Ackshully thayrez a hole bonch uv wauterfawlz wun ufter nuther but we doant tel the toorizts abowt that.

Lowwur Faulz izza sorta roamandick sedding a wyde sheat uv wadder sloshin doun oaver a rok fayce sorrowndid by maydinhare furnz willoze kottinwud treaz a kool shaydy spott tukked awagh inna midl uvva blayzing hut dezzurt. Oncet I uffishiadid atta wudding thayre in my kapasitty azza Younavursil Lyfe Cherch Minstur. The grume izza biollajist fer the Nashanil Perk anna bryde izza ardist ladey frum Awstrea. Thayre frenz Clyde an Gloria frum Darwoon urraynge the wadding an ack az bes mann an made uv onner an my muzishin frend Micky cumz alung tu pervide muzik onna Affrakin thomb peeyano. The bryde iz warin a lawng wyte dres witch itz stikkin wai owt inna frunt onna counta sheez six munths pragnent. We awl hyke op alung a liddle trikkul uv wadder unnerneeth the treaz ontil we git tu the boddom uvva faulz. We havva seramoney then we goa fer hembergurz at Rode Runer Spryngz Rizoart. Clyde keaps oapening op hiz hembargur bunn an tawkin tu the bergur now Ime gonna putt sum katchop on yoo warez yer unyin I doant wan this lettise on yoo my frend Mikkey iz roallin hiz oyez.

Exep fer pregnit waddingz Loer Faulz iz not too ixsiting but gud fer turizts thay kant git thayrselfs in too mutch trubble if thay goo thayre.

Mutch bedder iz Opper Faulz a lawng sylvur ribbin uv wadder droppin sevindy feat intu a luvly big pule deap enuf ta splush aroun in. Thatz the reel Darwune Faulz a speshil seakrit playse fer peeple hoo liv in Darwoon.

Itz not eezy ta git tu Opper Faulz. Yoo kin rok clyme op frum Lowwer Faulz yoo hafta scrumble aroun a narro ledj way op onna taul klif itz vury eezy tu git freeked owt er jes slup n faul yoo kin git hert vury badd. Thayrez bin hellakupter rescuze uv peeple hoo hev faul offa this ledj mabey eavin got kilt.

Bedder root iz goa doun frum Choyna Gardin a vury speshul owaysis inna dezurt. Thay say the Choyneez hadda vejtibble gurdinz thayre bak inna oald myning daze. Eaven now thayrez stil sellary groan wyld ware the wadder runz outa the spryng. Yoo kin dryve frum Darwoon tu Choyna

Gurdinz an eaven ferther doun the kanyin wen the Parck Survass gayte izznt blokkin the rode thanx tu flush flodz er sumbuddy buztid doun the gait. Dryve doun bowt a myle tu ware the wadder cumz op agin outa the groun. Yoo kin fite yer way throo the willoze an unnerbrosh wauk throo the streem git yer feat ull whet an moddy er yoo kin hyke op alung the hi trayle onna edj uv the kanyin lukkin doun oaver steap klifs priddy skarey then clime doun intu the cannyin witch yoo wil nead a han tu git doun if yoor a shoart purson. Then throo the streem steppin on sluppery roks an finully scrumblin doun a vary steap shoot uv loost slidding rox. Sunly yoo kum tu a oapning inna treaz an thayrez the wadderfaul with itz inviding poole atta boddom. A site fer soar oyez ufter awl that skayred an slipprey an hikking inna hut son.

Wun tyme bfor I muved tu Darwoon I hyked doun tu the Faulz with a groop uv peeple inklooding Clay an the Spye an threa uvva gun freek gyez naimley the two Samz an Jud an thayr wimmin. The gon gyez ar pakkin heet one uvva Sams iz ull drest op in kammaflarge younaform big mullitarey bootz lil kamaflodge hat heeza karryin hiz ussault riffle jest in kayse thayreza krimminul er montin lyon inna kanyin I gess. Weera beetin owr waye throo the butchiz waukin reel kayrful oaver the slipry rox tryin not ta git owr feat too whet wen alluva sodden we heer a woop an the kamoflarge Sam disuppeerz sumware behine us. Oops lookz lyk he stept onna boncha wadderkrest witch terned owt ta bee a big deap hoal heez inna wadder op tu hiz chust. Clymez outa the hoal tryne not tu luk too stoopid him anniz karmofledge anniz gunn awl soked an kuverd with mudd an liddle sprigz uv wadderkres. Wen we finully git tu wadderfall Claye an Spye an me tayk oaf owr cloze flopp aroun inna wadder wile Sam sitz onna syde uv the poole fooly drest wypin the modd offa hiz cammafladge an kleenin hizza weppin. Wen he gitz it ull kleend op he shutez offa cuppla rownz jest tu sho gon iz OK an heez stil prepaird fer trubble.

A fyoo yeerz latter at owr furst big Spryng Pardy a hoal boncha peeple mayk the hyke tu the Opper Faulz with

Simon leedin the weigh. Hee mai seam a liddle gufey sumtymez but heez strawng an adjile an hee noze the sayfist root bein that hee groo op inna Darwoon. Thayre muss bee twenny peeple sum yung sum oald sum drest fer seeryus hikking sum not that wel ekwipped warin surongz beedz an flowwurz ull strungd owt alung the hy trayle lukkin doun nervisly at the deap kanyin bilow hulpin eatch uther doun the klif steppin reel kayrfull oaver wet rox doun the krombling skree sloap finully we git tu wadderfaul. Evvabuddy taykez oof thayr cloze an splatches aroun inna poole. Menny uv em ar Tubbeez not skeerd tu git naykid. Hoorai evvabuddy servyved nobuddy hert.

Ima trie tu tayk peeple tu Darwune Faulz on my oan frum tyme tu tyme but niver kin git it exackly rite. Sumtymez wee end op lukkin doun frum the big cluffs tryne ta figger owt how doo we git doun intu the kanyin wee giv op an goa bak. Yoo nead a gud gide sutch az Symon tu git thayre in wun pees.

Gud thing that Loawur Darwoon Faulz iz avaylibble tu keap the toorists bizzy witch it mite not be thayre tooday iffa konserned sittazin haddint took ackshin tu sayve it bak inna nynetean sevindeez. Seamz that Mizter Hudson a vizziter frum Sanda Barbra wuzza kampin neer the Loawer Faulz wen op kumz the oaner uv Rode Ronner Spryngz Rizoart. Hee telz Mr Hutsin that heez gunna bild a noo pypelyne an sturt takkin wadder fer the rezoart frum abuv the Faulz instedda bilow. The Kownty haz bin naggin at im tu kleen op hiz wadder sapply witch the toorists ar mussin op the wadder with awl their hykin an splatschin aroun. Mr Hudsin thinx this sowndz lyka bad eyedea so he rites tu the Kownty Soopervyzer ta worn im abowt thissa plan. Soopvizor kontax Fedril BLM thay cum owt an meat with Rode Runer Spryngz oaner tellim he kant tayke wadder frum abuv the Faulz it wud drie op the Fawlz roon a famus natcherul reesoarce n impoartint eckosistim.

Wot grate nooz that a singul purson cud sayve thissa speshil playse fer fyootcher jennerayshinz uv toorizts so thay woant be geddin in trubble trynta git tu owr seakrit Opper Faulz anna peeple uv Darwoon kin havvit moar fer thayrsulf.

{ 14 }

Dee Yoo Eye

I bin livvin in Darwoon now fer nyne munths hav bin wurkin ull sommer onna big goastriting prodjekt maykin priddy gud munnie lyka responsibble sittazin. I figger Ive goddit moar togither then alla loa lyfe drunx an droggiez in nuther wurdz stil gotta lott tu lern abowt how thyngz wurk inna Darwoon.

I hev ackwired a boyfren hiz naym iz Joe Muir yool lurn moar abowt hym latter on. One nyse Septemmer murning wen Joze vizzitin I waik op with a turrible toothake it hertz reely bad. I trye alla my urbal remadeez an azprin nuthin killza pane. I rememmer I hav sum oald kodeen layin aroun frum Maxikan dennist so I tayk wun. Doant do no gud so Eye tayka nuther. Nuthin seamz tu hulp. Jo Muir kin sea that Ime desprit hee fyndz a boddle uv brandie inna cubberd porez me a glaz sum fer hiz sulf alsotoo. Ahh that deddenz the payn a bit so hee poarz me sum moar I tayka nuther koadeen. Sturtin ta feal a liddle woozie az yoo mite ixpakt but payn iz mutch bedder.

Tellafone wringz Ima anser it. Itz Woody kauling frum owtsnide Liberty hym an Rupert an Rodnie the Psyko hev bin dompstur dyving atta soopermurkit in Rustic. Woodyz kar haz broak doun onna wai bak awl fool uv vigtiblez meet bred wottever thay got outa dumbster. Kin I cum an pikkem op he axes rexcue tham.

Shore I ripplie. Wear ar yoo. Hee givz durekshins jest northa Libburty onna Hiwaye 395 witch iz abowt sixdy fyve mylez awai. No problim Ile bee thayre I tellim an hangop the foan.

Less go I tel Joa Muir we gotta reskew Woodie an alliz vujtibblez. Ar yoo shore Jo axes ar yoo OK tu dryve. Uv koarse I ashore im.

We jomp inna my Soobaroo stayshun waggin dryve fasst strate throo Long Tree throo Libbertey luk fer kar ware Woodie sed thay wud bea. Oh grate no kar. Wel mabey I gott direkshuns a liddle rong so I keap goon alla wai tu Timber nuther thurdy mylez. Styll no sine uv Woddyz veehikal so I tern bak Ime gedding priddy unnoyed by thissa tyme wy arnt thay wading ware thay sed thay wud be. I tern in at Wrest Aria nurth uv Liburty the steem iz cummin outa my eerz Ime so angrie an woddaya kno thayrz Woodyz kar thayrez Rupert Woody n Rodney alla stannin aroun nextu kar drankin bierz lukkin lyke nuthin rong. Upparintly thay gotta putsch offa hoyway intu

Rust Orea rite wear I cuddnt sea em. Thay giv ussa bere I takka feu swiggz. Ime rilly pizzed oaf doant speek tu em ennymoar jest unlode alla dumbster fude intu bak uv my Soobru tellem letz geddowta heer thay ull pyle intu the bak seet me an Jo Mure inna frunt I gunnit outa the Wrist Arya.

Rupert doazes oaf inna bak Woodeyz sayyin how graytfool he iz fer the ryde Rodnie izza grabbin atta doar hannel awl nerviss sayin sloa doun yore dryvin too fazt heez awl krittikul uv my dryvin madd az Eye yam.

We rayce bak doun 395 throo Lawng Trea mabey Ime spidding mabbe not but Rodney keapz it op ohmye Godd weel awl be kilt so furth. I goa fasst rownd the kerner atta ternoff tord Nashinal Parque Rodney yallz halp lemme owt I doan wanna git kilt. OK I tellim fyne I stoppa kar onna syde uv rode he gitz owt nextu Vizzitur Senter Roopert an Woodie keap sittin thayre Jo Muir not sayin nuthin an we tayke oaf itz oanly thurdy sevvin moar mylez bak tu Darwoon.

I korntinyue alung dizurtid hiway passt Steamer alluva sodden thayrez flatchin red lytez inna my reervue meerer uh oh Hiway Pedrol I pul oaver roal doun my winnow.

Wot seamz tu bea the trubble oaffiser Ima ax the uzule way uv deeling with sutch a sitchuashun. Wee gotta ripport thayre wuzza veehikal weevin aroun throo Long Tree he sez I sho im alla payperz lisents redgistrayshun aktin awl noarmul er sew Eye thunk. He sez I kin smel alkool on yer breth pleez geddowt uvva veekle mamm.

I geddout he shynez hiz flushlyte inna my oyez givz alla tezts wauka strayte lyne ballantse onna one fut oshitt Ima tellim I kant doo that eaven wen Ime soaber not tu sai Ime not sowber rite now givvim a lotta stoopid tawk. Jo Muir Rupert Woodie jest sittin inna kar waytin ta sea wotz goona hoppin.

Hiweigh Petrolmin slapz hankufz onna my rists reedz me my rites sez heez gunna tayke me in fer breth tezt. Now I sturt gettin abyoosiv kallin im a fashist pigg so furth Jo Mure awl crunkled doun inna frunt seet Rupurt an Woodey jest sittin thayre.

Ennybody nead a ryde tu Lawng Trea axes the kop. Rupe an Woodie git intu bak seet uv plees kar tellim thayll kaul sumbuddy fer a ryde bak tu Darwoon Joe Muirz not maykin a muve one wai er nuther. Kop putz me hankuft intu hiz frunt seet. Jest az heeza klozing the doar I rememmer my goastriding kliunt iz supposta caul inna murning oshitt itll luk bad if nobuddyz hoam tu anser fone. I yall at Jo Muir pleez goa bak tu Darwune anser vary impoartint foan kall inna murning tellim Ile bee bak sune wil kallim. So Joa grabbza gallun uv wadder frum my kar an sturtz waukin toord Darwoon azza pulise kar pullz awai. He doant dayr dryve my kar bak heez bin drankin too an doant havviz droverz lysints withim.

Kop droopz oaf Woody n Ruppert in Long Trea taykez me tu jayl in Lubbertey thay giv me bretha lieser tezt witch I fayle so I spen the nyte inna jale rayzin hel swarin syngin chantin montraz reel lowd inna dronk tanque ull aloan. No bedd jest sleapin onna coald floar unner a skinnie blunkit Ime yallin hay jayler why kant I havva bed Ime gonna soo yer azz so furth awl nite lawng.

I git tu mayk my fone kaul inna murning reech Joo Muir atta my houz he urraingez fer frend in Liburty ta pik me op at jale dryve me bak tu Darwoon. Wee fynd my kar styll parkt onna syde uv rode Ive got my kar keez so Ima thankim dryve it hoam.

Jo Muirz atta my hous awl ixaustid sez he hadda wauk ull nite twenny threa mylez bak tu Darwoon but yess he did anser fone kall thissa murning toald klyunt I wud kallim vury sune. Wauked throo vury dark nyte jes bairly enuf wadder inna jugg hee got lossed tryin ta tayka shoart kut owtch hiz feat ar so soar heeza bally aykin cumplaynin abowt awlnite wauk. I hed figgered it wuddint bea sutch a big deel heez ullwaze braggin abowt heez sutcha grate bakpakker.

Evabuddy in Darwune haz ulreddy herd the nooz. Rupert an Woody sho op at my hoos unlode the dompster dyve fude frum Subooroo thay tel me Rodney haz bin goon aroun toun sayin that heeza sayve my lyfe wot the hail Ima thynk mabey hee kauled 911 frum Vizter Senter thayreza paifone thayre. My nayberz ar awl ixprassing thayre simputhey fer gittin bosted itz reely hyoomilliading.

Wen I sea Rodnee I axxim didjoo mayka kall ripport me tu Hiweigh Padrol he sez oh noh denize evathing but I kno hee wuz jest op atta Poast Oaffiss tellin peeple that heeza sayve my lyf. How cudda he saiv my lyfe if not mayke 911 foan kal. Ufter that Ima niver trost Rodney agin speshilly wen I heer a stoary abowt heeza getta ryde owt uv Dusty Hut Sprungz then hee ripportz dryver tu Hiway Petroal nyse halpfool dryvur got bursted fer dronk dryve.

Thay tayke awai my droverz lisents panding tryal itz priddy unkonveenyint livvin fordy mylez awagh frum stoar in Lung Trea. Finully I goa ta tryul inna kort. Ime styll a liddle krazie I gess bcuz I rite a lawng ledder tu judje ixplayning I wuzzint reely dronk dryving jest hadda orful touthake tukka boncha kodine an sum brundie not akustombed tu kodeen so furth. Reel grate ixkyuse in uther werdz. Ime fownd gilty dryvurz lisents sospinded kant druve fer fore munths ixept ta goa tu dronk klass in Rustick oncet a weak at witch tyme I hafta doo awl my shoping onna wai bak n furth. Not too badda deel reely sints I doant goa shupping moar n oncet a weke ennyway.

Dronk klas iz wot yood ixpakt. Boncha loozers bursted fer veriyus kindza dryvin unner inflooints the teecher iz awl sulf ritechus probly a droggie dronk hursulf. Kosted me a bonch uv munnie uv curse payin fer trafik fyne dronk klassiz but finully itz oaver an I muss say I lernt my lessin.

Lezzon nummer one doant drunk an dryve. Lessin nummer too stay awagh frum Rodney. Lessen nummer threa Ime no bedder er wurst then ennyone ulse inna Darwoon.

{ 15 }

Muvey Peeple

Wel we shore doo lern alot bowt youmin naycher wenna
Muvey Peeple cum ta Darwoon.

Evabuddy noze abowt it soon azza furst Hollie Wud
purson kumz lukkin aroun tu sea if enny playse gud fer
mayka muvey. This fello kumza waukin intu Invizzible
Speckticklez witchiz the oanly bizniss inna toun. He axes
ar thayre enny houzes inna Darwoon wee cud runt fer
makka movey abowt drogg addick gurl krank hoar roallin
aroun inna bed gyez bringer doap. Yoo kno liddle moovy
seen lyka that. Gerlz naym izza Violett hur haus be cauld
Violits Layre.

Oh shore sez Emmy the gerlfrund uv Luke hoo runz
Invizzuble Spektakles with hiz bruther Simon. I kno alla
bout Darwoon Ile sho yoo roun fynda parfikt hous fer

movey. Ooh ooh sheeza thunkin I kin makka lotta munney frum Holey Wod bigshotz.

Sints hee muved tu Darwoon I hev bcum gud frenz with Peeyano Ben the jaz peenist I git tu playe muzik with im sumtymez. Wel besydez playna pyano Ben iz vury parranoyd goze tu schrynk gitz proskripshins taykeza lotta pilz. Heez ullwaze wurryin about sumthin raykin hiz fungerz throo hiz kerly broun hare hiz oyeglassiz ull cokoyed onniz noaz.

Ben has manidged tu muve outa the wosh doun at Jesseez bred truk now heez livvin uppa streat frum me. Heez runting a hoose frum Brooke shee livz inna Long Tree with hur an Clayz liddle dawter Farrah. Benz payin Brooke one hunner doolerz a munth fer liddle houz itz awl fukdop leeky plomming leeky rufe Ben doant mynd livvin inna big muss hous az lawng azzits cheep.

It hapinz that Benz bakpakkin withiz fren Ray inna See Yerra moontinz wen muvey peaple kum ta Darwoon. Thayve ulreddy bin gawn threa weakz wil be gon et leest too moar cording tu wot he sed bfor leeving fer buckperkin tripp.

Emmy haz fownd the muvey peeple a liddle ole hoos doun Mane Strit that nobuddy livzin thay gonna pay oanerz too hunner fufty doolerz a daye tu shoota seen in one rume Voylitz Lare. Moovie bout drogaddicks layin roun chutin dupe snurfin crunk.

Hoo wooda gessd it jesta kuppla daze bifoar thay sturt shutin Voylitts Layr seen thissa loyer shoze op ta tawk tu the muvie peeple. Heez bin sent by Alison n Hugo the oanerz uvva hous nexdoar tu the lil muvie hoos. Thay liv inna fantsy hous in Ell Ay oanly kum tu Darwoon fer vacayshin witch it hoppinz that thay ar cummin the vury sayme daze that Hollie Wud peeple wil be shutin movey nexdoar. Loyer sez thay wan muvie peeple tu payyem tin thoozind doolerz fer dizterbin thayre peaz n kwite.

Oops luks lyk deelz oaf sez Holley Wad goy tu Emmy hooz awl besnaffled by this nooz. Loox lyk we woant bee abble ta shoota Voylitts Layr seen in Darwune ufter ull.

Aargh no sez Emmy wayta minnit. Thayrez uther hooses in Darwoon jest parfikt fer mayka moovy. How bout Brookez hous uppa strit shee doant liv thayre er nuthin. Emmy doant menshin that Ben payza runt tu livvin hoose haz alliz stuf sittin inna hoos.

Emmy runz oof ta caul op Brook in Lawng Trea. Brooke putz on reel shoart skurt tu umpress moovey peeple jumpz inna Joop Cherrykey dryvez owt tu Darwoon. Itz OK I runta hous wile my tennint Benz inna muntinz Brooke tellzem. Wee havva unnerstanning lyke rume maytez I kin due ennythink I wan inna houz withowt Bennz purmishin. Bsydez Brook telz Emmey anna moovie gye Benz lass runt chick bunced. Sune Emmyz tellin evvybuddy inna Darwoon an eaven inna Long Tree foarty mylez awai bout Ben buntsing chuck.

This hole deel sounz pritty badd tu me. Heerz Ben hooz ulreddy parrinoyd oof inna moontins thynkin evathingz OK attiz hoos an theez movey peeple ar goona goa inniz hoose ternit intu a drogg denn Voylitz Lare.

Wot kin I due. I rememmer inna oald daze the Naydive Merkins kumyunakadid lung distintsez youzin muntal tellapithy. So I goa ahed an try it sturt thunkin Ben Ben kum bak tu Darwoon kum bak rot awai.

Nex daye thayre fixxin op Benz hoos ta flim the Voylintz Lare seen the folloing murning. Ime thunkin Ben Benn harry bak. But no sine a Ben by nitefull. That nyte Ima goa tu sleap thunkin kumbakk Benn.

Wel Ben an Ray druve intu toun at threa inna murning. Ben seez snofa n chayre owt inna yurd thynkz oshitt Ima vickted. Goze intu hous tryze ta tern onna larmp onna tabble but it doant feal rite. Finully hee gitzit ternt on seez itz nott hiz lump. Wotza goon on heeza wunner.

Ben seeza bigg box onna flore. Nivver seen thissa bocks bfor. Oapinz it op itz fulla harpodurmick niddles lil packidgez uv doop wite podder lubbertorey kwipmint so ferth. Oboy Ime bean sett op thynkz Ben. Thayre cornsparring tu burst me. He runz owta hous with Ray. Raye sez Ime not goon buck in thayre.

Ben githerz op alla the drog parafinaylia tu throa inna dompstur jest azzit sturtz gittin lite. Heez waukin uppa strit tu dumbster an heer kumz Rupert doun frum hiz wadder tanck rezzidints. Ben shoze drog parfinallia tu Roopert sez Ime bean seddop. Rupert telz Ben yore not bean seddop thayre makkin a moovy.

Whoa thunkz Ben thayre makkin a hole muvie tu sett me oop.

That murning wen Ima goa owt inna yurd ta fead the burdz I nodise Benz kar in frunta hiz hoose. Wow Benz bak thenk Godd Ima thunk. But wotz hee gon doo with alla movey peaple ull oaver hiz hoose. He muss be freekt owt.

Sune I sea Ben waukin doun the strit I goa an tawk tu im. He telz me bout aryvin in toun inna midl uvva nyte fyndin drog den inniz hoos. By now heez priddy pizzed oaf bout movey peeple youzin hizza hoos withowt hiz purmishin. Hee sez evabuddy in tounz bean reel nyse tu im budderin im op jes soze he doant wantiz hous bak rite now. Brookz gonna fergiv the bunced chick giv im nuther hunner doolerz. Emmyz baykin im cukkiez evabuddy awl kissassey how wuz yer tripp so ferth.

I ax Ben howkum yoo noo ta kum owta the Siyerra. He sez I herd a voix insnide my hed tellin me sumthinz nott rite in Darwoon bedder horry bak hoam.

Hmm. Ima thunk. Ole Injun tellagraff reely wurkz.

Azzit ternz owt the muvey izza reel turkie. Spozed tu bea a pylit fer tee vee seareez that nevvur duz git mayd an thank gudniss fer that. Muvie peeple promist thay woodnt youze reel naym uv Darwoon inna flim but thay due. Karickturz goa tu Darwoon ta git drogz vizzit Voylitts Lare thay keap menshuning drogz drogz Darwoon. Dantz Haul Peet iz outa toun so bfor thay sturt chuting muvie I klime op onniz portsch rufe nayl a sheat oaver the naym Darwoon Dantz Hawl. Not that it duz enny gud. Wel wot due yoo ixpeck itz Hally Wud.

Uv korse this izznt the lass tyme thay makka muvey heer az yoo wil sea. Sum yeerz latter Darwoon becumz the sweat hart uvva flim fustivul sirkut. Then kumz reeyallidy teevee witch thayd be mutch bedder oaf tellin troo stoareyz instedda maykin op a hole boncha boolshitt givvin Darwoon a bad naym.

105

{ 16 }

Fyre Karma

Evvabody in Darwoon iz skayred uv hous fyrez. The toun haz bernd doun a fyoo tymez witch the furst tyme wuz wen Darwoon wuzza big myning toun fore thowzind pursins moar er lest. Ull aroun toun yoo kin sea umpty lotz hoalz inna groun ware a bilding got bernt doun. Thayrez no uffishul fyre dupartmint inna Darwoon not vury mutch watter so iffa hoos ketchiz fyr awl that ennyone kin due iz watchit bern n tryta keap fyr frum spredding tu uther bildingz. Suner er latter vollintear far depurtmint shoze op frum Long Tree er Alkali but too layte tu sayve the bilding.

Furst fyr I sea in Darwoon iz sune ufter I muve inn. My fren Barbra izza vizzit frum Sun Frunsisko shee useta be my nayber thayre. Sheez sleapin inna loving rume Ime inna budrume slippin vary sounly inna stilniss uvva dezurt. Alla suddin inna middul uvva nite Brabra yellz owt hay wotz goon on. Ima waik op rill kwick jomp outta bedd. Winnows uv my hoos ar ull litt op with flushing red lites lotza noyze outsnide skwawkin raydeo voysiz. We putton roabes goa owt tu see wotz happin. Thayreza kupple fyre troks doun inna warsh bilow Croosons Koarner pompin wadder big croud uv nayberz stannin aroun with shuvils an pik axiz shaykin thayre hedz. Sayin too bad Rupertz lil shak bernd doun wutz hee gon due now.

Ima wunner wye dint ennybuddy kum ta woke me opp wharn me bout fyr witchiz priddy cloas ta my hoos. We thunk yoo noo sez Dolly stannin thayre inna roab awl litt op by flatching red lytes canna bere inner han. Nuthin ennywon cud doo ta stoppa fyr she sez. The Gud Lard noze wotz bust.

Barbara n mee hanga roun with alla uther peeple watchin farmen hoazing doun the smoakin arshes uvva liddle shak. Rupertz ronnin aroun onna edja the krowd wayvin hiz urms lyka shaddowey skayr krowe. Eventchully we goa bak tu bed wate ontill murning fer hoal storey.

Nex day at Poastul Offiss evabuddyz tawkin bout Roopert hoos bernd doun. Ternz owt he dranka buncha bere pazzd owt witha peesa wud stikkin outa the wud stoav. Stikkin owt part berned oatside uv stoav fel onna floar ketched hole shak on fyr. Rupert lossed awl hiz stuf sutch azzit wuz excep fer the menuscrip uv hiz novill in prograss witch he grabd an ron. Thunk Godd he sayved hiz menuskrap sez Clay heez bin wurkin onnit fer twenny yeerz.

Ufter fyr diportmint leff thay saye the Shureff axed aroun hoo wuz rizponsibble fer the bernt doun shak. Nobuddy wud tel on Roopert thay wooda sint im a bil fer the fyr trux.

Rupert taykez the hole thyng vury wel. Muvez op onna hil intu ole watter tanque itz gotta lil kot insnide sum shulfs a tabble so furth. Not mutch moar primmadiv then liddle bernd doun shak but he kant bern doun a wadder tunk evabuddy joaks.

Yood niver gess it but Roopert iz vury wall edjukaded speekz langwidges rites powedry travild a brawd and az preevyusly menshind iz rotting a hole nouvel. But heez also a badd dronk he haz bin eighdy sixt frum moast uvva Darwoon pardies gitz ubnockshus plustered an enz op layin inna strete pissin hissulf gud thing not much trafick inna Darwoon excep fer the droggiez an thay kno tu wadge owt fer im.

Rupertz livvin in wadder tunk but alsotoo hee mayntanez a liddle oafiss inna shak doun at uther enda toun. Ulmoast evry daye heez sittin in thayre with a big pyle uv papper tappin onna ole partable taprider wurkin onniz nuvil. Then hee sturtz drankin faullin doun sumwarez peeple ullwaze havvin ta pikkim opp in thayr kar awl smellin uv yourin messin op the uppoalstury givvim a ryde bak tu wadder tunk ta sleap it oof.

Mabbe Rupert mayda bigg mustake bean frenz with Badass Bobby bein nyse tu im. Tookim doun tu lil oaffice shak toald im he cud stay thayre a fyoo daze withiz socauld gerlfren ufter Woody sed thay cuddint hung aroun Dantz Hall no moar. Roopertz makkin big sackrifarce givin shak tu Bobbey hee kant wurk on nouvell wile Bobb n gerlfund ar thayre. Ufter kuppla daze Rupert sez OK tyme tu hitt tha rode I nead my orifice bak.

Nobuddy kin rememmer exackly wen Bubby n gurlfren leff Darwoon but seamz lyk evabuddy saw hiz ogly ole cameraflogged trok druvin outa toun inna layte ufternune. Er so thay thunk. Wel that vury nyte the skye iz ull litt op with fyre evabuddy runz intu strit oh noh itz Rooperts orfice uppin flambes. Fyre duportmint az uzule cumz frum Long Tree lawng tyme ufter bilding haz bernd doun. Evabuddy sayin ohshitt Bobby musta berned doun Rupertz shak mabey he wuz madd at im fer tryin tu hulp hiz ahem gerlfrend mabey fer kikkin im outa shak. Thay say Roopert ron intu the berning oofise shak tryne tu reskew hiz menuskrip but thissa tyme hiz nouvel iz distroid thayrez no koppy. Ull that wurk waistid fer nuthin.

Oh whell sez Dolley drankin bere with Clara unner hur grapvyne. Thayrez a reezin fer evathing. The Lard givith n Hee taykith awagh.

Nomoar fyrez in Darwoon fer kuppla yeerz. Then vury misteeryus lyke the liddle hous uppa strit frum me berns tu the groun inna mittel uvva nite on Winner Soalstiss Eave. Fyr dupurtmint shoze op frum Alkali too layte tu sayve hoos but thay spraye wadder ull oaver a shedd a liddle wayz awagh witch praventz proapain tunk insnide frum blarin op. Thissiz the vury saym hoos that Brooke runted tu

Peeyano Ben an wuz uzed fer makka movey seen abowt crunk hoar Voylents Lare. Now proppity blongs tu Mobil Jak frum Liberty so cauld bcuz he oans gaz stayshin biznis in Long Tree. Hiz wyfe Fran iz vary oppset sheez bin fixxin op ole hoos jest byootifool with anteek farnishure lil doyleez pitchers onna waulz porselin plats like ole tyme haus. Shee n Moabil Jak n thayre frenz lyk tu cum owt onna weakendz throe rednuck pardyz atta lil hoose but nomoar.

This izza vury bad divulopmint. Suspishun faulz on Simon hoo hadda big blareup with Mobil Jak n hiz frendz at Forth a Jooleye pardy on Fortha Jewlie Flatt. So wen lil fixop hoos getz bernd doun notso lung ufterwurdz evabuddy natcherly sospecks Symon musta sett far. But fyr duportmint inspex the evadints and cunkloodz that fyr bigan at lektrik coneckshin fer watter heeter.

Nayberz ar sittin aroun in Dollys bakyurd drankin bire tawkin bout fyre in Jak n Franz lil ole hoos. Sum think Simon diddit uthers bleev fyr inspecker theery. Wel sez Dollie takkin a golp uv bere thanck the Loard nobuddy got hert er kilt.

A fyoo yeerz goa bye bfore mos reesint berndoun hous fyr in Darwune. Thissa tyme itz Simonz oan shak doun Mane Strit akrost frum hiz parintz Efrem n Alma. Thayrez sevril lil shax onna proppidy witch blongs tu ole frend uv fammuly. Symon izza livvin in one a theez shax itza big mes lotza jonk insnide n owt VW partz unfinnushed ortistick projex broakdoun teevee oald Ell Pee muzak rickordings dromz a bedd with rattey blunkitz so furth. Awl lossed inna fyre. Eaven wurse in liddle shak nexdoar alla kwipmint iz bean stoared fer Invizzible Specktickles Efrem Howez pattintid invenshun uv oyeglassiz with no fraymz jest held onna eerz with lil plazdick stryngz lyk fission lyne. Eavin tho bizniss haz bin uffishully klozed doun thayrez stil masheenery speshul partz fer rimbless eyeglosses lotza toolz ole goald oyeglas frayms so furth.

Fyr deportmint shoze op ufter bildings hav bernt tu grund. Efremz owt thayre with a gurdin hoaze tryin tu keap sparx frum spredding. Heez bin tryn ta fite the fyr hoal tyme but not enuf wadder inna hoze ta due ennything.

Nex murning Efrem n Simon ar owt inna berned doun jonkpyle pikkin throo the stil smoakin ushez trine tu reskew wott thay kan frumma bizniss. Peesiz uv molted goold frum oyeglaz fraymez tulez awl chard n bluckend. Efrum sez that ruffridgerader in Simonz shak maid a shoart serkit stardid fyre inna waul. Nuther lektrik fyr it uppeerz. Not supprizing sints wyring in Darwoon howzes izznt exackly uptu koad.

Invizable Spektakulz iz outta bizniss fer gud now.

Nayberz ar hangin owt unner Dollyz grapvyne drankin bere disgussin Simon n Invizzibul Specktaklz fyre. Lotza diffrint uppinyinz bout cawz uv fyr niver mynd theery bout frigerador. Sum peeple gossupin that Efrem mayda arsin fyre on porpise tu gett inshorance makka lotta munny. Utherz say itz a ixkyuse fer Simon ta muve intu hiz layte gurlfrend Lolaz howse eaven tho shee dint leev hur proppity tu hym wen shee dyed a ontimebly deth. Uthers wunner kud it bee Mobil Jak n Beddy gedding revandge.

Mayks yoo wunner wotza reel storey bout ull thoze fyrez in oald Darwoon minning daze. Jest axidentle er mabey sumbuddy madd at sumbuddy ulse. Hoal toun hunnerds uv peaple ull berned outa thayr houzes an biznusses the sayfest playse tu liv iz in ole dugg owt cayvez doun in Lukkey Jym Worsh.

Wotz dun iz dun sez Dolly poppin a kan. Wot goze arown kumza rown.

{ 17 }

Pullitikal Akshun

Bout sayme tym az Ima muve tu Darwoon the Duzert Pertekshun Akt iz bean implamentid. Kamperz ar been pooshed outa Dusty Vallie Hut Spryngz an alsotoo the bowndry uv the Nashinul Parck iz muved mutch cloaser tu Darwoon. Moar toorists ar kummin throo toun axin howta git tu Darwoon Faulz thay thynk thay kin dryve doun vury bad bak rode witch iz oanly OK fer foreweal dryve. Parc Surviss doant giv vury gud direkshinz tu the Fawlz eavin tho itz insnide the Parck. Evry noun then sum toorists cumma waukin intu toun inna mittle uvva nite awl wore owt an skared thay bin trudjin fer owerz op the bak rode frum Darwoon Warsh wear thayre veehikal got stuk inna sand er thay ron outa gaz. Rezidintz uv Darwoon hafta reskyew toorizts a cuppla tymes per seezin.

Moast unfoartunit rezult uv expanshin uv Nashinul Parque iz that the Parck clames itz now in kontroal uv Chyna Gardinz the wunnerful liddle owaysis doun Darwoon Kanyin ware a spryng kumz op outa the groun thayrez big cottinwud treaz liddle pond lotsa shayd nyse playse fer Darwoon peaple tu havva pardy mayke barbakew keap kool inna sumer eaven when tempachur iz oaver one hunner digreaz.

Menny yeerz agoa sumwun frum toun plantid a boncha goaldfisch inna pund at Choyna Gurdinz. Now thayrez duzzins uv gooldfush sum uv em priddy big moast uv em ar goald koleur uthers ar blak er blak n goold mixt. Sum fizhes hav tumerz on thayr boddies we wunner wotz inna Shina Gardon watter givin fitches toomerz. Peeple bryng doun bred n crakkerz tu the pund throe krumz inna wadder fitches cum russian oaver grabbin atta krombs with thayre mowths. Youkin sit thayre fer owerz watchin fitshes an injoyin the kule shayd anna rufflekshins uvva treaz n skie inna wadder.

In Darwoon weer wurryin if Nashinul Purk taykz oaver Chyna Gardinz wil thay remuve the gooldfush sints thay ar nott a indidjinus speesees. Wen the mapp fer noo Parq bondries furst cum owt it kleerly shode that Chine Gurdin wuzznt inna Purk but now thay clame it iz. We gotta due sumthin.

I menshin this problum tu ole Walt an yung Ella wen Ima vizzit em in thayre unnergroun hous. Wault sez whynt yoo makka pettishin sendit tu Parq Survass.

I doant kno if mabbe heeza makka fun uv me er wot. Inna sitty I useta git invulvd in plitikal ackshin but I figger Ime noo in Darwoon doant wanna ack lyk sum noh it awl maykin peeple sine pedishuns karry aroun sines. Butt I figger wel mabey itz not sutcha badd eyedea.

I tawk tu my fren Sophie sheez vary ixperientsed at dezzurt pollitix haz dun lotsa wurk protecktin Dusty Vallie. Sheez vury consarned abowt Parck rayngers pooshin peeple aroun at Hott Sprungs givin tikits fer doggles offa leesh ronnin peeple owt fer kampin moar n thurdy daze. Carryin gonz inna kumpgrond threttenin peeple dryvin aroun in big Homvee with ass halt riffle munted inna veehikule. Vury skarey mullitarizashin uv rayngers inna Parck.

Wee goa vizzit my boifrand Joe Muir in Long Tree. Heez vury gud at compooter we axxim ta hulp us makka flier tu git peeple invulved abowt nooly ixpanded Natchinal

Parc. Jo findza pitcher uv Hittlerz Natzee sturm troupers invaydin Checko Slavakkiya sittin in thayre skarey tanques thayrez ded hoarses lyin onna syde uvva rode. We makka flyre with kapshin unner Natzie pitcher sayyin Parq Surviss Rayngerz in Homveez karry owt Booro Rimooval Progrom. Ha ha weera crakkin op vary fonny flyre. Jo Muir setz op wubsite ware peeple kin ripport unpropper Raynjer behavyer putz wubyte uddress onna fliar. He printz op a buncha flyrs so mee an Sophy kin distribyoot em alung with pedition Ime wurkin on.

Priddy sune pedishun iz reddy itz adresst tu Soopertendint uv Nashinal Pork axes fer meating in Darwoon tu disguss varyus ishuez inklooding Chyna Gardin pushey bihavyure uv Raynjerz toorists not gedding infermayshin abowt rode condishinz so ferth. Ima puddit op on bulladin bored at Poast Orfice karry it aroun axxin nayberz ta sine it. Lotsa peeple ar happie tu rite doun thayre nayms then I male pedishun oaf tu Parck Soupertendunt.

Mutch tu my mazemint I getta fone kaul frum Soopertendint uv Natcherul Park hissulf he sez shore Ile cum tu a meatin wen da yoo wanna hav it. I cornsult with nayberz an ax Pete kin we youze Dantz Haul fer meeding. He sez OK so we makka pointmint with Soopertindint Duke Morgan.

I kall up the nooz papper in Rustic invide em tu pleez cum an kovver the meading. Alsotoo I druve doun tu Rode Runer Springz Rizoart the lil toorist plays onna way tu Nashinul Parck. Archie the currint oaner izza big taul gye inna kowboi hat kowboi butez he waukz sorta stif lyke heez gotta wodden lag. I givvim a koppy uv pedishun also the fonny Natzie Tank flyre tellin abowt wubsite fer rapporting badd rayngeur aktividey. Hee lookz kwik at flyre an padishun sez OK Ile kum.

Az luk wud havvit the daye bfoar the meeding our ole frend Grampy cumz ta Darwoon. Heeza sweete ole fello we kno frum Hott Spryngz hee useta bee a serveyor fer Forist Survass now retyred. I tellim abowt prublim with Parque bondarie at Chuna Gardin axxim cud hee tayka luk atta mapp tellus wot hee thinx. Uv korse Ile be happie ta hulp he sez. I givvim the leegal diskrupshin uvva bondarie anna coppie uv map. Oboy Grampyz gonna hulp us.

Meating dai cumz. Parck soopertendint Duke Morgan shoze op inniz truk also rayngerz inna Ess Yoo Vee. Pete greetzem atta Dans Haul doar hee nodices raynjers ar warin pistils. Yoo kant cum insnide with thoze weppins he sez pleez leevem inna veehikule. Thay luk sorda serpryzed but goa alung with hiz rikwest lok thayr gonz inna kar.

Weev araynjed alla seets in big frunt rume inna sirkle instedda uzule rayngemint uv roze uv chares awl faysing a tabble uppin frunt ware big shotz sposed ta sit. Soupertenant Moargun n rayngers wauk intu Dantz Hawl seam sorda cornfuzed no umpoartint playse fer em ta sitt uppin frunt. Thay pik owt seetz sumwarez aroun surkle. Noozpapper raportur aryvez frum Rustick also Archie frum Rode Ronnar Sprungs. A lotta Darwoon peeple ar cummin in sittin doun. Wow thissiz goona bee gud Ima thunk.

Rodney the Psyko shoze op taykeza seet. Uh oh I hoap he doant cawz no trubble.

Duke Morgan n wrayngers put big mapz op onna waulz fer explayn ware ar bowndriez uvva parq thay hav big pylez uv pappers tu sho thay kno wotz goon on. Mizter Moargin givz a liddle intradictery speach then invitates ennyone tu ax kwestyuns. Op popz Archie the oaner uv Rode Rooner Spryngz leenin onniz stif legg. Heez got the flyre inniz han with pitcher uv Natzie troupz wayvin it aroun. I wuz givn this peesa fylth he sez awl mad lyke. I jest wan yoo tu kno Eye hav no cornexion with thissa turrible dockumint. I hoap yoo doant thunk Eye yam in enny way invulved with sutch a peesa trush an he slambs doun the flyre onna umpty seet an sitz bak doun.

Oops thayreza raynger sittin rite nextu seet with flire onnit. So I git op pritendin tu getta dranka wadder go oaver an sit on toppa flyre so wrainger kant luk at it. Sitt thayre fer resta meating hoapin raynger doant ax tu sea the turrible peesa shitt flyor.

Priddy sune we getta roun tu kwestchin uv Chyna Gurdinz. We lett Soopertindint Moargan goa ahed an ixplane how parq bonderies wuz draun with brawd tipd felt penn in Warshingtin the ixack bondereez wuzzint vury kleer at furst but now thay kno fer shore that Chuna Girdin iz inna Parq.

Scuze me Ima inderupt. Wee hav a retarded sorvayer heer hoo wud lyk tu commint on thissa poynt. Ole Grampy getz op with hiz innosint bloo oyez flarshin throo hiz glarsez big wyte beerd vary homble but dignafide. He pix uppiz pappers an reeds the leegul diskrupshin uvva parque bondry at Choyna Gardonz witch iz sutch n sutch nummer uv feat tu whest uv senter uvva rode. Sez hee haz traysed the Parque bondry onna mapp anna kleer konkloozhin iz that Chino Gardonz iz oatside uv Parck by sevril yurds. He sitz doun Park uffishalz look kynda takkin abuck. Darwoon peeple sturt aplawdin Grampyz purformintz. Duke Morgan stanz op sez wel ahem weel hafta goa an chuck on thissa leegal diskrupshun. Seamz lyk yoo hav a poynt an sitz bak doun.

Thayreza poblick komment tyme peeple voysin thayre upinyunz axin kwestchins. Rodney the Syko razes hiz han. Oh no I hoap no krazzy stuf but it goze awl rite he axez a noarmul kwestyun.

Meading iz oaver we thank Soopertindint rayngers n nooz raporter fer cummin. Archie frum Rode Runer Sprongs putz onniz kouboy hatt goze oof givin me sorda durty luk but meatin haz bin grate sucksess. Weer alla hoggin Grampie thankin im fer hiz egsellent wurk. Hooray weev sayved Chynah Gardinz an alla goaldfisch. Vary fustive atmusfear. Thankyoo Dantz Haul Peet fer hoastin meeding.

Cuppla daze latter Rustic noozpapper cumz owt. Bigg ardickle onna frunt payge abowt Darwoon meating vury simpathedick rite op but thayreza pitcher uv the meeding an gess wot thayrez Rodnie the Syko raizin hiz han tu ax hiz kwestyun butt it lukz lyk heeza razin hiz fyst lyke a Natzie saloot.

Oh grate. Now Darwoon will havva raputashin uv been a krazey boncha Natzees likka so cauled rayngeurs in peesa shitt fliar.

{ 18 }

Invirameddle Aurt Projex

Oald Leonard the famus skulpder lyks ta sitt onniz portch lukkin owt at the far awai mowntinz an the Darwoon Hilz kloaser by. One a theez hilz iz kaulled the Sleaping Prinsiss becuz it lookz lyk the proafyle uvva byoodiful ladey lyin doun hur hare awl streemin bhine hur hed a lil smyle onner lipz. Sheez eaven gotta vary nyce boozim mayd outa the hil nex doar.

Oanly problim iz the pore Prynsiss hazza vary promanint chynne with a big lomp onnit anna whart onna bridje uv hur noaz. Lennard haz menshined heed lyke ta fixop the Prinsiss noze maykit les lompey. Not sutch a krazey eyedea fer a rok skolpder tu wanna fixop a big peesa rok onna mowntin.

One yeer fer the Spryng Pardy we deside ta fixop Prinsiss noaz we caul it The Wurldz Biggist Noze Jobb. We colleck tulez ahedda tyme an wauky tawkeyz. At pardy thayreza big groopa peeple hoo wanna hulp with Noze Jub. Evabuddy huffanpuffs uppa Sleapin Prunciss karryin kroabarz pix an shuvilz anna buncha bere. Lennard sitz onniz portch with a wauky tauky an Simon hazza uther wokkie tokkie on toppa the Prinsiss bouta myle awai. Simonz warin a brite kullerd tea shert so Lennard kin luk throo beanocklerz sea im stannin on toppa the Prynciss proofyle. Lennard sez wether the spott ware Simonz stannin neadz tu be hyer er lowur peeple sturt pryin awai rox with krowbur an heepin em op sumware ulse. Weera poppin owt big rox in Prynsiss noaz ta rimoov the wort brakin op rox onner chynne ta maykit less stikkin owt pryin lomp offa chyn. Rox ar roallin doun the moontin peeple ar inna waye bilow peeple onna top yallin rok rok wadge owt but we geddit dun withowt ennybuddy git hert eavin with alla joakin laffin n drankin bere. Lennard sez OK luks gud on wauker tawker so we kulleck the tules n umpty bier kanz an hyke bak tu toun.

We gether on Lenardz portsch tu admyre big aurt projeck. No kwestchin Princezz lookza hole lott bedder no whart on noaz no lompy stikkin owt chyn hoal proofyle lukz moar reeliztick. Now wen we poynt owt mowntin tu vizziters tellem thatz the Sleaping Pranciss itz mutch eezier tu sea wot ar we tawkin abowt.

Noze jobb wuz sutch a big sucksess that we desyde nex yeer fer pardy tu makka jeogliff witch izza big drawering onna dezurt floar mayd outa rox. Weer goona mayk a big fisch with feat the so cauld Darwoon Fisch that peeple put onna bomper stikkurz.

Efrem Howe anniz sunz hev pikt owt a liddle bair hil a cuppla mylez op the rode outa toun akrost frum the ole myne thatll be gud lokayshin fer Darwoon fisch. Neerby izza playse with lotza big blak roks purfickt fer mayka pitcher onna syde uvva hil. We figger fisch wil be kleerly vizzibul wen yoo dryv intu toun.

Bfoar pardy Efrem anna boyz goa tu lil bair hil an marque owt wear fitsch wil bee. Thay mezure lenth uv fisch onna hil putt in stix ta sho hiz noaz an tale skitch hiz owtlyne with stryng.

At pardy thayrza cupple duzzin peeple hulpin with fush projeck. Sum peeple lode blak rox intu pikop trux unlode em oaver at fisch hil uther peeple ar layin out roks onna hil akordin tu plann. A fyoo owurz latter fisch iz dun we stepp bak toard the rode an admyre it.

Fisch jeoglif becumz anuther toorist atraxion in Darwoon. Wee tel wel bhaved vizziterz bea shore ta nodise the Darwoon fisch on yer wai owta toun. Sum peeple may thunk itza ruferense tu evalooshin maykin funna Jeesiz fisch but itz jest a nyse pees uv aurt anna liddle joak about naym uv toun witch iz reely naymed ufter Dokter Razmus

Darwoon Frantsch a myne ixploarer hoo akshully nevur eaven kum ta Darwoon.

Thayrez one purson hoo gitz ta luk at Darwoon fisch evry singul daye an thatz Jesse hooz karetaykin at the myne. Eavin tho he hazza purfickly gud playse tu liv in hiz liddle bred truk uppa warsh atta boddom edj uv toun Jesseyz jobb rekwires im tu lyv inna big fantsy hous on toppa hill at the myne useta bea the myne soopertendintz hoos.

Onfordunitley Jessy doant pertickerly lyk the Darwoon fisch not becuz heeza Jeesiz freek but bcuz heez nott youzed tu sea ennythin on that liddle hil witch now hazza fush with feat onnit evry tyme he lukz outa winnow. Wel toobad we say itza pees uv aurt vary gud addiction tu lowkul seenury.

One daye a cuppla yeerz ufter big fisch projeck Ime dryvin outa toun lookin oaver tu admyre fitch annit lookz kinda fonny. I geddout an wauk oaver tayka kloaser luk. Itz notta fisch ennymoar the roks ar throde awl aroun lyk sumbuddyz madd at fisch ull thatz leff lukz moar lyk a moshrume. I suzpeck rot awai that itz Jesse hoo mussed op the fisch but kant bea shore so I ax Clay ta tawk tu im.

Ternz owt az Eye gessed that Jessy haz vandyulized the fisch jest coodnt stan lookin addit ennymoar heeza tel Clay. But he seamz sorda sorrey sints he noze we putta lotta wurk intu gettin the rox an maykin em intu a jeeoglift.

Ufter a bitt uv negoshiashun Jessey finully telz Clay that OK we kin goa ahed fixop the fitsch oncet agin an heel jest liv withit. No moar bad fealingz.

At that yeerz pardy a boncha peeple repare the fisch eaven mayk a fyoo improovmintz a grate bigg oye mayd owt uvva truk hobkap wee straytin owt leggz an tayle bedder n befoar. Fisch luks mutch nyser now mabey Jessy wil uppreshiate it.

Darwoon fisch iz stil a toorist atraxion tooday but moar n that itz becum sumwot uv a lowkul schryne. Wen my muzik pardnur Mickey dyed we skaddered summa hiz oshes insnide the fush hadda bogpype playr anna liddle serramoaney thayre. But wen Jesse dyed a few yeerz urlier nobuddy sudgestid tu skadder hiz oshiz onna fisch. Thayreza mummoreal fer Jesse inna semmatary cornsisting uvva Vokezwoggin enjin.

Darwoon Fisch izznt jest a lil insnide joak ennymore. Inna fur awai fyooture thayre wil be stoariez abowt lowkul naydivs lung agoa hoo mayde speeratyule rok aurt saykrid fisch jeogliff alungsyde the aynshint trale intu Darwoon.

{ 19 }

Krazey Digger

That Krazey Digger thay useta caul im. Lawng bfor I cum tu Darwoon Digger wuzza livvin on the oald Crosby clame. Ole man Crosby anniz wyfe n thayre dawter thay gotta liddle shak op inna hilz owtsida toun. Fer yeerz thayre a skritchin n scrabbin at the rok lukkin fer the talltale ruddish glunt uv goold inna rosty kwartz. Diggerz thayre frend hee livz owt thayre withem hulpin wurk thayre prospex. Ole ladey Crosbie shee dyez an then the oald man hee dyez anna dawter sheeza moov awai bak tu sivyulizayshin. Diggur staze on inna fallindoun kabbin jest hym anna boncha skruffy dawgz n katz.

Digger useta be inna Urmy in Veetnum it wuz thayre hee got krazey mos lykely. Thay givvim a dustchardge an sum mentil moodisins an vutterinz benufitz but the moodicin maykez im sik az wel az krazzy so heez ullwaze

127

figgerd that thay oh im sumthin. In Veetnum he wuz ixpozed tu Ayjint Arange hee haz ronnin soarz paynful spotz ull oaver hiz buddy. Hiz doggz ar alla tyme likkin the Argint Oorange soorz. Digger bileevz that the sillava uv dogglez kuntaynez heeling proppidiez dawg likkz hulp tayke kayre uvva skyn leejinz.

On accownta hiz Veetnum brayne sikness anniz Oogint Auringe snorez Digger praferz tu liv ull aloan inna moontinz inna Crozbys ole mussed op shak with hoalz inna waulz lil skrapza ragz inna winnows the doar hungin cokkle oyed onnitz hindjez. Hee corntinyuze tu skritch arown inna hoalz that hee an the Crosbyz hav duggen prayyin that the Gud Lard wil bluss im with a locky stryke.

Oncet er twicet a weak hee leevez the doogz ta gard hiz kump an waukz tu toun fer wadder. Sumtymez hee getza ryde tu Long Trea fer surpliez an fude fer the annymulez.

A hard wynter kumz. One froozing winny daye Digger waukz intu toun withiz wadder jogz. The snoo sturtz ta faul wile heeza roilin op siguretz outa Jessiez Boogler kan. Sittin aroun in Jessyz bred truk honkered oaver the wud stoave disgussin the wether with Jesse an Clay yoo muss be freazin yer oss owt thayre so ferth.

The snoo keapz faulin wile thayre tawkin abowt this n that. Sturtz gittin dark so Jesse oafferz ta givvim a ryde bak with the wadder jogz but Digger sez no thunx heed perfur ta wauk an oof he trodgez leenin intu the wynd with a buckpak fulla dawg fude an six galleonz uv wauder slunged oaver hiz shoolderz lyk sum Veetnumeze kooley wisslin an waukin intu the deapenin snoo. Thay doant kallim Krazey Digger fer nuthin.

It corntinyez ta snoa oof an on fer too daze wynd blooin so hurd nobuddy kin stan op owtsnide. Niver sene it this badd in twenny yeerz evabuddy sez.

Alla gyez ar sittin aroun in Clayz unnergroun hoos drankin kawfey tawkin abowt the wether. In kumz Jesse tu cornsult with Clay. Dya thunk Diggerz OK owt thayre inna snoo he axez mabbe wee awta goo owt thayr n chuck onnim. But the snoaz too deap tu dryve an thay sturt passin aroun a bartle uv brundey ta tayk oaf the chyll an priddy sune itz too layte ta chuck onnim thatta nyte.

A cupple daze latter the snoo haz finully moltid enuf ta dryve owt in Clayz puckup urly inna murning. Heez ded fer shore thay figger az thayra dryvin op passt Diggerz oald burstid op Dartsin. No sine a hym er hiz dawgz aroun the kump. Thay holler fer im but thayre izznt no anser. Thay ar prapayred fer bad smelz az thay tippletoa uptu the oald broakdoun shak but thayre izznt nobuddy thayre.

Finully thay goo oaver tu the ole mussed op Dootsun leenin sidewaze with three flut tarz. Thay whipe the moaltin ise offa the windoze. Thayrez Digger layyin insnide a the kar hiz cheaks ull rozey hiz pail bloo oyez spurklin an alsotoo thayrez threa skroffy harey dawgz an too katz awl coddled op withim in the bak seet inna tungle uv ole ripd op sloopin bagg anna bonch uv rottin urmy blunkitz. Whoa Diggarz ullive ufter ull.

We thunk yoo wuz ded sez Clay reel diplamantick lyke er we wooda kum lukkin fer yoo bfor this.

No prooblim sez Krazzy Digger. Wye da yoo thynk I tayke sutch gud kare uv my fur lagged frenz.

Thatz how Clay telz the stoary wen hee furst brangz me tu Darwoon. Digger iz now livvin doun Darwoon Warsh inna kabbin atta ole pomp hous ware the myne useta git itz wadder. The myne iz klozed doun anna pomp doant wurk sintz alla koppur wyre supplyin powwer tu the pomp haz been stoal by Cosmo the drog deeler az roomer hazzit.

Digger hadda muve tu the pomp hous bcuz the Fedril BLM ron im offa the Crozby clame. Thay kum in an dimolitched the lil mynerz shak thay bernt it doun toald Digger git owt itz guvmint proppity notta leegul klame. Not oanly that but thay shotta cupple uv hiz biluvvid dawgz alsotoo. Peeple inna Darwoon feal reel sorrey fer Diggur but nuthin ta due abowt it so hee muvez doun tu pomp howse withiz servyving dawgz n katz.

Evabuddy noze Diggur hazza gunne er too inniz kabbin thay ar reel kairfool abowt disterbin im wen thay druve doun Darwoon Warsh tu Chyna Gardinz.

By the tyme I muve intu my hous Diggerz livvin in toun inna liddle oald shak rite uppa streat frum me. Heez rilly the kyndist moast peesful pursin but Shuriff an Dawg Ketchur doant kno that. Thay are uffrade tu kum tu hiz hous tu inforce roolz abowt doggz gotta hav lisents so thay jest leev im aloan. Digger doant bleev in dawg lisents he sez thay ar Godz kreecherz jest az mutch az yoo an mee.

Diggerz suster Nellie izza livvin with im alung with hur two yung dawterz the wunz that wuz feadin Sparkey anna borro oaver atta Crozzins Kornur an layter at Kwanzit Hot rite nexdoar tu thayre hoos. The gurlz ar groawin op vury nyse the oalder redhare wun iz baginnin ta blume owt a bit sheeza lernin tu playe the voylin in Lawng Trea skool the yunger wun hazza byoodiful voyse she luvz tu syng cuntry muzik atta potlocks.

Digger an Nelly anna gurlz ar plannin a big trip bak tu Mitchigin ta vizzit famuly. Hee wurks reel hard fixxin op hiz oald van thay tayk oof with fungerz krosst hoapin the vann wil maykit alla waye. Kupple weakz latter heer kumz the vann bak intu toun but no gerlz. Ternz owt thay wuz sett op Nellyz ex hozbind haz grabd hur dawterz klaymin thay ar livvin unner sobstandurd kondishinz oald shak no ronnin wadder krazey onkle drog addix ull oaver toun so ferth. Thissa fother wuz abyoosiv tu Nellie witchiz wy sheez inna Darwoon inna furst plays itz vury sad but thay kant due nuthin.

Wun daye the Shuriff kumz tu Diggerz hous not so skeered uvviz weppinz ennymoar hee goze rite aroun tu hiz bak doar witch thayreza cupple skragglie marrawana plantz groawin thayre. Digger iz burstid fer ileegul drogz. Sumbudy musta rattid im oaf hmm itz fonny that Shuriff iz so eeger ta urrest Diggur fer a kuppla hurmliss plantz an heerz ull thiss kriztul math bizniss goon on inna toun.

Hee hasta goa tu kort fer pozeshin uv mariewana I goa allung tu tryle fer mural saport. Hee figgers best difentse iz trye ta git muddikal marywauna kard redroaktivley. Hee weaps priddy eezy so I inkurridge im ta krye inna kort witch he tellza reel sobb storey abowt hiz Veetnum sikniss. It wurkz hee gitz a muddikal kard iz aloud tu groa a liddle pott attiz hoos doant hafta goa tu jale er pay enny fyne.

Digger sturtz fealin sorda sik alla tyme it ternz owt he haz blatter cantser he figgerz frum the oald Aygint Oaringe. He maykez owt a papper tranzfurrin hizza hous tu joynt oanershup withiz suster Nelly jest in kayse heeza goona dye. Evry nite hee goze doun tu Locky Jum Warsh at sonset an drumbz onna grate big oald rustey wadder tanck. Ull aroun toun yoo kin heer Diggar drommin doun the son.

Finully he gitz perfeshunal treetmint raydiashun n pane meddisin ulltho it lukz lyke hiz frendz ar hulpin thayrself tu hiz morfeen pilz. Uv curse it doant do no gud ennyway an by thissa tyme heez not strawng enuf ta chute hissulf witch wuz wun eyedea wee disgussed fer wen thyngz mite git too bad. Hee wates it owt an dyez kwitely at hoam Nellie wadgin oavur hym.

We havva mumoryal martch fer Digger at Muzik Kamp that faul hee had bekum a rigular partissapint in owr drommin sirkles. Hortense a vury oald Awstralyin ladey bryngz a bonch uv difrint kullerd roabs fer us tu ware bloo perple an grean wee ull martch doun tu Locky Jym Warsh an drumb on the oald rustey wadder tanck speshully the oald ladeyz Hortense an Maybelline. Latter on we druve owt tu Crozby clame skadder hiz oshez an set oof sum bulloonz intu the skie.

Thayrez a Maxikan skellatin playyin a drumm hangin in my Doam witch arownd itz nek izza oald shel kaysing corntayning summa Diggerz ushez. Jest anuther goast remyndin us uv the kullerfool karickterz hoo useta wauk the streats an hilz uv Darwoon.

{ 20 }

Fayke Buroz

The dezzert alla roun Darwoon iz fulla wyld burroz er az the Nacheral Park Surviss prifurz ta kallem Ferrul Booroz meenin farmerly dumeztikaytid buroz that got ternt loost inna dezurt an proseedid ta reepradooce az mite be ixpektid uv enny animule. Boroz wuz uridginally brot tu Darwoon inna oald minning daze thay wurkd hard an survd az kumpanyinz tu mynerz hoo livd alla loan in lil shax owt inna dizert. Nowadaze booroz ar kornsiddurd a noosints by the awthoridiez distroy habbitatt er sew thay klame. Boroz wanner aroun inna dezzert outsida Darwoon cum intu toun mosly at nyte ta getta dranka wadder ware peeple puddit owt. Clompin throo toun inna midl uvva nite doggles barkin booroz brayyin clunkin aroun on thayre big hoofs maykin noyz lyk dronkz stomblin hoam ufter a nyte uv too mutch woopy.

Priddy mutch evabuddy in Darwoon luvz the wyld booroz eavin tho thay cawze a bitta trubble inna yurds eetin op gurdinz chumpin onna treaz maykin a muss leevin big pyleza poop inna strit. My sitty frens git reel ixsited wen thay cumta Darwoon git tu sea a reel wyld booro owt inna dezurt er trumpin aroun toun. Thay sturt bryngin me toy booroz seramick buroz a boal with a pitcher uvva booro inna boddom. My hous iz geddin fulla booro this n buro that. Fyne with mee I luv the boroz too.

One yeer the Spryng Pardy faulz onna weak end uv Mai Fith so we desyde tu havva Maxikan Cinquo de Maio pardie az I hev toald. Onna invatayshun we tel evvabuddy bring yer booro.

My fren Ginny shoze op with a big plasder borro she bawt frumma Muxikan vander alungsyde uvva rode onna waye tu Darwoon she sez heerz a boro fer yoo. O I luvd that boro putt it in my yurd rot awagh nextu the beevertale cacktiss. Boro lukd reel nyse thayre peeple atta pardy poazed fer pitchers with the borro layin aroun inna yurd nextu big blumin caktis thayr aurm aroun borroz nuck warin sumbrayro maykin fonny Sinkoh de Mayoo pitcherz lyka that.

My fren Joyce brangz a liddle stuft booro vary kewt. Shee karreyz boora aroun at pardy awl wikend axes peeple tu pett the booro evabuddy sez wotta nyse buro so ferth. Then on Sondae eavning Joice rowndz op a boncha peeple inna middl uv Mane Strit hazzem awl hole hanz inna sirkle. Joise sez kis the boro gudbye. We passa roun lil stoffed borro kizzit onna nozzle wy duz shee wan us ta due this wee wunner.

Nex thyng we kno Joyse iz poarin Koalmin Fyool awl oaver the lil stuft booro setzit on fyr inna midl uvva strit. Ha ha evabuddy sez gud joak we watsch lil boro goa uppin flambes. Nex daye nuthin left uv booro but a plazdik lukkin dark spott onna pavmint.

Wel wen my nayber Lily the annimule luvver gitz wurda the booro bernin serramonie she gitz vury opset. Turribble thyng tu setta liddle annymule on fyr she sez not fonny at awl. Evabuddy skrutchin thayr hed wunnerin wotz rong with bern a stuft annamul notta reel live krittur she muss be nutz. Wel thatz Lilly wot kin yoo doo.

Meenwile my big pluster booro corntinyuze ta liv inna frunt yurd nextu the kacktis plunt anna big ornamendle rok. Paynt gitz a lil faydid so I tetch it op with my ortistick uckrillick pants loox nyse an brite agin. Then one murning I goa outin yurd an thayrez the booro awl nocked oaver onnits syde. O no Ima thynk pore boro. I goa oaver an sea itz got wun uv itz eerz broak oof two leggz broak. I looka roun sea sum trax uv reel booro rite nex tu felldoun bursted op booro. Lukz lyk sum buroz bin clompin rite nextu ploster borro musta nokt im oaver by mustayk. Ime neerly in teerz thunkin bout how pore fayke buro got injerd by reel borro. I tayk alla broakin plaztur buro partz upp onna portch gloo bak the bursted eer an leggz with Upoxey Simment an put booro bakkin yurd nextu beevertale cacktiss oncet agan. Glood on partz doant luk too bad yoo kin hurdly sea the crax.

Evathyng goze priddy gud fer the pluster buro fer kuppla yeerz. I due a lil repanting frum tyme tu tyme ta briten op the kullerz ware paynt warez oof frum rane er snoo.

One daye I goa owt inna yurd ta fead the berdz an thayrez the pluster booro layin doun onnits syde agan but now itz reely bursted op. Itz broak in haff aroun the bally the bak legz ar on one pees frunt legz an hedd onna uther. Thayrez trax uv reel booro er booroz alla roun broakin pluzter boro but thissa tyme fer shore the trax luk awl voylint reerin stumpin lyk ackshully attakkin the plazder buro. Wy wud a reel boro wanna tack a innasint pluster boro Ima wunner.

Seamz sorda hoapliss tu fixxop liddle boro ennymoar but my noo boifren Silas sudgests howbout youze sum plarstik fome frum kan so I gedda kanna fome an skwoosh fome intu burstid. op haffs uvva booro stik the peesiz tagither reel fasst putton duck taype tu hoald it in playse an wate fer fome tu sed op. Uh oh ternz owt the fome ixpanz a hole lott moar n we ixpektid. Booro hazza bigg poof uv fome stikkin outa itz bally crak lookz priddy badd. Silas kumferts me wile I kry a liddle so mutch fer ploster booro inna yurd I figger. Bsidez reel bureauz wil corntinyoo tu attak plostar booro if I puddit bak inna yurd. Wot tu due.

Then Ima thynk aha put buro inna winnow uv Skool Howse nextu statchue uv Spainitch Cornkwistadoor itsa famos statyoo toorists tayka pitchers uv im alla tyme. Wen yoo luk inna winnow yoo kant reely sea big poofy fome belt aroun midl uv burstid op booro it lukz priddy noarmul lyk liddle kumpanyin uv ole Konqwestidoor.

Now plazder buro wil bee toorist atraxion be famus onna Farce Book an Googoyle Urth.

{ 21 }

Whoal Lotta Hoalz

Darwoon woodint ixist if it wuzznt fer the big myne onna Ophir Moontin. Inna bume toun dayz uvva ayteen sevindeez Darwoon wuzza vury impoartint sylver minding distrikt peeple kum frum ull oaver ta fynd thayre foartyune Yurapeenz Maxikinz Choyneez Amurkinz laydeez uv ill rapyoot. Thoze wer wyld daze inna toun nuthin but suloonz hoarhowzes gonfites rubbereez. Priddy sune the sylvur rusch wuz oaver an moast peeple muved on tu sum uther sylver stryke playse. The myne kuntinyood ta oppurayte oof an on prodoosing not oanly sylvur but ulso led zink an uther minnerulz. Annakonda opperaydid the Darwoon mynez fer menny yeerz then ternt em oaver tu nuther kumpaney witch stil hadda hunnerd people wurkin in the nynetean sixdiez then finully inna sevindiez the myne shot doun.

Wen Ima muve tu Darwune the myne haz bin cloazed fer menny yeerz. Darrel izza lass purson livvin heer hoo useta akshully wurk inna myn. The oald minning kamp iz abowt a myl op the rode frum toun. Itz vury pictcheresk but itz no tresspausing yoo kant go wanner aroun thayre unlest yoo hav permishun frum the kartaker hoo iz Jesse.

I doant kno Jesse vary gud so I niver git tu sea the myne. One Krismuss tyme wen my ole muzik pardnur Mickey iz vizzitin it ternz owt Jesse iz outta toun hee haz dellagaydid Simon tu watsch oaver the myn proppidy. Simon axes uss howd yoo lyk ta goa insnide the myne. Wow shore we saye he telz us brang a flatchlyte.

Op at the myne proppity Simon leedz us tu a big hevvy doar it oapinz intu a hyooje tonnel that goze way bak intu the montinside. Hee throze a swidge an lites cum on strungd op alung the seeling. We wauk deap intu the tonnil so the lyte frum oatside becumz jest a brite liddle dot then we cant sea it nomoar. Thayrez trane trax alung the tonnel flore but the oar kartz that useta ron onna trax hav bin rimuved inna big salvidje oppurayshun.

Symon shutz offa lites itz kumpleatly blak ull arown totully sylint yoo kin heer the blod pomping throo yer vanez. Sutch a spukey mistickal spayse ware yoo mite heer the voysiz uvva oald mynerz er the Urth Spearitz that liv unnergroun. I kin imadgin sum peeple mite freek owt in heer frum clawstrafobbia.

Simon ternz lytes bak on an we kuntinyoo wai bak tu a big ole hoyst that razes an loawerz a cayge that goze doun tu the deaper levvilz uvva myne. Thayrza handel tu opperayt the hoyst anna bel fer siggnuling btwean the opperayder anna mynerz doun bilow. Symon sez thay havva koad fer cowntin the belz tu kno how fur doun iz the kaige an witch wai shud it goa frum thayre.

A lil ferthur alung inna tonnel izza luntch rume karved rite outa the rok with a lawng tabble an bentchiz. Yoo kin jest pitcher the mynerz sittin aroun thissa tayble eetin thayre sanwitchez in thissa liddle lit op cayve inna midl uvva mowntin.

We wauk bak outa the tonnil ontil we sea the tiney spott uv dailite oncet agan Mikkey an Symon ar clounin aroun wile I tayk sum pitcherz. Ime haff blowed my mynd frum the ixperience so gratefool tu Symon fer the opertoonity.

Wen Jesse gitz back tu Darwoon tu rizoom hiz kayrtakkin jub I wanna sho my graditood so I makka liddle aurt pees a pome I rote abowt wot itz lyke insnide the myn with one a the pitcherz I tuk in the tunnil. Wen hee druvez by my hoos I ron owt an han it tu im say thanx so vury mutch Eye yam so greatfool tu hev sea the myn. He doant luk too happie with the gyft er the nooz that I hev bin insnide the myn I gess Simun wuzzint spozta be takkin peeple inn thayre. Seamz lyk evur ufter thatta myn vizzit Jessy acks sorda sospishus uv me er mabey he wuz ulreddy ennyway.

Opher Moontin anna uther hilz aroun Darwoon ar lyk a big Swizz cheaze fulla myne hoalz evrywear. Summa the deap shaftz hev bin fentsed oof but sum ar stil oapin vary dayngeruz but peeple lyk tu ixploar ull aroun em eaven goa doun innem. I luv the nayms uv the mynez Defiantz Sylvur Spoone Krismus Gyft Jakkass.

Summa the ole myne hoalz ar vury deap thay wud mayk a gud playze tu domp thyngz yoo wanna hyde er git rid uv yoo kin jes imadgen dedd boddiez stoalin proppidy so furth. Inna big ole myn tonnel in Saynt Charlz Kanyin thayreza purfickly gud veehikle statched awai. It wuz jes drove rite in thayre and leff. Supozidly this wuz Cosmo er sumbuddy maykin a faulse inshorintz clame.

Wun luvlie spryng dai Ime hikking doun Cusster Kanyin lukkin at wyldflourz wen I heer voysiz cummin frum akrost the wai. I luk op an thayrez sum gyze inna myne way op onna kanyan waul. Thayra lukkin at me lyk ladey yoo doan wanna sea wot weer doon op heer. I tern bak op hil doant wan no trubble prolly sumthin ta doo with drog oppurayshun becuz thay sertinly wurnt myning.

Sumtymez thingz end op in hoalez by musstake. One tyme Jesse izza druvin hiz VW doom boggy on top uvva ridj nextu Forth uv Joolie Flat wen he dryvez rite intu a myne shuft. He shooda kno bedder uv koarse musta bin dronk er sum kinda fukd op. Foartyunitly the Vokeswaggin gitz stuk jest a liddle way doun the hoal so itz hangin sospendid inna ayr. Jessie clymes owt an hykez bak tu toun evantully Clay sumhowe hulpz ged hiz kar owt itz stil ronning OK.

Dantz Haul Pete lykez tu ixploar the ole mynez. One day he dryvez with hiz noo gerlfrend Sheila tu a myne onna syde uv Oafer Moontin. Thay hev a lil puppie withem the lasst uv hiz dawgz reesint pryze lidder. The poppie izza ronnin aroun sniffin havvin a grate tym wile Peet an Sheela ar lukkin aroun peapin doun a deap myn shuft. Soddinly the lil puppie skampurz oaver faulz rite doun the shuft. Pete an Sheila ar turribble opset hee gitz onniz neez lissens doun the sharft tryne tu heer enny sine uv lyf. Hee sturtz clymin doun the riketty laddur inna shuft notta gud eyedea at ull the stepz ar awl broak vary daynjerus. Sheelaz onna edje uvva hoal weapin an yellin no no cum bak doant go doun thayre yule get kilt Pete yallz op tu hur getta roap. She jompz inna pikkop dryvz bak tu Dantz Hal kumz bak with roop tyze it tu trok bomper droopz the roap doun the hoal fer Peet ta hung ontu.

Jest abowt now the BLM guvmint raynger happinz ta dryv by seez thissa woomin onna syde uv the muntin stannin nextu a myne hoal yallin an cryin roap tyed tu truk. He natcherly wunnerz if thayrez sum kynda kryme in prograss er mabbe sumbuddy hunged hiz sulf inna whole. He cumz oaver gitz the stoary frum Sheela an purswadez Pete tu kum bak owt. Shynez hiz flatchlite seamz like thayrez prolly a ded poppie sumwarez doun thayre nuthin ta doo abowt it. Notta gud eyedea tu havva stoopid lil pupy runnin aroun oapin myne shoftz.

Nuther kynd uv minning izza wurkin onna the taylings witch ar the leftoavers frum auridginal myning oppurayshun. Wen I muve tu Darwoon thayreza fantsy noo mil wurkin in Luckey Jym Warsh. Big steal bilding cuppla jyant tanx cornvayer beltz lotza indoostrial qwipment. Fer a wile itza goon twenny fore owerz a daye balchin owt smoak maykin big clangin cronchin huffin puffin thompin noyz ull dai an nite. Spozidly itz taykin the taylingz frum the hyooge pyle nex tu the myne an rewurking thissa muteerial ta git owt the sylvur an uther minnarulz. The prodduck izza likwid witchiz halled awagh in tunker trux. Priddy sune thissa mil gitz cloazed doun by fedril BLM mabey thay dint follo guvmint roolz mabey makkin too mutch toxick inna inviramint.

Sum tyme ufter myll gitz clozed Charlenez liddle boy Cedar a natcheral bornd bergler figgerz owt howta brake intu the big steal bilding takka luk aroun. Priddy sune summa the groanups ar goon insnide alsotoo. Innaresting thyngz sturt showin op aroun toun nyse desk oaver at Clayz unnergroun hows shelfs with glas doarz in Dantz Haul kidgen big oald wadder truk parqued in Thomas n Polly Kramerz yurd. I goa doun tu the mil an tayka luk fer mysulf thayreza big slidding doar on the steal bilding itz paddlokt but the meddal iz bendid bak yoo kin slup rite throo. Insnide thayrez enoarmus tanx big pypez ull oaver the playse a lil oaffise opstarez. Evathing iz kuverd with hevvy kote uv wite poudery dost prolly vury poyzin.

One dai I go doun tu the mil with Dantz Hawl Pete an muzik pardner Micky ta sea wot kin we borro frum the bilding weev got skroodryvurz hammurz prie barr so furth inna Peets trok. Thay dryv aroun steal bilding tu ware yoo kin sneek thru the slidding doar leev me behine ta surv az lukkowt by the liddle tayling pyle ware we druve in.

Sudinly heer cumz a pickop trok dryvin doun frum the myn no wai ta wharn em insnide Ime stannin thayre tryne tu ack lyk Ime admyring the rox. Sumhow Peet an Mickie hev figgerd owt wotz happin thay cum owt an dryve awagh bfor the trok arryvez frum the myne thay pik me op an wee horry bak tu toun whew that wuz kloas. Aroun thissa tyme the myn oanerz noadise the wadder trok purked inna Krammerz yurd thay mayke a big stinck the truk hazta bee riternd tu the myll but nobuddy gitz ripoartid tu Shuriff.

Sum peeple in Darwoon hav tride ta git goald outa the tayling pyle atta myne a vury toxick proseedure invulving murkurie. Nowadaze tho the mane get ritch kwik skeem iz ixtracktin preshus meddals outa lektronnick jonk. Upp at Rockyz oatlaw kamp owtsida toun hee an hiz buddeyz hev a big opperashun smolting goald pladinum so furth outa sell fonez circus boreds compooter partz wottever thay kin git thayre hanz on. Yoo kin tel thay are infektid with goald feaver frum the farawai luk in thayre oyez. Er mabey itz jest brane dommage frum berning oof ull that plaztik an toksick kemmikulz. In enny cayse az uzule nobuddy seamz tu bee exackly gedding ritch.

{ 22 }

Natcherul Cawzes

Maxikan Oscar hazza priddy seerius dronk problim heez ullwaze waukin roun toun intuxikaydid makkin a bigg noyz bout sumthin. But alsotoo heeza kreadiv aurdist hee playze moozik hazza lil drom trapz kitt he plaze onnit pritty gud. Alsotoo Oscar izza riter hee rites playz n poadry heeza wurkin onna scream play. Hiz fotherz a impoartint edjukater in Ell Ay pooblic skules vury rispektibble Muxikan jentilmin. Az Dolly wud say the aikoarn doant fawl tu fur frum the trea.

Oscar hazza gurlfrund in Steamer twinny five mylez awagh hee spenz moast uvviz tyme at hur hous but then she dyez frum cumplikashinz uv alkolizm. Oskar cumz bak ta Darwoon vury sadd ritez pomez abowt lossed luv.

But Oscar stil hazza happie syde eavin ufter deth uvviz ladey. One ufternune Ime wurkin in my orfice an thayreza a lowd bangin noyz inna streat. I luk owt frunt windoa an heer cumz Oscar with lil drumb hungin onniz waste heeza thompin onnit with dromstix singin alung reel jolley Yoo Ar My Sonshyne. Hee martchez op tu Dollyz hoos ware the uzule gang iz drankin bere outin bak. Uh oh sez Clara Blue Krow poppin nuther bier. Heercumz Oskar lukz lyk heez threa shitz tu the win. Them ole gerlz liketa drank but doant tolurate reel stoopid intuxikaydid bihavyure. Thay got no kwams bout tellin dronk Rupert er dronk Oscar ta goa hoam n sleap it oaf. So wen hee martchiz intu yurd Dolley sez wall gud ufternune Oscar lookz lyke its tyme fer my napp n goze insnide. Sea yoo latter Oscar. Evabuddy pix op thayr kanz n gits reddy tu leeve. So hee jest martches uppa strit bangin onna dromm singin Yoo R My Soonshyn. Stil inna gud mude eaven tho snobbed by the snoshial sirkle at Dollyz.

Bout this tyme Cooter Hinkle the sun uv Doris the Poastmustriss bryngza noo gerl tu toun hur naym iz Lola. Farely yung gurl in hur twinnies but hur fayce iz ull wore owt hur harez sorta stryngy sheez vury skinney not shaplie at ull but fer sum reezin summa the Darwoon badgelerz cornsidder hur irrazistibble.

I kin tel Lola wil be trubble frum the vury furst tyme Ima sea hur. Itz a kommin op on big Milenneyum Why Too Kay Noo Yeerz. Efrem an Almaz dawter Dinah haz invided evabuddy tu Nooyurz Eave pardy at hur hoos witch sheeza byin frum Tina on instawlmints nyse moobil hoam bigg enuf fer Noo Earz pardy fer hoal toun. Weer ull hungin owt onna Dinahz portch wen heer cumz Cooter n Lola. Heez gottiz urm aroun hur meenin thissiz my gurl doant nobuddy muss with er. He letz loosa Lola an goze insnide tu getta bere. Soon az heez goon thayrez Lowla rubbin op aganst nuther gye namebly Oskar. Sheeza flungin hur urms aroun hiz shoolderz pooshin hur pulvis uppa ginst im. Hee seams tu bean joying thissa tenshin eaven tho hiz gerlfrund iz reesintly deseased. Thissa gerl iz goona mayk bigg prublimz in Darwoon I kin sea.

Sayme stuf goze on ull eavning. Sune az Kooter iz oaf doon sumthin ulse thayrez Loala skwurmin aroun on sum goy. Hoo doant seam tu mined at ull eavun tho Cooterz a big yung tuff gye not vury smaurt cud prolly git madd priddy eezy.

Ufter thissa pardy I doant see mutcha Cooter heez wurkin atta Rode Runnur Spryngz but Oscar iz ullwaze aroun actin dronk but plezzint enuf. Sumtyimez I sea Lola flurtin with im owtsyde uvva Poost Oofice er inna strit in frunta Dantz Haul. Sheeza reatchin op rofflin hiz hayr pooshin hur pulviz onna Oskarz outa shapye buddy heez lukkin awl dreemy lyke. Uh oh this doant luk gud.

One daye ufter I git bak frum pikkin op male I heer a lotta yallin op aroun the Pozt Offus. Doant thynk nuthin bout it atta tyme but urly that ufternune wen Ime oatside dompin the gurbidge I kin heer thayrza boncha peeple in Dollyz bakyurd tawkin lowd an ixcided. Thay muss be tawkin bowt wottevur happind urlier so I goa an chuck it owt.

Nayberz ar sittin aroun unner the grapvyne disgussin big blareop at Cooterz traylur ware hee livz with Lola nextu Postal Orpheus. Ternz owt that Cooter cumz hoam fyndz Loala insnide roallin aroun onna floar with Maxikin Oskar awl coddlin n smootchin. Cooter gitz madd grabbz Oskur an draggzim owt onna portch uvviz traylur an throze im oaver portch raling ontu the grownd fore er fyve feat bilow. Oscarz layin thayre ull bonged op Cooter goze doun kix Oscar inna ribbz anna stummick sevril tymez. Lowla kumz ronnin doun the starez yallin stoppit stoppit Cooter yool killim. Hee kwitz kikkin an taykez Loala bak insnide Oscar stil layin thayre moanin. Sumbuddy hulpz im git bak tu hiz hoos ware heez prezzintly rakooperayding.

Thayrez a boncha widnissez sum peeple hev one upinyin sum hav nuther. Sum say Oskar wuz axin fer it sum say Cooter kikt im inna stoomick utherz say no he dint. Sum say Lolaz a hoor utherz say Cooter wuz prolly beetin hur op pore gerl. Wall wall sez Dollie sippin hur bire itz nott fer us tu jedge.

Oscar laze aroun inniz hoos a fyoo daze but hee doant seam tu be gedding oaver hiz injereez. Finully hiz fother kumz roshing op frum Ell Ay druvez im tu Murginsey Rume inna Long Tree. Sune evvybuddy haz priddy mutch fergot bowt the intsidint thay unnerstan Oskarz bin tranzfurred tu hozpiddle in Rustic gedding treetmint.

Then one murning I wauk uptu Postal Awfice evabuddys sittin roun awl sadfayce. Ooh ooh thayra sayin Oskarz ded. Past awai inna hozpittul frum unturnal blidding hammeridge. Shuriff cum thissa murning arestid Cooter onna sospizhun uv merdur.

Whell thayrez too sydez tu evry stoarey an Peeyano Ben hazza kumpleatley diffrint virgin then alla peeple in Dollyz bakyurd er onna Poost Office bentsch. Ben sez hee wuz at Cooterz thatta daye hee sore the hole thyng. Wenna Shuriff cumz tu toun tu invezdicate possibul merdur Ben givz im hiz oye widniss akownt. Cording tu Ben Cooterz reel gurlfrend livz atta Rode Ronner Spryngz he jest letz Lola staye inniz traylur so wy shud hee bea jellus. Thatta daye he kumz bak urly frum werk fyndz Oscar n Lola coddlin onna floar witch thay ar ullwaze doon heez sik an tard uvvit telz Oskar geddowt. Oscar gitz op offa flore wantza fite with Cooter thay end op onna portsch Oscar trippz an faulz doun so Cooter jentley roalz im offa portch withiz fut. Itz oanly a fyoo feat doun notta big daynjerus faul fer Oskar. Ben sez Cooter wuz vury tooken abuck wen shuriff shode op an arristid im he thot evrythin wuz OK Oskar geddin bedder inna hozpittle wotta shok bean urrestid fer morder.

Uv korse oye widnissez hav difrintsez uv uppinyun alla tyme. Dipenz amung uther thyngz on hoo iz yer frend hoo iz yer ennamey aroun toun. Cooter dunnit moas peeple say. Utherz say wel mabey he dint kik Oscar inna stumick ufter ull n bsides wotz Osker doon roilin aroun onna flore uv Cooterz trayler with Cooterz gerl.

Oscarz fother the edjukayter cumz ta Darwoon awl diztrawt swarin tu git justix. He sez heez got bigg plitikal cornexions heel mayk shore Cooter iz persakyooted tu fool extunt uvva lore. Oskarz sizter Maxikan Betty cumz doun frum See Yattle ull greef struckin sayin thayrez goona be a merdur trile Cooder wil spen resta hiz lyfe in jale jes waitin sea.

Cooter gitz rileesed frum jale panding Koronerz ripport. Cuppla wiks latter heer cumz artopsy rapport frum Corner. Cording ta ruport it ternz owt that Oscar wudda dyed ennyway mabbe not exackly that day but had badd cumplikayshins uv alkoolizm bigg swallen blidding blod vissals inna stummick. Gottin fite with Cooter wuz throne er fel offa portsch blod vassels raptured mabey frum faul maybe frum beet op trowma.

Sum peeple in Darwoon beleev Korner raport thay say wel hee muss kno hiz biznis. Moast still thynk Cooter kilt Oscar wun wai er nuther. Peyanno Ben sez hozpitle kilt Oskar thay giv im Antabyoos witch heeza alkahoolik it mayd im vury sik on toppa alla uther prublimz.

Sum peaple stopp tawkin ta Cooter an eaven tu hiz muther Doris the Poastmustriss. Boncha lolyfes thay say. But Peeyano Ben iz eaven moar frenly tu Cooter then bfor witch he ullwaze faverz the unnerdawg it seams. Oscarz deth haz reely broak the toun op intu fackshinz.

Cooterz trile iz spozeta happin cuppla munths latter. Oscarz fother n siztur Muxican Betty sayin heall git hiz jus dizertz yule sea. Wel it ternz owt thayre izznt no reel trile ufter ull Cooter haz ugreed tu koppa plee. Eaven tho Oskar mabey sorta dyed uv nacheral kawzes Cooter pleedz gilty tu menslawter heez putton proabayshin fer threa yeerz. He muvez awai tu Arsenal the big Navey Bayse toun. Lola staze in Darwoon startz rubbin op on uther gyez.

Oskarz fother n suster kant bleev it Cooterz bin set frea. Thay goa hoom ull hartbrooken n dizgarsted sware thayll niver kumbak tu Darwoon.

Nayberz ar sittin onna Poast Oaffice bentsch disgussin the vurdick. Rupert bein sumwott uvva sinnick sez wot sum utherz bin thunkin alsotoo. That Cooter priddy mutch gott oaf becuz Oscar wuz Maxikan n Cooter wuz wite. Goodole boyz rudneks kin dye uv merdur but Naydive Amurkins er Muxikans eaven mill klass Muxcans ar moar lykely tu dye uv natcherul kawzes speshilly in Darwoon.

{ 23 }

Skarey Kritterz

My frenz frum the sitty ar ullwaze axxin me arnt yoo uffrade uv awl thoze daynjerus poizinus snakyez n buggz inna dezzert. Trooth iz I rairly sea enny skarey kritturz mutch les hav em ron op an atakk me.

Raddlesnaykez fer ixampul. Shore thay ar heer I sea mabey a cupple pur yeer layin aroun onna syde uvva booro trale. Sumtymez I heer a worning buzzin sownd oaf inna buschiz mite nevvur sea the ackshule snayk. I jes skeedawdle inna uther direkshin the snak jest staze ware it iz keapz raddlin untill I goa awagh. Radlsneaks doan wanna waist thayre vennim on bytin yoo ennyway jest watsch ware yoo put yer hanz an feat yoo shud hav no problim.

Thay say that menn ar moast offin bit by radlsnaykz onna hanz er fayce wimmin onna feat. Wot duz this tel yoo abowt relladiv intellajints uv menz an wuminz.

Snayk seezin iz oanly inna wharm munths. Inna winner thay ar hyburnading cum bak owt inna spryng. Thay wil lay inna sunn inna murning tu wharm op then inna shayde wen it gitz hot latter inna daye so yoo hav sum eyedea ware ta luk owt fer em. Dooring snayk tyme uv yeer itza gud eyedea tu karry a hikking stik tapp alung on yer trale so thay wil no yure kumming.

Thayrez sum kindza raddlerz that doo stryk withowt worning namebly sidwyndurz an the vary dedly Mohavey grean an ulso stoopid babby raddlerz hoo havint got no sence thay are kwite poyzinus howevvur. Nuther gud reezon tu karry waukin stik.

Thayrez plenny uv harmbliss snaks aroun Darwoon witch thay kin bea vury hulpful. Goafer snayk hangz owt unner yer hous watin ta ketch myce. Yoo kin tel wen thay hav eet a mouz thay ar ull litharjick swallen op in sum parta thayre buddy thatz the mous dyjestin throo.

Wun Springa Jig pardy my fren Ginny bryngz hur teanaydge dawter Kamala alung sheeza vary gud klazzikul pyanist. Kamala spotz the peano inna bak uv Pyano Mann Vickz pikop truk she klimez op thayre an plaze a cuppla Showpan peesiz then she goze tu hur tent in my bakyurd ta git sumthin. She cumz bak with grate big oyez sez Momm thayrez a snayk inna my tint sheez very comm not at ull skeered. Sumbuddy wauks oaver ta chuck an thayrez a grate big ole Goafer Snak snoggled op inner tunt taykin a nop. Itz kumpleatly haurmliss but wotta serpryze fer a sitty gerl.

Atta nuther Spryng Jig Viveca a yung wumin frum the Hut Spryngz fyndza snayk inna booshes an fer sum dum reezon shee pikz it op. Itz a Redd Raycer er Coatchwip Snaik not poyzinus but farely uggrassiv. It bytez hur onna eerloab jes grabbz rite ontu it an woant let goa. Sheez nott uffrade uv anamulz doant pannick er nuthin jest stanz thayre with snayk hangin onner eer. Wee ull ron an git owr kammraz tu tayk pitcherz uv priddy gerl with snak onner ere it doant seam ta ockur tu ennybuddy rite awagh tu hulp hur git it oaf. Finully sumbuddy gitz snayk ta let goa an Elizzabith the nerce fixez oppa woond with hur Furst Ade kitt no seeryus harm dun.

Skoarpyinz sertinly luk fritening but ar reely vury shie doant wanna attak nobuddy unlest yoo provoak em er step on em by mustayk. Yoo kin be shore thayrez skurpionz inna yer hous yoo jest doant see em moast uvva tym. If yoo havva blak lyte flatchlyte yoo kin fynd a hole buncha skorpinz hangin owt inna butchez an eavin insnide yer hous fer sum reezin thay lite op unner altra voylit lite.

Wun nyte Ime sleaping peesfuly wen alluva sodden I waik op fealin sumthin unnerneeth me on my bair skyn inna bedd. Fealz sorta hard n cronchy. Hm cud bee a skorpyun I jomp outa the bed throe bakk the kuverz shore enuf thayrez a liddle skorp jest a sittin thayre dint buther tu byte me eaven tho I wuzza roillin aroun on toppuv im. I putton sum shooz brosh im outa the bad skwish im an goa bak tu sleap fealin sorda gilty fer killin im but ufter ull itz my bedd not hiz.

Thayrez awl kindza skorpins uv varyus syzes. The big wunz lyk Jiunt Harey Skorpyuns luk skarey but spozidly thayre styng iz not az bad az summa the reely liddle skorpios. If yoo due git stong the reckamendid hoam remmidy izza payste mayde outa Adulfz Meet Tandoorizer it nootralyzez the tocksin.

Spyderz whell shore thayrez poyzin spyderz evrywear not a speshul problim inna dezzurt. Uv korse the moast famos dezzurt spydur izza terantoola witch iz sertinly vary imprezziv an friten lukkin but thay doant hert nuthin. Yoo kin pik op a trantulla leddit waulk onna bair skin uv yer aurm it woant buther yoo thay ar vury peesfull.

This izznt tu say that terrantullaz doant hav vennim thay jest doant wanna yuze it fer no gud reezin. Cording tu roomer thayre uzeta be a kult uv takkin terantala venim lyk a sykadellik drog the Frantch powett Rambo fer ixamble rote summa hiz pottery wile he wuzza tryppin on tarantela vanim. Eaven Bobb Dillin mabey wuz youzin the vennum ufter ull he did rite a buk kauled Tarantoola.

Evry faul the terrandulaz ar onna martch yoo kin sea em waukin throo yer yurd er akrost the rode. Thayra lukkin fer maytez the feemailz ar hydin unnergrownd. If yoo sea a terandula martchin akrost the rode pleez stopp an hulp im git tu the uther syde so hee doant git ron oaver.

Prolly the moast trubblesum insekt inna dezzurt izza Kyssing Bog er Asazzin Beatle. Hoo wud gess sutch a liddle bog mabbe three kwarterz uvva intch lung cud kauz so mutch trubble. Itz cauld kyzzing bugg bcuz thay lyke ta klyme onna pursons fayce wen thayre asleap byte em onna lipz er oyebrouze. Sum Kizzing Bogz karry parrasytez that kawze Chaggas Dizeeze witch kin be dedly an thayrez no reel gud treetmint fer it. Shagas Dizeaz useta be mosly in Sowth Amurka but seams tu be muvin noarth mabey onna counta globul worming.

Kizzing bogz uzully liv owtdoarz inna ratz nusts but wen thayrez not enuf ratz er myse tu byte thay muve intu yer hous liv neer ware yoo sleap fead on yoo at nite. Thay are vary slo muving eezy ta ketch oncet yoo fynd em witch iz nott az symple azzit sowndz.

One daye Skulper Nickz jest goon abowt hiz bizness inniz hous nex thyng he noze heeza waik op lyin onna barthrume floar lookin op atta seeling fealing vury week. He kin hurdly gett op offa flore finully gitz tu Murgincey Rume in Long Tree thay figger owt heez bin bit by Kyss Bog. Hee wuz bit oncet bifore an sum peeple ar so senzitiv ufter furst byte itz vary dainjerus ta git bitt agan thay cud git annaflacktick shok witch kin be faytle. Furst tyme hizza urm wuz bitt it jest swolled op thissa tym he neadza shott uv appinefrin hee hasta hav anty doat avaylibble alla tyme frum now on.

Jud alsotoo hazza Kissin Bog ixpearientse he telz abowt atta Poost Oofiss. Sez he hadda goa tu Umergens Roum fer kizzing bog byte hiz throte wuz ull swolled shutt hee cud hurdly breethe. I neerly dyed he sez prowdly puffin op hiz chust. Sew he tellza stoary ennyway he duz ten tu kry wulf sumtymez.

Wun murning Ima waik op with big swallen panefool aria onna my urm. Ufter ull theez storeyz I figger owt rite awagh it muss bea a Kizing Bog byte. I caul Skulpdor Nick ax im wot tu due. He sez furst tayk a Bennadryll then yoo gotta fynd the bog tare yer bed uppart rimuve alla kuvverz shayk em owt the bog iz thayre sumwarez jest fynd im.

Ima tayk the bad uppart luk in ull the kovurz eaven inna boxx spryngz sweap an mopp an shaike evathing but no bogg. Finully I giv op putt on noo sheatz n pillokaysiz an fergit abowt it excep my urm iz vury rad swoalin an soar fer a weak er so.

Cuppla wekes latter I waik op one murning an heer kumza Kizzing Bog jest a moazeyin owt frum unner my pillo. Lukky that I dint git bitt agan iz ull Eye kin sai. I katchim inna jarr keap im azza edjukayshunil dizplay fer worning nayberz an vizziters abowt thissa daynjerus bog.

Ratz an myce are surtinly a noosintz but I niver hav enny seeryus prublim withem. Thay saye thayrez Honta Vyruss in thissa Cowntey sum peeple ar dyin frum kontack with myze nusts but I doant kno ennybuddy hooz evur gottit.

Thayreza famus oald Darwoon stoary abowt a lady hoo got a cuppla fungerz blowed oaf wen she reeched intu her unnerware drawr. Ternz owt a pak wrat hed hid a blazting kap in thayre with hur panteez. Sumtymez Ile fynd a stasch uv beenz er ryce in the fonnyest playsez tukked awagh in my tee shurtz er insnide the payper klip dizpentser. Jest imadjin how menny trypz the lil kritter hasta mayke carryin a haffa pownd uv lentelz tu hyde in my cloze er offiss surpliez.

One Krismuss tyme my fren Sophie invides me az hur gest tu Navey Bayse ware shee wurks itza speshul holladay oppertoonidy tu vizzit the vary seakrit Bass an sea wotz shee op tu at hur jub.

We goa intu thissa thik wauled liddle bonker bilding. Hur wurk pardnur iz behine a hevvy steal waul yoo kin see wot heez doon thru a bom prufe glas winnow. Thayreza liddle kroosible sittin inna steal inklozure with a steale dore that goze op an doun heeza puttin a teany amownt uv sum kinda ixploasiv kemmikul intu the croosibul. He klozes steal dore rites doun reel karefool how menny grambz uv kimmikul heeza jest uzed thay hafta keap vury igzact kownt uv theez vary daynjerus ixploasivz. Then he razes op the steal doar addza nuther vary dainjeriss kemikal cloazes dore ritez it doun so furth. Ime fealin a liddle nerviss watchin thissa proseedyure wott if the hoal playse bloze op iz ull Eye kin thynk.

Finully heeza dun miksing op thissa iksplosiv kombinashin kumz owt frum behine bompruve steal waul Sophy interdoosez us. Now thatta daynjer uv git blowed op iz oaver Ime lukkin aroun liddle rume ware weer stannin I nodice a lotta mowse trapz. Hm Ima say tu Sofiez buddey yoo seam tu hav a mous problim in heer. He soddinly luks awl skared lyk a ladey clymin op onna chare wen sheeza sea a roddint. Ooh yas hee telz mee mouzes ar vury daynjerus thay karry Honda Viruz yoo kno. Wel nyse tu kno heez skeered uv sumthin at leest.

Boddom lyne iz shore thayrez skarey varmuntz inna dezurt but noware neer az daynjerus az hoominz. Keap yer oyez an eerz oapen an yool prolly hav no prublimz. Stoopid izza moast dainjeris thyng so paya tenshin.

{ 24 }

Indeyan Kuntrey

It goze withowt sayin that alla cuntry aroun Darwoon useta be ockupide by Naydiv Amerkins. Inna Kozo Muntinz thayre ar thowzinds uv pedrogliffs pekt intu the rox a lawng tyme aggoa by Naydiv peeple nobuddy noze fer shore how oald thay ar er wot wuz thayr perpuss. Supozidly itza biggist kolekshun uv rok aurt inna hole cuntry. You kant go ta sea moasta theez patroglifts ennymoar becuz jest abowt the hoal Kozo Raynge wuz tookin oaver by the mullitary ufter Wurld Whore Too ternd intu a big seakrit Navey Bayse. Yoo mite wunner wotza Navvy doon inna dezzert ware ar thay gonna put thayre boatz. Oh wel thay doant seam ta be too wurreyd abowt botez manely thayra blowwin op thyngz.

Yoo kin stil vizzit summa the pedraglif kanyinz onna Navel Baise if yoo goa onna toor with the Myoozeum in

Arsenal yoo gotta be excortid by a doasint giv yer Snoshul Seguridy nummer bee a Merikan cittizin so furth. Thayrez ulso a lotta pedroglifs in Sentennial Kanyin witchiz not onna Navey Bayse yoo kin tayka nyse hyke op thayre fynd a boncha rok aurt speshully aroun the spryngz. It wuz Ella hoo furst tuk me owt thayre shode me ware ta luk. Evry plays we waulk sheeza band oaver pikkop peesiz uv aerohedz flaykez uv ubsiddyin shoze em tu mee putzem bak onna groun. Ella hadda speshul gyft fer seein aynshint artafax so sorrey shee dyed so yung.

Thayreza buk kauld The Grate Unnerstandur by Oliver Roberts he wuz hangin aroun Darwoon dooring tuff myning daze a famus gonfiter an poney ixpres ryder er so he sez. Yoo hafta tayk hiz storeyz witha big grane uv sawlt speshully wot he telz abowt the Indeyinz. Cording tu Ollivur thay wuzza buncha bludthurstey savidjez nuthin gud abowt em. Ime not shore how mutch yoo kin truzt hiz socauld oye whitniss akowntz uv thayre krool an merderus waze. Seamz lyke the wite peeple wur doon allot moar haurm tu the Injinz then vise vursa.

Wen the Dezzert Pertekshun Akt wuz past part uv it wuz tu mayk op fer how badd the wite peeple treeted the Showshoney Indeyanz aroun heer. Kungress mayd a speshul lore cauld the Timbisha Shoshoney Hoamland Ack witch kreadid a hole noo trybe the socauld Timbasha Show Shoney. Thissa tryb kunsists uv Naydivz hooz ansesterz livd inna aria that got turnt intu the Nashinul Parque. Seamz lyke a buncha Indeyinz from uther playsiz wanna joyn Timbitcha trybe hoapin fer sum benufitz mabey havva kaseeno.

A lotta the Timbischa trybe iz livvin inna liddle beet op komunidy at Oven Gulch ware thay wur pusht tugethur by the Parck Survass wen thay mayde the Nashunil Parck. Thayre trybul leederz ar sevril oald ladeyz hoo bin tryin fer yeerz tu git a bedder deel fer thayr peeple. With Timbitcha Ack thay hoap mabey thay kin git sum hulp frumma fedril guvmint.

Summa the proppidy in Darwoon blongz tu memburs uv this noo trybe. Thayre wuz Shoashonie fambliez livvin inna Kozo Moontinz ontil the Navey tuk oaver the lan fer thayre Bayse. Guvmint throo owt the Naydiv peeple gayve em playsiz tu liv in Darwoon atta edj uv toun. Ole Henry Button hadda lil Injun hoos at enda Mane Strit ontil he muved tu Long Tree soald hiz proppity tu Maxikan Oscarz famuly. Henry ulso hadda dezzert kamp owt at Longz Wel hee bilt a kurral fer keapin hiz wyld hoarsiz then the Fedril BLM kikt im owt sed it wuz thayre lan. Bitwean the Navvy the Nashinul Pork anna BLM the lowkul Indeyinz wuz forst tu giv op thayr tradishinul waze uv lyfe.

Unner the Hoamland Ack the Fedril Guvmint haz givn the Tumbusha trybe one skware myle uv lan onna Sentenneal Flatt a byootiful oapin spayse fulla Joshewa Treaz abowt sevin mylez frum Darwoon. The trybe sez thay wanna bild a liddle villidge thayre but weer thynkin mabbe thay reely wanna makka kaseeno. Oanly prublem iz thayrez no watter in Sentenyal Flart thay gotta dril and sea if thay kin fynd enny.

Sum peeple in Darwoon ar disterbd by thissa plan Sentenyal Flot iz one uvva last unspoyled playsez aroun. Eavin moar impoartint wee wurry that pompin wadder outa the Flatt mite drawer doun the spryngz inna Kozo Raynge witch iz the soarce uv Darwoonz wadder. The Fudril Guvmint hoaldz a buncha meatingz axxin fer poblik kommint on thissa Hoamlan Ack. A fyoo uv us goa tu the meadingz tu ixpres oppazishun tu bilding a seddlemint on Sintenneal Flot. Fedril BLM an Timbitscha peeple ar priddy pizzed oof at uss fer fiting thayre plan.

Injun Affayrz goze ahed and dryllz a test whell witch izza kumpleat faylure thayrz no wadder tu mayk a divelupmint onna lan the guvmint haz givin tu the trybe. This iz notta big serprize luks lyk the uzule guvment trix but itz sorta a raleef fer Darwoon. If Tambusha wanna bild a villidge er a kusseno thay wil hafta due it ulsewear.

The Tombisha Hoamland kontraversie haz mayd sum pursonil trubble fer me. Thayrez now too Tumbusha Trybal Kownsilz one inna Oven Gultch the auridginal ole ladeyz anna noo wun in Rustic witch seamz lyk peeple hoo hev joynd the trybe moar reesintly. Az Ime leevin one a the poblick commint meatings the Rustic Trybul Prezdint a bigg yung gye stopz me poaks hiz fingur intu my chezt telz me I awta ponch yoo inna fayce. Uh oh not vury frenly the oald ladeyz in Ovin Gulch niver tawk tu me lyke that.

Eavin in Darwoon witch I hav been wurking tu diffend owr watter soarce I havva prublim with Maddy. Shee stopz me inna strete ull redfayse an angrie an sez how dayr yoo goa tu thoze meatings fite the Indeyans Huck an Eye kno summa thoaz peeple frum wen we wurkt inna Parque yoo gotta nurve tarrin uss awl with the saym brosh. Oh Ima ax hur wot famleyz dooya kno Ive bin oaver at Ovin Gultch disgussin with oald ladeyz howta hulp noo trybe git sum reezinable bennufitz. She doant buther tu anser.

Maddy staze pist oof at me fer yeerz. Ima jest keap awai. Ennyway nuthin mutch gud hapinz fer the trybe. Ole ladeyz inna Oven Gulsch doant seam tu git enny big hulpfull projex dun. Meenwile the noo brantch uvva trybe in Rustic tryze tu makka deel tu bilda a big kussino inna Histeria a cupple hunner myles awagh sertinly not in thayr Ansestril Hoamland. Evantully thissa deel faulz throo the uzule govamint devyde n konker trik ta kwiet doun the Injunz hoo git nuthin mutch inna long wrun.

The oanly Indieyanz ackshully livvin inna Darwoon ennymoar hev got nuthin tu doo with Timbashaw trybe. The Blue Crowz blong tu Lakodaz frum Sowth Dikoda thay cum frum Pyne Rudge Rezzervashun witch iz famus fer Woondid Nee Masiker. Clara Blue Crow an hur layte hozbind useta liv in Dusty Vallie shee wuz the cooke atta mynin kump thayre. Moast ufternunez yoo kin fynd Clara hangin owt at Dollyz drankin bere unner the grapvyne. Evry tyme Ima cum oaver Clara studdyz me karfooly oaver the toppa hur wyre rimm glassiz sez wow yoo shore hev gottin fatt. Hm I reely doant thunk so but then I nodise she sez this tu ennybuddy she hazzint see fer a wile so itz OK.

Claraz livvin inna trayler with sunz Jonny Boy n Hoot. The boyz went tu Long Tree skulez Hoot sumwot diztingwitched hissulf azza trak star. The Bloo Crow boyz syng an play gitar. Jonny Boyz a priddy gud ardist maykez sorta jayl hous drawringz nood laydeez so furth. Hoot hazza nyse gravvily singin voyse but manely thay drynk too mutch.

Wen Pete oapinz op the Dantz Hal tu the poblick the Blu Crow boyz ar ullwaze kummin oaver warin owt thayre wellkum ploggin in lowdspeeker getarz singin too lawng tyme gittin dronker n dronker. Jonny Boy kumz intu one podluk diner grabbz Peet by the nek twizts hiz hed in greeding lyk tryin ta sturta fite er brake hiz nuck. Skarez

Pete a liddle he figgerz hee bedder keap a oye onna that Jonny Boi.

One Noo Yeerz Eave ufter drankin aroun toun the Blue Crow Boyz goa hoam ull mest op git inna nife fite Jonney Boy stabbz Hoot inna bak with lawng nyfe. Hoot goze tu hozpittle with ponkcherd long gitz sowed op but taykes a wile ta rickuver. Nuther tyme atta barbakew piknik doun at Chyna Gurdinz the Bloo Cro Boyz gett inna slo moashin fite thay sturt argewing Jonny Boy ponchiz Hoot inna fayse Hoot faulz doun fer awile then gitz op ponchez Jonny Boy hoo fawlz doun evantully gitz op ponches Hoot hoo faulz doun fer a lawng tyme draggz hissulf op ponchiz Jonney Boi so furth ull nyte untill thay boath finully pazz owt getta ryde bak tu toun inna murning. I wuzznt thayre I hev no eyedea wy nobuddy broak it op.

Ambyulantz iz ullwaze kummin ta toun tu hawl oof Jonny Boy hoo hazza vury badd livver kundishin ontill finully he goze ahed and dyze uv alkoolick livver dizeez. Clara loozes alla hur childrin bfor hur oan deth excep fer one sun a wel noan ardist still livvin onna Lagota Ruzervashin an Hoot hooz livvin inna famuly trayler inna Darwoon. Fer sum yeerz now Hoot haz bin havvin sumthin goon on with Maddy despyt the fack that shee iz murried tu Huck. Mabey thay ar just drankin boddeyz hoo noze. In enny kayse she kumza waukin bak hoam frumma Blue Crowe trayler moast murningz.

Oh wel I gess itz OK. Ufter ull sheeza tel me how shee an Huk ar sutch grate Indeyin luvverz.

{ 25 }

Olde Gurlz Clob

Seamz lyke the menn in Darwoon ar ullwaze gittin tagither fer one reezin er nuther drankin kawfey at Skulper Nickz inna murning hulpin eatch uther fixop thayr pikop trux muvin rox jest hungin owt chutin the breaz. Clay Jesse Rupert Nick thay ull kno itch uther frum ole tymez in Bigg Sir razed a lotta hel oaver thayre wen thay wuz yung an latter on inna Darwoon frum wot Ive hurd.

But the wimmin notso mutch. We ull hav owr projex weer a wurkin on. Lily bsidez bean a annimul luver iz vary ortistick sheez ullwaze paynting makkin big welldid mettle skulpcherz outa jonk. Emmy izza vary gud cuk sheez gotta lil bizniss makkin caykez an paistreez. Almaz bizzy paynting an riting powedry Ime wurkin onna buks maykin muzick so ferth. Theez ar thyngz yoo kant doo inna grate

172

big groop. But wee ar frenly enuf an wen we got frea tyme wee hangue owt an choo the fatt.

So wen Krismuss izza kummin us wimin desyde tu havva pre Krismus sail at the Darwoon tern oof op onna hiway six mylez outa toun. Lotsa toorists dryve bye goin bakkan foarth tu the Natchinul Parque wy not sett op sum tabblez hav bayked gudz lil aurt peesiz poadry buks that toorists kin bye fer Crysmus prezzints vury onuzule soovaneerz frumma dezzert.

I makka bunch uv brite kullerd sines lyk Berma Shayve an puttem op alungsnide uv hiway Wyld Bunz Ahed Luk Owt Fer Big Sail Baiked Gudz Soovaneerz Aurt Yoo Jest Mist Owr Bunz. We fix op tabbles reel fastive puttop a big sine on my pikop truk Wyld Wimmin uv Darwoon Bayked Sayle.

Wee ull tayk ternz stannin allung the hiway waivin at karz tryin tu flaggem doun. Sum toorizts pul intu the purking aria thay bye a liddle uv this n that. Weer priddy mutch sadisfyed with sail eaven tho we doant mayk mutch munney except Emmy hooz sinnamin bunz sel lyk hod caykez.

Thissa gye inna big ole pikop truk pulz oaver ta chuck owt sail heez gotta hole bonch uv wodden animules inna lil traylor ull skolpted with a chayne sore. A big bare stannin op behine the kab a dear withiz andlerz stikkin way owt. Heeza dryvin sumwear tu sel theez annimulz hangz owt tawkin with us fer awile. Wee nodise that he hazza cuppla fungers missin frum eatch han. So mutch fer doon wodwurkin with chayne sore wee tel eatch uther ufter he drovez awagh.

Bak in toun thangz hev bin chaynjin sints Leonard the skulpder n Margaret dyed an Thomas an Polly Kramer bawt thayre hous frum Clay. Thay ar fixin op the playse tu mayk it moar lyk Oaringe Cunty lotza roazbutches noo treaz inna yurd deckorayshins insnide hous frillie kertinz onna winnows so furth. Pollyz ullwaze kleenin and doon lawndree jes lyk a hooswife in Ell Ay. Thatz OK evabuddy figgerz az lawng az thay doant youze op alla watter.

Polly n Thomas lyk tu hung owt on thayr portsch inna layte ufternune vizzitin with nayberz. Sittin aroun bulshidding drankin whine outa fantzy glazzes eetin lil oars durvez nutz krakers n cheaze. Vary soashibble in uther wurdz. But toobad no moar Lennard gallerie no moar skulpin werkshop in bigg shedd akrost purking lot frum hous.

Priddy sune Polly maykeza sudjestion. Howz abowt we havva wiminz groop git togither oncet a weak an tawk about thyngz reed frum bukz so ferth. Ime not reel big on reggyular meatingz but seamz lyk a gud eyedea so I sturt goon tu thissa weakly wiminz groop.

Bsides Polley an me thayrez Lily an Emmy hoo bryngz wunnerful bakked gudz witch Polly alsostoo maykez hur famus choklit chup cukkeez. Sumtymez Alma wil cum tu meating an hur dawter Dinah wen sheez not bizzy wurkin.

Meedingz ar helled in Lennardz gallerie bilding witch iz now priddy mutch umpty ixcep fer sum plazdik chares a lil tabble anna a big podded plunt. We sitt aroun tabble with kandle onnit insnide a candul hoalder frum Maxiko a sirkle uv figgers with urmz aroun itch uther thay ar a cymbal uv tugatherness Polly ixplanez azzif we dint kno. Shee lites kandle wee pas aroun a fether witch wen yoo got the fethr itz yer chants tu say sumthin. Sumtymez Ile reed one a my pomez az duz Alma in hur Deap Sowth axsent. Lilly tawkz abowt hur ort projex er hur adventcherz lukkin fer hur burth muther. Emmy bryngz muzik See Deez witch she plaze onner speshul Boze steeryo an tawkz abowt hur planz tu hev a big bayking bizniss. Lotta the tyme the wimen tawk abowt thayr hozbindz boifrenz manopawze so furth. Polly ullwayz refurrz tu Thomas az my hozbind I wunner wy she niver sez hiz naym.

Pollie reely hangz ontu thatta fether shee reedz er tawks a hole lott moar then ennyone ulse. Sheez got ull theez spearatule bukz sheeza reed on an on a lotta stuf yoo ullreddy no. Er she jest tauks an tauks yoo rilly kant keap payin tension yoo wunner wenz shee gonna pas alung thatta fetther. Polly izza egspurt on noo ayge subjex an aynjil heeling on accounta sheez gotta Musterz Decree in speeratule kownseling. She muss thinck that nobuddy ulse inna wiminz groop haz got enny edjukayshin at ull. Sheed be serprized but niver mynd she meenz wel.

I hav sutch gud fealingz about how nyse ta hav wimminz groop in Darwoon that nex Krismus I bye a gyft fer eatch memmer uvva groop a Wee Moon Kallander buk itz fulla faminist aurt an riting I wuz abble tu bye a haff duzzin fer a dizcownt pryse not ixackly cheep. Awl the ladeyz seam tu lyke the kallandur thay admyre the pitchers say how yousefull itll be fer lukkin op the plannitz an fayzez uvva mune.

Wen I goa oaver tu Pollyz an giv hur the gyft shee seamz awl imbarussed she doant hav nuthin fer me. I doant kare I jes wantid tu ixprezz my uppreasheashun tu wimmin in groop speshully Polly fer bean hoast. Sheeza oapin op the rappingz seez itza We Mune Kallender ternzit oaver lukz tu sea how mutch izza pryse onna bak. I gess sheeza thunk I doant notiss butt itz vary obveyus. I doant kare I kin ufford liddle gyftz fer speshul frenz.

It doant tayke lawng fer wiminz groop tu druft uppart. Lilly leevz fer Big Sir Emma iz livvin in Long Tree Alma niver kame vary mutch ennyway Dinahz bizzy wurkin az waidriss at ristrant in Alkali an razin hur sun Bradley. I figger alsotoo mabey evabuddyz gittin tyred uv heerin Pollie taukin on an on til yoo kin hurdly hoald yer oyelidz oapin.

A fyoo munthz latter itsa plezzint wharm nite Ima heer a turrible yallin cummin frum Thomas an Pollyz hoos. Uh oh mabbe Pollyz gittin beet op er sumthin weer gud frenz I bedder go an chuck wotz goon on. I wauk alung rode inna darck passt syde uv Dantz Haul doun intu the warsh ware noyze iz gedding lowder an lowder. Now I kin heer itz jest Polly tawkin vary lowd onna portsch thayrez a bonch a peeple sittin owt thayre Thomas Polly Peeyano Ben Rupert Franch Betty. Sudinly I reelize Polly izza tawkin abowt me an not vury nyse neether. Ima scrunch doun behine jonk veehikal inna warsh ta lissen. Sheez goon on an on abowt she doan kno wotz my ajanda why Ima giv thissa Sprynga Jigg pardie so furth an sew on. I feal reely badd wotz shee got aganst me wyz she tawkin nastie abowt me tu ull theez peeple.

I pop owt frum behine broakdoun trok an wauk oaver tu Polly n Tomas portch. Evabuddy freazes with thayre drinx in thayre han lukkin at mee lyk ware did shee kum frum oboy I hoap shee dint heer wot Polly wuz sayin.

Ima cornfrunt hur sayin ef yoo hev ennything tu cormplayne abowt me Ide uppreshiate if yood tauk ta mee dureckly not behine my bak. Bfore shee er ennybuddy kin say ennything I tern aroun an sturt waukin kwik bak tu my hoos. Alluva sodden heerz Pollie ronnin ufter mee grabbin atta bak uv my shurt sayin stopp stopp I wanna bea yur frend doant goa sheeza plukkin at my cloze grabbin my shert. I keap waukin tryne ta ugnoar hur sheeza yallin pleez cum bak doant goa I wanna be yur fren lyka thatt. I clyme op my portch steppez sheeza grabbin at me yallin wate wate. Kwit grabbin at me Ima teller goa awai I doant wanna hafta hitt yoo. Ive niver hitt ennybuddy in my lyf but thissiz lukkin lyke mabey a gud tyme ta git stardid. I oapin my slidding doar go insnide kloaz the dore Polleyz stil owt thayre bangin an grabbin atta doar I tern oof lytes inna houz teller goa awagh witch she finyully duz.

Wotta serprize tu dixcuvver that sumbuddy bsidez Maddy izza tawkin badd abowt me er tawkin abowt me at ull. Hoo wudda gessed that peeple tawk abowt eatch uther inna Darwoon. Wen I thynk abowt it Ima reelize uv curse

178

evabuddy iz ullwaze taukin bout itch uther wy not abowt me alsotoo. Wotta shok.

I avoyd speekin tu Polley fer lawng tyme jest iggnoar hur wen I sea hur aroun toun. Then Thomas gitz badd cantser goze intu hozpiddle hazza vury seeryus opperayshin. I kin imadjin this muss be vury hard on Polly I feal reel sorrie fer hur. Evantully Thomas gitz outa hozpittul iz rickuvering at hoam. Heeza strawng hansum ex Mureen gye now heez awl week frum treetmintz hadda git ull hiz teath rimuved hazza toob inniz stumick kant eet reel fude ennymoar oanly kanz uv likwid newtrishin.

One dai Ime atta Poost Oofise wen Pollie cumz in. I ax er howz Thomas doon shee bersts intu teerz so I putt my urmz aroun hur an hogg hur. This seamz ta brake the ise an we sturt acktin moar frandly agan. Ufter ull yoo kant hoald a grudj ferevver.

I doo kno bedder tho then tu git intu enny kinda konversashin. I wunner how Tomas iz manadjing halpliss az hee iz rite now an stuk thayre with no wun ulse fer hur ta tauk tu.

{ 26 }

Tupperwair Ugloo

I bin livvin in Darwoon fer a fyoo yeerz now but Ime stil
payin fer stoaridge in Sand Frunsisko gotta lotta yousfull
farnishure nowear ta puddit. One dai shupping in Arsenal I
pikk op the Swopp Sheat thayreza add fer a twenny fut
fyberglaz doame hmm that mite be a gud playse fer stoarin
my stuf.

I mayka poyntmint goa an lookit the doam onna
proppidy uvva Hywai Padrolmin in Arsenil. Thayreza pyle
uv big rownd wite plazdick thyngs inniz yurd sevril difrint
shaypes. The petrolman sez the doam useta bee the offiss at
Robburs Roozt a liddle toorist bizniss neerbye it aurijinally
caustid thurteen thoozind doolerz wennit wuz noo. Him n
hiz wyfe tookit uppart brot it tu thayre yurd thay pland ta
putta hott tubb innit nevur gott aroun tu it. Hee shoze me
pitcherz uv how it lookd bfor it wuz tooken doun lyka bigg

wyte iglou. Heeza sellin tookapart doam fer nyne hunner doolarz. The winnowz are broak thayrez no doarz Ide nead tu bye noo wunz. OK Ima say Ile taykit an rite im a chuck. I putta cupple peesez uv lecktrick kondooit frum the pyle intu my Soobroo stayshin waggin tellim Ile runta vann kumbak tu pik op doam partz vury sune.

Cuppla daze latter the patroalmin caulz me op sez oh Ime so surry we chaynged owr minez doant wanna sella doam ufter ull weer gonna git hut tob puttit inna dom Ile retern yer chuck rot awagh.

Ime rilly pizzed oof but wot kin Eye due. I tellim a deel shud be a deel but pozeshin izza nyne tinths uvva lore. If yoo evur chaynge yer mine pleez lemme no.

Now I sturt thunkin wow thatta doom wuz rilly a gud deel I wunner if thayrez enny moar aroun. I luk op onna Innernut fynd owt itza speshil kinda doam dezined by a stoodint uv Bookmister Fooler. Doant seam ta be enny sutch doms availluble ennymoar the lass uv em wuz youzed tu mayk a hoamless inkampmint in Ell Ay. Thayrez pitchers uv thissa comunidy onna Googool hole boncha iglu shayped wyte doamz rite nextu dountoun Cunvenshin Senter. Eatch dom kin hoald two farmerly hoamliss peeple wotta gud deel fer tham. Uther virgins uv doam ar bean menufakcherd in Ullaska az servyvul shulters. Thissiz awl innaresting infermayshun but doant doo me enny gud fer gitta nuther wun.

Sevril munths latter I getta kall frum Hoyway Patrulmin. OK he sez we desydid not tu puttup doam ufter ull doo yoo stil wanna by it. Shore Ima tellim thunkin reel fasst but itz moar uzed now so Ile giv yoo ate hunner doolars. Heeza thynk fer a minnit sez ull rite cummin geddit.

I goa doun tu Simonz liddle shak ware heeza layin aroun with Lola sheez hiz sweedhart now. I ax im kin yoo pleez cumpiny me tu Arsenal hulp pik op doam partz we gotta harry bfor petrolmin kin chaynje hiz mynd agan. Nex day I runta vann dryvit tu padrolminz hoos an givvim a noo chuck oanly ate hunner dollerz thissa tyme. Simon hulpz lode alla peesez intu vann we domp it inna my yurd nextu ole konkreet slabb ware Doris Hinklez famly useta fixop veehickals.

Hoyway Padrolmin haz rote nummers nextu hoalz inna doam peesiz tu indakate ware ta put nutz n boalts tu joyn em op. Summa the nomburs hav woar oaf frum so menny yeerz hungin arownd inniz yurd but I figger owt how it ull goze tugither. My boifrend Jo Muir an Simon hulp putt op the boddom roe uv big fyberglaz partz we tye roaps ta keap it frum flobbin aroun inna dezzert wynd. We noadice that we havint maid it exackly a rownd sirkle onna grownd but prolly gud enuf fer Darwoon.

Resta ussambly projeck cunsists uv a cuppla rowzing pardies. Lotsa peeple drankin the bere I hav purvidid wurkin insnide an owtside uvva doam it rizes gradjully hyer an hyer azza peesiz git joyned op. Efrem with brume stik pooshin owt rownd partz tu makkem fit tugither. Ole ladeyz clambin aroun on shakkey laddurz dawgz unnerfoot vary dayngerfull. Loala sittin wubbley onna Simonz shoolders pooshin onna kurvez uv doam heez awl intuxicaded frum hur fraygrint perfyoom. Dogz burkin n fytin peeple skrooin in nutz n boaltz finully weev gottit op hooraye. Awl exep the vary topp pees witch kant be reeched with laddurz so thayreza rownd oapning inna toppa the doam.

Ive bawt noo dorez n winnows Jo Muir hulps instawl em. Ternz owt that doarz ar nott so eezy ta put inn onna counta doam boddom not bean exackly rownd but he putz in eggstra peesiz uv wod so doarz wurk OK.

I goa tu Sand Franzisko runta nuther van kleen owt stoaridge kuntayner no moar munthly paimints. Jo Muir kumz alung hulpz lode an unlode furnadure urrange it inna doam. Ull theez farnushingz mayke it vary kozey insnide I gess itz not gunna bea fer stoaridje ufter ull.

Not evabuddy iz krazey abowt havin noo doam in toun. Oaver at Dollyz the uzule buntsch iz disgussin it drankin bere inna bakyurd. Sorda bigg n wyte sez Clara Bloo Krow fonny shaype doant yoo thunk mabey a liddle outa playse inna Darwoon. Hmph sez Maddy lukz lyk sumbuddy hadda bigg Topperwhere pardy. Niver mine sez Dolly et leest sheeza kleen op the yurd got ridda alla Hinklez jonk thet useta be onna slub. Evvy lil bitt hulpz.

Sumer cumz. Itz wai too hott inna my hoos at nyte so I sturt sleapin inna doam. Whoa itz nyse an kool breaze blooin in throo winnows. Vary kumftibble bed frum stoaridje younit I kin sleap reel gud excep that the oapning inna topp uvva doam wurks lyk a ole fashind eer trompit umplifize evry noyz inna toun. Truffick uppan doun Mane Strete tu an frum drog deeler hooses truk braykes skreachin booros brayin onna edja toun dawgz barkin koyotiez yippin boroz shofflin doun the streat hee hawin klompin inna yurd rite nextu doam peeple fytin kar doarz slambin Simon n Lola yallin dronk at eatch uther ull nyte lung. Thass OK I git moar sleap then inna hoos so hott in thayre Ide bee waykin op swettin alla tyme.

Inna faul Clay iz uzin hiz krayne ta muve sumthin so I axxim tu hulp me putta topp peese onna doam with krain. Weer disgussin the projeck atta poost offiss one murning wen op pypez Jeffrey the hozbind uv Stella the noo poastmustriss sints Doris Hinkle retarred an muved awagh. Ooh ooh sez Jeffry I gotta bridje klymerz harniss frum wurkin inna Bigg Ser Ile lone it tu yoo fer pudding topp on doam. Jo Muir volinteerz fer thissa jobb hee gitz intu harnis Jeffrey sintchez it op Clay hookzim ontu kraine an upp hee goze dunglin inna ayr long skinnie urmz an leggz lyka bigg spyder bountzin aroun on toppa the doam wile we poosh op the lass pees an he skrooz doun the nutz n boaltz. Lil croud haz githered tu watsch this spektickle awl chearin azza doam iz finully ussambled thanx tu menny frendz in Darwoon.

I dixcuver that doam haz vury badd ecko with topp pees in playse yoo kin hurdly heer yerself thunk. I hangue peesiz uv fabrick frumma seeling tu brake upp ekko it lukz vary fustive Muxikan weevings Gwademallin patschwurk moabeelz n colladgez frum ardist frenz nyse ta hav a plays tu put awl this stuf thatz bin sittin in stoaridge. The fabrick improovs the acoostix priddy gud but thayrez styll a speshul plays inna midl uvva doam ware yoo kin heer wot sumbuddyz wisperin way oaver onna uther syde wotta unyuzule fenominon witch I git ta deminstrayt tu vizziters.

Clay givz me a uffishul sine ta put onna dore it sez Institoot uv Geofizziks an Plannitarey Fiziks he sez he gottit frum dompster at Yoo See Ell Ay. Toorists see sine onna doar skrutch thayr hedz wot kinda Instoot cud thissa bee in Darwoon uv awl playsiz loox lyk a raydar instullayshin.

Darwoon Doam becums noo venyou fer makka muzik. I bryng clairanett drumbz shaykerz rithem instramintz. Peeyanno Ben corntribbyutes Oscarz drom an glokinspeal witch heez bin keapin sints Oscarz tradgick deth. Frendz frum sitty havva gud plays ta git ridda muzick stuf that wuz jes takkin op spayse in thayre lil aportmintz leeve it oof in doam. Evry Springa Jig Pardy we havva drom surkle playe muzik putton poppet shoze reed powetry makka fonny skitz so furth. Doam seamz tu be fittin rite in.

Darwoon Doam my azz sez Maddy sittin unner Dollyz grapvyne poppin a bere. Moar lyke Ugloo if yoo ax mee.

{ 27 }

Owr Ladey uv Bowgotah

Op inna moontins outsida Darwoon izza vary misteeryus statyoo uv Vurjin Merry. Nyce wite plazder statchew the kyne yoo sea in relidjis schrynes er Cathlick peeplez bak yurdz. Sheeza stannin op onna a liddle ledje nesseld in sum byutiful grannit rox kuverd with rustey kullerd lykin. Summa my naybers lyke tu makka lil pilgrummidge ta vizzit the verdgin frum tyme tu tyme tayke pitchers mabbe branga piknik launch hang owt inna priddy roks. Vary spatial plays fer peeple uv Darwoon.

It wuz Ella hoo furst shode me the Vargen sune ufter Ima muve tu Darwoon. Shee druve me owt onna fore wealer kwad oaver bompy durt rodez I niver wudda fownd it by mysulf. Az uzule evvywear wee wauk sheeza reech doun pik op a aerohed er pees uv chipt flynt er ubsiddeyin. Shoze it tu me putzit bak onna grownd ware it wuz. I wunner if Owr Ladey lokayshun wuzza impoartint playse fer the Naydive peeple lawng befoar it becum a Vurjin schryne.

Sum vizziterz tu Owr Ladey leeve awferings aroun the boddom uvva stadue penneyz nikkulz eaven kwarters. Evry noun then sumbuddy druves uptu Vargin schrine taykez alla the munnie mabbe tu makka bere ron tu Long Trea mabey jes bcuz thay nead a liddle loost chaynje.

Peeple in Darwoon hav lotsa difrint egsplinashuns bout howcum thayreza a Virgun statyoo inna moontins inna moarless invizzuble playse offa beetin trak. Mos poplar theerie haz ta due with Coloombyan drog smoggling oppurayshin. Az Rupert toald it tu me a drog smoggle plain crasched tryin tu lan onna seekrit ayr strup uppin mowntins thayre wuz baggza koke strood ull oaver the playse sumbuddy manidged tu ron awagh bfor awthorideez shode op but sumbuddy ulse got kilt inna cratch. Thissa theery claymz that Vurjen stadue sunly uppeered ufter playn crasch it muss be mummorial fer ded drog smoggler er fer cunfuskaydid baggz uv crocayne. Cording tu Rupert the stadue iz cauld Owr Ladey uv Bowgotah onna counta Caloomban drog playne.

Wen my frenz cum ta vizzit frum sitty I taykem owt tu the lil seakrit playse sho em Owr Ladey. Oh thay luv ta pay thayr respex atta schrine takka pitchers uv the Vargun thay wipp owt thayre wallitz sturt puddin kwarters at hur feat.

Wel mabey yoo bedder not waist yer munnie I tellem the lowkul drunx wil jest steel it ta goa bye bere. Genrilly thay leev sum koynz ennyway.

Lotsa stuf akyumulaytez atta schryne. Marty Grah beeds liddle moddle karz peesiz uv kristul. Dinah Howez sun Bradley leevz a kuppla dinosor toyz az awferingz tu the Vargun.

Wun day wen Ime hikking inna montinz I deside ta paya vizzit tu Owr Ladey. Dryve doun durt rode tu clumpa big rox wear statyoo livz. Wauk oaver tu schryn uh oh thayrez no Vurjin. The stadue iz kumpleatly goon no sine a hur. Wot happind Ima wunner. I lukka roun an thayre inna booshes iz one uv Bradleyz lil dynosores sumbuddy jes throde it oaver thayre. I kulleck the dynasure ta giv bak tu Bradley.

Hoo wooda took the Owr Ladey stadue throwd dynasore inna weadz it doant mayke no cents. Strayngley enuf thayrez stil munney ware stadyoo useta bee cuppla kwarderz sum pannies n nikkuls.

I tayk the dinasore bak tu Bradley an tel Dinah an hur momm Alma az wellaz Dolly n hur drankin boddies alla bout the missin Ladey uv Bowgoda. Nobuddy in Darwoonz perticklerly rellidjus but thayrez genril owtrayge abowt steelin uv Vurgin famus lanmarck inna montins. Hoo cudda stoal the stadue thay ax an not steel the munnie alsotoo.

Frum tyme tu tyme I goa bye the umpty schrine jest ta chuck on wots goon on. No reel chaynge exept evantyully the koynz hev dizuppeered az mite be ixpektid.

189

Then one daye a yeer er so latter I druve uptu Vargen schrine oh my gudniss Owr Ladie iz bak onner rok. But she doant look lyk she youse tu sheez fulla big crax awl glood togither with sum kinda slobby graye simment Boondo er sumthin. I inspeck the statchoo vury carfooly try ta figger owt wot happind an by hoo but thayrez no evadentz uv hoo dunnit az thay say.

I horry bak tu toun tu spred the gud nooz that Owr Laddy iz bak a liddle wurs fer ware but at leest sheez riterned tu hur schryne. Nobuddy hazza kloo wot happind but nayberz rezoom thayre pulgrumidgez sturt leevin awferings uv trinkitz an munnie oncet agan.

This eppasoad inna ledjind uv Owr Ladey uv Bowgotah mayks yoo wunner wether the drog playn iz the reel troo storey uv the stadue. Wot duz thatta theery hav tu doo with sumbuddy steelin the Vurjin burstin hur awl op. Mabey the reel storey izza liddle kloaser tu hoam. Duz sumbuddy in Darwoon kno hoo putta stadue thayre inna furst playse. Did sumbuddy steel hur an brayk hur op on perpuss becuz uv sum fambly fyude. Wuz thayre sum big alderkayshin rite thayre amung the grannit rox sumbuddy hit sumbuddy onna noggin with statyoo. Cud it bea that sum onbeleever burstid op the statyoo azza proatest aganst relidjin ufter ull Darwoon haz nevur hed mutch bizniss with Godd.

191

Mabbe ufter ronnin oof with the Vurgan the kulprat cum intu a streek uv badd lock. Thayrez sertinly bin plenny uv bad luk in Darwoon sints Owr Ladey dizzapeered Rupertz oaffise bernin doun Pete an Laurenie braykin op Oscar dyin Cooter oaf tu jale an lett owt agan. Mabey the pursin hoo stoal the stadyoo had summa this kynda badd luk an repanted. Fixdop Vurgin az gud az thay cud an putter bak. Hoo noze.

Ull that madders iz Owr Ladey uv Bowgoda iz bak hoam inna muntins n thayrez a playse fer lowkul drunx an pore peeple tu getta liddle eggstra munny evvy noun then.

{ 28 }

Noo Faycez Broakin Hartz

Wenever a noo yung wumin shoze uppin Darwoon it cawzes kwite a sensayshun. Awl the batchilerz yung an oald sturt coambin thayre hare an beerdz mabey put onna kleen shurt oncet a weak. Instedda hangin aroun unner thayre pickop trux awl kuverd with greece thay kum intu toun ta sitt onna poast oaffise bentch at male kaul tyme hoapin fer a chants tu tawk with the noo gurl.

Uzully it doant tern owt gud fer ennybuddy. Mitzi fer ixampul aryvez in Darwoon frum the Koaste sheez yung an nyse lukkin vary flurtayshus. Sheez gotta kute lil dawter with hur sumhow thay urrange tu livin Kits hous witch he iz not lyving thayre ennyway. Part uv the deel uv liv in Kitz hoos iz suner er layter heez gonna sho op an ixpeck yoo tu poaz fer nood fodoz. Uther then that itz notta badd urayngemint.

Uv koarse Simon imediatley faulz in luv with Mitzie but sheez bizzy doon sexx tawk onna tellafone fer mayka lil bizniss. Awl nyte lung sheeza tawkin durty onna foan tu straynjurz hur liddle dawterz sittin thayre lissenin Simonz oatside throowin rox atta hoos weapin an yallin Mitzi I luv yoo. Latter on shee muvez tu Judz playse. Wile sheez livvin thayre she keaps gedding theez pournagraffik fone cawlz frum Rodney the Psyko hazta git a restranning odor aganst im. Yood thunk she woodnt mynd sudgezdiv foan caulz ufter ull sheez inna biznizz uv durty fone tawk. In enny kayse Mitzi doant last inna Darwune muvez bak tu ware shee cum frum.

Then thayrez Lola hooz farely yung but az I hev sed sheez bin arownd the blok a fyoo tymez lukz priddy beet op. Ufter Oscarz getz kilt an Cooter muvez awagh fer hiz probayshin sheez avaylibble oncet again. Evantully she alsotoo bcumz the luv uv Simonz lyfe but sheez stil maykin trubble with hur siduktiv dronk bihavyure. It doant end wel at awl fer Lowla az yoo wil sea.

But Miranda sheez diffrint.

Furst I heer uv Miranda I getta fone kawl outa the bloo. Itz this yung woomin sheez bin refurred tu me by Hazel the reelter frum Long Tree witch Miranda cauled hur lookin fer a playse ta runt inna Darwoon.

Mirandaz a skule teecher in Sand Frunsisko sheez bin in Darwoon bfor with boifrend thay eaven kum bak fer Fortha

194

Jooly pardy witch thay herd abowt frum Solz fonny Darwoon wubsite. Atta tyme shee wuz too batchful ta tawk tu ennybuddy but now shee wantz ta spen sum tyme livvin inna dezurt. Shee axes kin I sudjest enny playse tu runt in toun. Shee wil be kummin throo Darwoon nex weak end ufter a frendz wadding in Ell Ay.

Nuthin tu rant heer I doan thunk Ima teller but wy doant yoo kum tu the potlok dinnur at Dantz Haul nex Satterday yoo kin meat summa the lowkulz.

So Miranda kumz an vizzitz me at my hous. Vary kute yung gerl urly twenniez seamz priddy innasint inner skoolteetcher glassiz lotsa dark kurlie hare grate big smyle. Sheeza tel me abowt hur teechin jobb inna vury bad nayberhud Hunderz Poynt wurkin with joovinial delinkwintz er wot thay now kallem at wrisk yooth. Vury hard wurk sheeza gittin a lil bernt owt neadz ta tayka brake inna dezzurt fer resta sommer vakayshin.

I invitate hur tu stai in lil kamper behine my hoos fer cuppla nytez. We goa tu putlock I innerdoose hur aroun. Sheeza tawk bout mabbe she cud staye fer a wile in oald raylrode kar on Lea Flatt onna wai tu Dusty Vallie. Clay bein reel hulpful tellzer oh no itz too dayngerful tu bea owt thayre ull ullone yoo mite git rapped wy doant yoo stay inna liddle kabbin uppat Jackazz Myne rite outsnide a toun. Sheez gotter kamping geer sheez awl sett tu kump ennywarez.

Now Clay haz got intu a lotta unnerpantz aroun toun but heeza parfikt gintlemin tu Miranda niver maykez enny kinda pas mabey she reminez im uv hiz dawter er grandawter. Nex murning he dryvez hur op tu Jakkass Myne shoze er lil kabbin itz priddy mutch faulin doun but stil haz fore waulz moar er lest anna rufe oaverhed. Thayrez a oald muttriss onna floar broakin doun chare gruffeaty onna waulz yoo kin sea peeple hev bin stayne heer preevyusly altho yoo mite not wanna imadjin wot wuz goon on. The kabbun iz sittin way op hi onna edje uvva vury steap hil oaverlukkin a spektackler vue uv Darwoon Warsh Rode Ronner Vallie anna Rode Ronner Doonz oof inna distints. Purfikt plays ta kump owt fer a wile.

Clay hamerz op sum tinn onna waulz tu keap owt ratz n wynd witch Miranda repaze the favur with a twulve pak uv Bodwizer. Shee maykes frenz with Charlene hoo izza wurkin atta Long Tree Domp shee bryngz Miranda awl kyndza farnishingz fer kabbin.

Miranda staze op thayre fer too weakz. Evry daye sheeza vizzit aroun toun koffey inna murning oaver at

Skulpder Nickz with Nik Clay an Jesse awl daye lawng shee goze frum hous tu hous yakkin drankin whine er koffy playin dromz inna Doam lissenin tu Clyde er Pyano Ben playin peeyano. Oh Mranda iz so happie tu hav a hoal noo buntch uv frendz.

Meenwile the toun batchilerz ar gedding eyedeas sayin tu itch uther ooh ooh thayreza yung skoolteechur livvin atta Jakass. Seth a hansum an pullite yung fello izza yungist uv the badgelorz hee shoze op atta kabbin one eavning with nyse rype kandelope mellon. Hee an Miranda hangue owt tawkin reel intellektule pollitix poedrie so furth. Sutch a nyse goy hee keapz cumming bak with awferingz uv fude trize tu fixop hur kar wen itz not ronnin rite. So wunnerfool ta hav so menny gud frenz shee luvz Darwoon so mutch but itz tyme ta goa bak tu wurk inna sitty.

On hur lass nyte atta Jakazz kabbin Maranda givz a big potlock pardy. Evabuddyz reel sorrie tu sea hur leev. Plenny uv Bodwizur red whine ull kindza fude. Evathing goze vury smuthely nobuddy faulz offa kliff nobuddy gitz inna fite peeple playne drombz wotta grate sendoaf.

Miranda keapz kummin bak tu vizzit wenever she kin but meenwile sheeza gedding moar an moar dizilloozhind with hur teetchin jobb thayrez so mutch tradgidie an voylince inna geddo. Sheez dreemin alla tyme abowt the dezzurt finully kwitzer job an muvez bak tu Darwoon.

Peyano Ben bein hulpful az ullwayze perswadez Jesse tu let Miranda staye inniz bred truk he doant needit ennyway sintz heeza karetakkin atta myne livvin in big hous uppon hil. She reely doant kno Jesse ull that wel but sheez so gratefool fer sutcha parfikt plays tu lyv fer a wile. Evry murning Jesse kumz doun fer kawfee tellzer abowt ole daze in Big Sir wen he wuz drog addick Portch raycing kar mekanick thay choo the fatt fer ouerz an ouerz. Shee goze hikking with Gloria an Ella vizzitz aroun toun nuthin ulse tu due sheeza lade oaf onemploid.

Uppat the myne Jesse stanz atta big winnow uvva soopertendindz hous gayzin owt oaver the toun. Thayrez that turrible fisch with feat rite uckross the rode. Byond that iz Darwoon. Tharez the rode that leeds doun tu hiz wosh. Kant see the bred trok itsulf itz hid awai but hee kin sea enny traffuck uppan doun the rode that mite be goon in that direkshun mabey tu vizzit with hur. Hee kin sea wen hur kar cumza dryvin outa the warsh wearz shee goin OK no problim sheez jest goin tu Darrel an Joaniez fer koffey awl day heeza watchin outa winnow wotz shee doon hooz shee tawkin too.

Sumwarez in Darwoon yoo kin bet thayreza cuppla batchlurz sittin aroun tawkin bout wotta hottee iz Miranda sutch a intelajint gerl wotta nyse osse sutch sweete boozumz thayd shore lyk ta havva pees a thatt. Duz shee hav enny eyedea.

Pyanno Ben telz me heez gonna fixop Miranda with this yung fello hee noze inna Long Trea hoo livez op in Confedderit Hillz onna famuly propidy witch useta be a speeratyule noo ayge opperashin ron by a famus gooroo teecher. Ben reely lykes tu stur thingz op with hiz hulpfulniss but haz gud intentshunz he sez Stuart wud be jest parfikt fer Miranda jest the rite ayge not lyke ull thoaz newrotix an oald geazerz in Darwoon. So shee gitz tu meat Stuart an thay hitt it oof rite awagh. Hee iz divarce hazza kuppla lil kydz she doant mynd havvin kiddz aroun shee wuzza skuleteecher.

Gradjully it daunz onna Merandaz admyrerz that sheez gotta noo boifrend in Lawng Trea. Seth sturtz aktin a liddle difrint wen hee bryngz hur cheaze n krakkurz he leenz hiz hedd whistfooly onner shoalder doant mayke no reel seeryus muvez but sheeza geddin creapy fealin aroun im wot cud hee bee thynkin.

Onna Foarth uv Jooleye Jesse kumz oaver fer kaffee az uzule but heez inna reel badd mude hee tellzer sheeza maykim feal vury hert he kant stan tu sea hur with ennybuddy ulse. Latter inna daye she kumz bak frum vizzitin nayberz an fyndz a bookay inna vaze onna tabble nextu bred truk. Itza bonch uv ogly weadz that Jesse toald hur oncet that he reely haytez if yoo tutch em yoo git hurribble stikkurz in yer hanz. OK she kin sea itz tyme ta moov on. Kant staye in bred truk kant stai in Darwoon tryne tu avoyd Jesse alla tyme.

Noo boifrend Stuart kumz tu Darwoon hulpz hur pak op so shee kin muve tu hiz playse inna Konfedrit Hillz. Thatta nyte thay go tu Furth uv Julie pardy onna Flatt anna nex murning thay hed fer Lawng Trea in thayre seprit veeklez. Az Marandaz dryvin op the Darwoon Rode heer cumz a big vann speadin passt hur hedded outta toun. Rupertz neese Tessa is dryvin Rupert rydin shotgon Simon an Lola inna bak. Wow thay ar awaik priddy urly ufter awl that pardyin onna Flat lass nite. Thay ar ull waivin gudbye tu Miranda caullin owt wee luv yoo throawin kissiz.

Sheez had enuf uv bean objeck uv Darwoonz uffekshinz. Tyme fer a chaynje oncet agan.

{ 29 }

Threa Forths uv Jooleye anna Fith

Evry Foarth uv Juleye thayreza purayde in Darwoon. Itz nevur vury bigg but itz vury padriodick. Peeple fixop thayre veehickelz with Amurkin flaggz redd wite an bloo krape papper an dryve aroun a feu blox uv dountoun Darwoon witchiz priddy mutch ull thayre iz. Passt the Poast Oaffice aroun the korner passt the Dantz Hawl doun Mane Strit a lil wai then aroun anuther koarner bak tu ware thay stardid. Thayrz oanly a hanfool uv veeklez inna prade resta the peeple ar stannin alung the strit watschin purade waivin flaggz. Sensuble peeple gither onna portch uvva Dantz Haul witch pervidez shayde itz priddy hott in Darwune in Jewlie. Hoal thing iz oaver priddy qwik but fokes hangue aroun drankin bere eaven tho itz urly inna dai itza holladay so wy nott.

Sumtymez I mis the Fortha Julie purade bcuz Ime outa toun. Itz not my kuppa tee in enny kayse. Too mutch paytriodick an the purade iz moastley oargunyzed by the gunne freek kuntinjint uv witch Eye yam sertinly nott one. Gunz ar vury pobular amung menny uv my nayberz sum uv hoom oanly liv heer purt tyme. Wen thayre in toun lyke fer Jouly Forth yoo kin heer lotza schutin goon on owt inna dezzurt thay got favrit playses tu tayke thayre weppinz inklooding vary big gonz with vary big bulitz. One playse ware thay goa shotting thay gotta big steal playte hungin onna pype itz abowt a intsch thik bigg hoalz alla way throo the mettle muss be big powurfool gonz tu mayke hoalz lyke that.

Ennyway itz not my kinda sellabrayshin gonz flagg waivin the hoal deel.

One yeer jest bfoar Fortha Jolly I goa with Efrem anna boyz tu a kwarry on Sentenneal Flatt ware thayrez awl this wite klay. We koleckt a boncha the claye brung it bak tu toun. Efremz planing ta uze summa the klai aroun fondashun uv hiz unnergrownd rok hous. We putta boncha the klay inna barthtob witch happinz tu bea owt in frunta the Dantz Haul. Petez awagh in Nubrazka fer sommer but we figger itz OK ta put clai inniz tobb. On Fortha Joolie I mix the buthtab claye with wadder an smeer it ull oaver my fayce urmz an leggz so thay ar awl wite. With tempura paynt Ima mayk big red starz on my navvey bloo haulter topp reel padreyotick. I ulso paynt red wite an bloo onna wundsheeld uv my pikop truk so it kin pardissipate inna perayde carying antiwore an peese sines.

Efrem an Almaz lil grandawter Megan wantz ta be paynted op with klay alsotoo so she stanz inna bathtoob inna swimsoot an we smeer wite klai ull oaver hur chobby liddle buddie. It lukz rilly gud atta tyme but rite ufter the purade she sturtz havvin thissa turrible berning idging rasch frumma klaye. Not sutcha gud eyedea ufter ull.

In the eavening uvva Forth uv Joolie thayrez ullwaze a potlock dinnur follode by a boonfyre an fyrwurkz onna flatt owtsnide uv toun noan az Furth uv Julie Flot. Big umpty spayse vury saife fer havva big bunfyr shute oaf firwurks withowt berning doun the hole toun. The hi poynt uvva pardy izza creamayshin uvva feemail figgyer maid outa wod an jonk cauld Berning Woomin. Bonnie hooz wyfe uv one uv the gonne freek Samz iz in chardge uv mayke the Borning Wuman. Awl nite thayreza lotta drankin laffin yallin big lowd farwurkz uzully a pritty roudy pardy. I doant genrilly luk foarwurd ull that mutch tu thissa pardy peeple gittin too dronk an outa han.

Wun yeer at thissa Foartha Jooly pardy Mobil Jack iz thayre witha bunch uv hiz rednuck frendz frum Lawng Tree an Liberty. Big tuff lukkin goyz warin karmafladge lotza flagz vary padriodic thay got plitikal stikkers awl oaver thayre giunt pikop trox advurtyzin the laytist rite whing grypez an kandadatez. Simon shoze op heez priddy fokked op hee gitz inna big blareop with Moabil Jak an hiz boddiez. Simon an Jak anniz frenz ar yallin bak n furth at itch uther Symonz raycin aroun reel fasst in lil VW Baha Bugg praktikly druvin intu boonfyre neerly nokkin doun peeple. Symon getz outta Bahha Bog sturtz throawin rox hee throze one rok toard Huck an Maddyz pikop truk the rok cumza wizzin rite passed my hed Simon doant kare hoo mite git hert heez outa kuntroal. Hee sturtz throwwin rox at Mobil Jax frenz thay grabb im nock im doun hoald im onna groun kikk im a kuppla tymes inna bawlz. Symon gitz op sloaley clymez paynfooly intu VW an tarez oof. Goze doun tu liddle hous blonging ta Moabil Jak anniz wyfe Fran heeza yallin throowin roks brakez the wundsheeld uvva kar blongin tu Franz gurlfrend hoo wurkz fer Shariff. Ufter pardy nite Simonz hole famly goze aroun sayin pore Simun hadda goo tu Murgincy Rume fer treetmint uv bursted bawlz frum kikked at pardy. Simonz my frend but hee sorda axed fer it dint hee. Ennyway hiz fammaly an Mubbil Jax fambly niver speek tu eatch uther ennymoar.

Thissiz wy Ime not too innarested in goon tu Fortha Jolly pardy it kin eezily tern intu sum kinda big muss.

Anuther yeer anuther purade anuther pardy onna Flatt. Thissa yeer Rupertz neese Tessa izza stayne in toun at Clayz hous sheez bin livvin in Lawng Trea atta hoam uv hur muther Penelope hoo iz Roopertz vury sufistikaytid suster. Tessaz a taul gud lukkin dark hared yung wumin tawks sivalized lyke her muther but sheez ullwayz in an outa trubble haz drog addick hiztery dranks a lotta alkool but alsotoo sheeza traned shef gradjewated frum fantsy Koardoan Bloo skool uv cukkin. Sheez inna dezzert kleenin op hur akt but upparintly kleenop doant inklood givin op drankin. Evry daye Ima sea hur druvin aroun Darwoon inner vann with hur onkle Rupert Lola n Simon swiggin outa boddle pardyin priddy hard. Uh oh prolly gunna bee a alkahool soked pardie onna Flatt thissa yeer with alla dronkz gittin tagither fer big fokdup sellabrayshin.

Mutch tu my plezzint serprize evathing ternz owt priddy peesful thatta nyte nobuddy gitz way outa han. I sitt a liddle waze oaf frum bunfyre with Miranda the yung skoolteecher an hur boifren Stooart wee pas aroun a fith uv voodkah sumbuddyz throwwin magneezyum onna fyre maykin priddy flambes. Cozmo the drog deeler izza waukin aroun with a kammera maykin viddeyo uv evathyng lyk heez sum kinda unnerkuvver FBI. We ull goa hoam farely urly an farely soaber.

Nex day izza regyuler bizniss day. A buncha nayberz ar sittin onna bentch in frunta Poast Oafice watin fer male tu arryve tawkin abowt nyse pardy priddy peasful doant yoo thynk. Alluva soddin the fone wringz insnide Stella the poastmustriss pix it op. Itz Maranda caulin frum Long Tree awl opset an brethliss. Stella kaulz evabuddy intu Poost Oofiss putz Meranda on speeker fone. Miranda sez shee wuz dryvin hur kar frum Darwoon tu Lawng Trea thissa murning. Shee cum uppon a turrible axidint onna hiway thayrez a vann onnitz syde awl crompled op inna bushiz a lil waze offa rode. Sheeza pul oaver tu sea wot kin shee due tu hulp an reeliziz itz Tessaz vann witch shee hed jest waivd gudbye tu em onna waye outa Darwoon. Shee kant sea nobuddy ixcep Lowla hooz bin throne frea uv the reckidge sheez awl strunged op onna borb wyre funce hur kloze ull toar oaf jest abowt naykid an blidding sheeza yallin Mranda Mranda pleez hulp mee. Pairamedix arryve git Loola offa fents sturt chuckin on peeple insnida the van hoo tern owt tu be Tezza an Roopert. Miranda kant git owt the wurdz ull shee kin say inna wispur iz no vidal sines leevz us tu drawer owr oan konkloozhuns.

We lern latter that Tessa Ruppert an Lowla wur makkin a likker ron tu Lung Tree wen Tessa lossed kontroal onna kurve the van roald oaver an oaver Rupe an Tess kilt an Loala bad hert tookin oof in ambyulants. Thayrza roomer that Rupert wuz foun witha kanna bere inniz han anniz hed inniz lop. Doant soun rite tu mee but that doant mayk im enny moar er lest ded in enny kayse.

Vary darck daze inna Darwune. Evabuddy iz horrorfide but not ixackly serprized it wuz boun ta hapin suner er ladder. Lola goze oaf tu hozpiddal inna Reeno Simon horries op thayre tu sea howz shee doon heez so in luv with hur. Lukky fer Symon he dint goa intu toun inna Tessaz vann but heez got turrible sadniss fer Loala bean so bursted op. Evenchully shee riternz tu Darwoon inna wealchare an sloaley rikoverz Simon wadgin oaver hur az bust he kan maykin hur fude hulpin hur tu barthrume.

Peneloppy oargunizes big fyooneral fer Rupert atta Darwoon simetary sheeza devistaydid az yoo kin imadgin havvin lossed hur dawter an hur bruthir awl in wun axidint. Nayberz hav dugga hoal in koarner uv simmatary thay brang in Roopertz kuffin awl kuverd with marygoald floras. Thayreza reel minnastur hoo reedz sum wurdz frum Bybul. Wen thay sturt loawering the kawfin intu the hoal it pidgez in hed furst anna lid popz pardly oapin Rupert sturtza roallin owt. Thay gettim bak insnide finnish puttim inna hoal throe onna durt an flowwurz nobuddy kin bleev it Roopertz gon. Hoot Bloo Crow sturtz singin a Naydiv Amurkin song wayvin a fether aroun. How nyse Ima thunk but sawng goze onna lung tyme wenll it be oaver I wunner OK Hoot yoo kin stopp now an he finully duz.

Thayrez byootiful murble monyumintz inna Powetz Korner uvva sematerry fer Rupert an Tessa peeple leev ardifishul floras wyne boddles bukz uv poedry so furth. Seamz lyke a lotta peeple I kno ar pyling op in thissa korner uvva sematerry.

On the fentse ware Tessaz van went offa rode Symon haz putta mumoryal marcker uv flourz boddles an peesiz uv reckidge he dixkuverd at axidint seen. Evry tym Ima dryve tu Long Tree Ime ramyndid uv turrible uftermeth uv Fortha

Joolie in Darwoon. Evabuddy missiz Roopert nevur mine he wuz a fallindoun pizz hissulf dronk. He wuz ulso a kynd an edjukaytid gendlemin n ardist.

Thayrez sum gud in evrywun sez Dollie drankin a bere toste tu Rupert unner hur grapvyne. Wee ar ull Godz chilldrin.

{ 30 }

The Grate Muzik Kamp Rayde

Wun thyng I reely mis in Darwoon iz alla muzik I useta mayke inna Baye Aria with Mickey an owr Hy Straynjniss band. I sturt fantasyzin bout havvin myuzik spayse inna Darwoon mabey inna kargoa box lyk Micky useta hav in Okelind.

I sturt lukkin aroun fer sum kinda bilding fer myuzik stoodeo. Lyfegard Lou telz mee hiz buddie Jake Parlan hazza ole cargoa kuntaner hee mite wanna sel itz jest sittin thayre inniz yurd he doant yuze it fer nuthin. I tawk tu Jayke he sez OK yoo kin hav it fer syx hunner doolarz. Wow hole big cargoe boks rite heer in toun fer priddy cheep. Clay muvez it fer me with hiz krain an lowboi traylur putz it nexdoar tu Doam on the lott witch I hev bawt frum Dantz Haul Pete the vury saym lott ware Jud an Rodney the Psyko wuz duggin op awl thoze boddles. I caul op Micky in Oaklind hee givz me a shoping liszt uv tulez lomber skrooz hee cumz owt an fixiz op insnide uv Kargoo Bux fer muzik stoodio. He eaven bildz a faulse frunt insyde the hevvy steale dorez putza big winnow anna frunt dore lyke onna sumbuddyz hous. We sturt makkin rickordings inna studyoa owr noo nayme iz Hostill Eldurz.

Now that we gotta noo myoozik venyoo wee getta eyedea tu havva Muzik Kamp ax owr muzishin frends tu cum owt fer sevril daze an play tugather. I mayl owt invidashinz fer lawng weak end inna layte Septemmer gud tyme ta cum tu Darwoon itz wharm enuf fer kumping an havvin owtdore potlocks.

Micky arryvez frum Boy Orea with truklode uv muzik kwipment anna lil seramick sine heez mayde in hiz poddury stoodio sayin Kozo Myning Nooz witch izza hiztaurickal naym uvva noozpapper useta be pobliched in Darwoon dooring ayteen sevindeez myning bume. Noozpapper livd rite nexdoar tu ware Kargoa Bux iz sittin. I putta Kozo Minning Nooz sine onna dore it luks vary uffishal.

Peeple sturt arivin fer Kamp. Thayreza Wubber barbakyoo grylle seddop inna frunt yurd. Theez vury oald laydeez Maybelline an Hortense ar owt thayre gettin reddy ta barbakew sum vejtibblez. Peeyano Ben cumz intu the livvin rume ware Ime hangin owt with gests hee sez thayreza Shuriff kar dryvin op n doun Mane Strit wotz goon on. Hoo noze Ima tellim but it haz nuthin ta due with us an keap on tawkin.

Liddle wile latter heer cumz Piyano Benn agan lukkin wurryd raykin hiz fungerz throo hiz hare he sez now the Sheruf kar izza stopt in frunta yer hoos yoo bedder goa an sea wotz op. So I goo owt tu streat the Sheruff roalz doun hiz winnow. Kin I hulp yoo I ax. Hee sez iz thiss ware the Muzik Fustival iz at. Wot muzak festuvil I ripply Ima havva liddle Muzik Kump thissa weak end jest a feu frenz. Oaver inna my yurd thayrez Maybelline an Hortense two aynshint ladeyz toddelin aroun the BBQ itz obveyus tharez no bigg fustival goon on.

Shiref hazza pees uv papper nex tu im onna frunt seet he sez did yoo sen us thissa ledder. Wot ledder I ax. He hans me it. Ternz owt the ledr iz frum mee er at leest thatz my naim atta end uvva ledder with a signatcher uv my naym. Thayrez ulso a koppy uv the invatayshin tu Muzik Kamp onna Shuriff kar seet. Wot the fock I wunner.

I dint sen thatta lettr Ima tellim. Lemme reed it pleez. I reed it reel kwik. It sez sumthin tu efeck that Ime havvin a big muzik evant thissa weak end I figgered I shud nodafie the Sheruff sints thayrez bin kumplayntz abowt preevyus aventz lotsa drog youse vandulizm lowd noyze. Inna lettr Ima say tu Shuref mabey yoo wanna cum owt tu Darwoon chuck on thissa gethuring.

I dint rite thissa letr I tel Sheriv itza big miztayk fayke ledder yoo kin goa bak ta Lawng Trea evathing iz unner kuntroal aroun heer. Wall sez Shurif weer gonna padrol in shiftz ull weak end mayk shore thayrez no prublimz. An hee dryvez oaf padroling wile the oald laydeez inna yurd ar pudding the vigtiblez onna grylle the oanly fastive aktivvidy in site.

I git rite onna fone tu owr Cowntey Soopervyzer tellim abowt Ima havvin a lil Muzik Kump sumwun fordjed ledder tu Shuriff thayre gonna bee padrolling heer ull wickend wil he pleez kawl Shuriff tellim itz OK thay doan nead ta doo petrol shyftz inna Darwoon. He sez shore no prublim an hiz kall musta wurkt bcuz no moar sine uv Shuriff.

Muzik Kamp goze alung jes fyne wee play muzick reed poedry havva lotta laffs in Kargoo Bux an inna Doam but alla tyme itz eeting at mee hoo cudda rote that fayke ledder thay cooda cawzed a lotta prublimz if Shuriff sore ennybuddy smoaking pod er sumthin. Thayreza noo lawe in Kalfornya cauled the Rayve Lore sez if thayrez a bigg boncha peeple git tugither tu havva Raiv Muzak Evunt an ennybuddy gitz kawt uzin drogs the oargonyzer uvva evant iz leegully rizponsibbul. Jes imadjin wot cudda happin. Ime reely madd. Sumhow I sospeck that Maddy mite a had sumthin tu due with this. Shee n Huck hev bin wurkin oaver at Alison an Hugoz hoos mabey shee gotta holt uv invidayshin wandid ta kauz sum trubble. Ufter ull it wuz Alizon an Hoogo hoo stopt muvie peeple frum chutin Voylittz Layr seen nexdoar tu thayre hoos.

Happinz that Alison an Hugo ar in toun thissa weak end. Peeyano Ben seez Alison owt inna yurd hee goze oaver an axez hur duz shee kno ennything abowt ledder tu Shurife shee sez no uv korse not wot ar yoo tawkin abowt. But then on Sondae ufternune wen weer alla drommin inna Doam heer cumz Alison sorta opset sorta indignint. Shee lukz aroun at peesfull liddle groop an telz us I jest wan yoo ta kno wee hav nuthin ta doo with enny ledder tu Shuriff an shee leevez.

Ufter weak end Ima kall Shuriff in Lung Trea tellim I wanna koppy uvva ledder thay say fyne jes kum intu oaffise an geddit. I goa tu toun pikop coppie uv lettur az wellaz koppy uv enviloap it cum in. Onna envulop iz my riturn uddress but thayrez ulso sumthin printid onna anviloap itz awl blakt owt but I kin jest mayk owt it sez Loz Anjilus Aurtz Kummisshin. O my gudniss Alison wurkz at Ell Ay Ortz Camishin onna seenyur sittizinz progromz. Sheez burstid.

That nyte gess wot I git a fone kall frum Alison awl teerful sobbin vury opsett. Sheeza mayk kunfeshin shee did rite ledder ufter ull. Sheeza heer abowt Muzik Kump cummin op wuz awl wurreyd lotza peeple mabey throwin matchiz aroun pozzibly starta fyr mabey vandulize thay wuz so wurreyd thay kum op frum Ell Ay fer hole weak end jest tu pertekt thayre proppidy.

Wall I tel hur thass reely priddy stoopid. Az yoo cud sea we wur havvin a vury peesfull vury smaul Muzik Kump. Yoo cudda cawzd a lotta trubble. But thanx fer ledding me no. Sheez stil sobbin sayin Ime sorrie I doant kno wot I wuz thunkin boo hoo. Wee hangue op moar er lest frenly.

213

I rite Alison a ledder tellin hur how sheez kumidded vary seeryus krymez fordjury maykin fawlse riport tu awthorideez uzin hur imployurz staishinary fer unleegal pursanil perpuses mabbe eaven male freud. I teller shee cudda mayd me a hole lotta trubble an alsotoo wuz divurtin lore infoarsmint awfissers frum reel seeryus biznuss. Shee cud git intu big leegul muss Ima teller sheez lukkey Ime not gunna ripport hur jest now. But if thayrez evvur a kumplaynt agan abowt me fer enny reezin Ime goona tel the Shuriff hoo fordjed the ledder mayd a faulse rapport. Wee niver speek abowt the intsidint agan an it seamz Alison haz finully got oaver hur parranoyd.

Muzik Kump haz bin goon on fer menny yeerz now an weev nevvur hed enny trubble uv enny kynd. Neadliss tu say thoze ole eighdy yeer ole laydeez kno bedder then tu hangue owt inna frunt yurd lukkin lyk drog addicks vanduls an fyrebogs wee keap em hidd awai unner rapz.

{ 31 }

Watter Warz

Yoo kno the ole chesnutt abowt wiskie iz fer drankin wadder iz fer fitin. Wel mabey thatz troo but in Darwoon it seamz lyk watter iz the wun thyng ware peeple kin ackshully coopurayte wen thayreza a prublim. But thayrez shore a lotta fytin oaver hoo gitz ta due the cowopuratin.

The Watter Bord iz the oanly thyng in Darwoon rizembling a guvermint. The Bored iz in chardge uv gedding wadder intu toun an intu the wadder meaterz alungside propideez. Frum the meeterz tu the howsez an insnida the howzez itz sposta be the oanerz risponsabillidy but it doant ullwaze wurk owt thatta way.

If Dollyz toylit iz ronnin ull day an nyte it mite tayk a cuppla daze ta figger owt ware iz alla wadder goon wy izza tounz big stoaridge tanck gittin lo. Wader Bord goze aroun reeds the meaters finully figgers owt itz Dollyz hoos uzin op alla wadder but hooz gonna fixop the toilette. Surtinly not Dollie sheeza ole ladie cant be doun onna barthrume floar hur hed inna kummoad so a Watter Bored Direcktur gotta fixit it fer no chardge.

Thayrez no wadder inna groun in Darwoon niver haz bin. Cloasist watter iz atta spryng in Darwoon Warsh sevril mylez dounhil frum toun. Thatta wadder blongz tu the myne it kant be yoused by Darwoon rezzidints. Nowadaze the oanly way ta git that wadder uptu the myne iz in the ole wadder truk that Thomas Kramer sorta borroad frum the mil in Lukkey Jim Warsh an hadda giv bak. Thayrez no lectrissity ennymore tu the pomp inna wosh bcuz Cosmo the drog deeler stoal alla cobber wyring er so thay saye.

Inna oald tyme minning dayz sevril ontrapinoorz bilt pyplinez frum spryngz in the Kozo Moontinz intu Darwoon soald wadder tu peeple an biznussiz in toun. One a theez oald piplynez corntinyood ta sapplie wadder ufter moast evvabuddy hed muved awai. Wen the Navel Bayse wuz kreatid ufter Wurld Wore Too Darwune kep the wadder ritez tu the spryng inna Kozos. Navey mai nott lyke it mutch but wen Wadder Bored wuz creatid thay got keez tu git ontu the Bass. Wenever wee nead ta wurk onna pypline er owt atta spryng wee kin git throo the Topp Seakrit gait az lawng azza Navey iznt droopin no boms aroun thayre thatta daye.

The spryng that surpliez Darwoonz wadder iz tukked doun inna byootifol kanyin onna reel bad rode not vury eezy tu dryve owt thayre. The dezzert iz vury pristeen onna counta itz pertektid by the You Ess Mulletary Istablichmint. Lotzsa Jotchua treaz kacktiss buroz an wyld hoarsiz ronnin aroun lyka Gardin uv Eadin with stikkerz.

The liddle spryng pervides jus bairly enuf wadder fer the peeple hoo liv fool tyme inna Darwoon. If alla proppidy oanerz happin tu be in toun atta saym tyme thayre kin be big problimz with tanque goon umpty. Evabuddy gotta be reel karful how mutch wadder thay youse speshilly inna sumer wen thayre ronnin swump koolerz wadderin treaz. Peeple ar ullwaze chuckin owt nayberz proppiteez yoo kin tel hooz youzin alla wadder in Darwune jes lukkit the treaz an floraz inna yurdz.

Vary tutchy subjeck how mutch wadder peaple ar youzin and hooz gotta wadder conexionz inna furst playse. Seamz lyke thayrez ullwaze bin sum henkie penkie consurning hoo kin gitta noo coneckshin itz uzully a rellativ er gerlfrend uv sumbuddy onna Wadder Bord.

Bfore I kumta liv inna Darwoon thayre wuzza big Wadder War it wuz ull oaver the frunt paydge uvva Cownty noozpapper in Rustic. The hiztery uv thissa Wadder Wor goze bak tu nynetean sixdeez wen thare wuzza grate Lan Rusch the Kownty soald moar n too hunner fiftey lotz in Darwoon fer fyve doolerz a peas limmit threa pur kustumber. Peeple sturt havvin big eyedeaz abowt divelupmint ternin Darwoon intu a retarrmint komunidy thay git Wadder Bord oargunized sturt lukkin fer grantz tu impruve the sistim. Thay sett op a Boosturz Klub ta raze monney fer sivick projex putta stoan marquer with a histerickal mettal plak owt onna hiway an istablitch the Darwoon Myoozeyum so toorizts kin lookit rox an oald myning rellix.

Meenwile Clay anniz fother Leonard the Skulpder an thayre frenz frum Bigg Sir hav muved intu toun thay doant wanna inkurridge groath hoap tu keap Darwoon kwiet an smaul. The meddal plak onna hiway divelups sum hatschit marx and staynez frum assid er yourine. One nite a bernin tyre kumz a roallin doun the hil an bomps rite intu the rezzidinse uvva Boozterz Klubb leederz priddy sune thoze peeple muve awagh.

Oncet agan Darwoon izza daynjerus playse sum peeple pakkin gonz in kayse thay mite git attakd by the uppoazing fakshin. Itz the pro divelopmint kunservadive rednex vursis the so kauled hippey Charlz Mansin inthoozyasts.

Evantully thayreza rekaul eleckshin the hippeez tayke oaver the Wadder Bord. But the oppazishin corntinyooz ta kawze trubble. Josie taykez tu swaggurin intu Boord meatingz warin a pistil so the hippyz ax the Shuriff tu sen a Bayliff tu prizurve lore an ordure. At wun meating Jake Parlan grabbz Clay by skruffa hiz nek drugz im outsnide throze im onna grownd in frunt uvva Poost Offiss. Evabody rezinez frum Bord too daynjerus speshilly sints itz ull voluntire wurk. Thayrez no Wadder Boord fer munths the male pylez op inna Poast Oafiss box.

Finully thay geddit straytined owt mayka noo Wader Bored but Jake Parlan an Doris Hinkle ar ullwaze raizin kwestyuns makkin cumplayntz brangin dockyumintashin tu meatings uv varyus shadey deelz.

Evantully the Howe famly taykez oaver the rainz uvva Wadder Broad. Efrem Howez bin on an offa Bored fer lawng tyme but now itz hiz sun Luke hooza Prezzidint anniz bruther Simon izza Direckter thayre sistur Dinah iz Seckatary. Rupert iz alzo a Direktur jest tu sit thayre an mayk a kworum but sumtymez heez toald ta leev becuz shoze op dronk. Uv korse thissiz bfore Roopert gitz kilt in axidint but hee mite as wel be ded fer alla hulp hee iz. Luke runz meedings vury wel hee n Simon an Efrem wurk hard fixxin broakin wadder lynes fyndin leeks in peeples yurdz. But Jake an Doris ar ullwaze nippin at thayre healz lukkin fer sumthin rong tu kumplane abowt.

Wun thyng thatz kleerly not rite iz Cozmo the drog deeler iz repeetidly steelin wadder frum the sistum. Heez livvin oaf the gryd inna moobil hoom op on the hil neer the tounz big wadder tunk. He kant git wadder bcuz thayreza freaze on noo coneckshinz doo tu limmided wader surply an alsotoo heez not the gerlfrend er rellativ uv ennybudy onna Bored. One daye sumbuddy dixcuverz a noo pype attatched tu a naybers wadder lyne. Thissa noo pype iz goon rite op tu Kozmos hous so it gitz riportid tu Wadder Boord. Luke diskuneckz the pype an anountsiz atta Bored meating that hee haz givn Cosmo a sturn worning he bedder not doo that agan. So he doant doo that agin insted he tappz intu the overfloa wadder tanq. Sumbuddy fyndz the unleegal pype an telz onnit tu Wader Bored. Ime ixpekting thissa tyme evvabuddy in tounz gunna be martchin on Cozmos hoos with pidgefoarkz but Luke Simon an Rupert seam sorda haff harded at Bored meating Luke jest sez thissiz hiz sekund offents heez goona be rapportid tu Sharuff. Nuthin mutch cumz uv this eaven tho Kosmo iz ullreddy on probayshin fer sum cryme er nuther. I kant hulp thunkin sum memmers uvva Bored kno moar n thay saye abowt Cosmoz wadder steelin aktivadeez. Ufter ull heez surplyin lotza peeple with kranck an fixxin op thayre broakin Toyootaz heez no dumbie.

Peyano Ben haz gotta noo viddeo kammera tu dockument wotz goon on aroun toun he sturtz showwin op tu flim Wader Bard meatingz. Thayreza big meading in my Doam at witch Jake Parlan an Doris Hinkle ar planing tu raze a buncha kwestyinz abowt shadey this n ileegal that. Lotza peeple sho op thay tayk thayre seets aroun waulz uvva Doam. Peeyano Ben iz ull sett op with viddio kamra onna trypud Bored memmerz ar givvin im durty lukz. Roopert arryvez dronk hee iz axed tu leev witch he duz. Simon stomblez in seamz a liddle typsie er stoand heez awl red fayce. Ufter Luke haz kauld meating tu ordure Jayke an Doriz sturt gryllin Dinah abowt sickratarial opperayshun shee gitz awl flostured. Simon jomps op offa floar ware heez bin moar er lest kullapzed hee sturtz yallin thissiz boolshitt fukkit I rezine an slambz hizza waye teerfooly outa the Doam. Jake sniggurz then Simonz pa Efrem yallz duz that tikkle yoo Jake Parlan. Efrem sturtz stannin op reel slo clunchin hiz fysts Jakeza stannin op alsotoo boath a theez ole men gittin op in slo moashin lukkin lyk gonna goa at eatch uther. Doris sun Cooter hooz bak in toun jompz op gitz bitwean em an leedz Jayke outa the dore hiz han onniz shoaldur. Luke reel fasst sez meating iz adjurnd withowt no moshun er sekind tounzpeeple sittin thayre lukkin dayzed wunnerin if thissiz propper Robberz Roolz uv Ordure and thatz the end uvva Howe fammly dinastey onna Wadder Bored az rickorded on Peyanno Benz viddio.

Ufter a wile we getta noo Bord Prezzidint namebly Jerome hoo muved tu Darwoon ufter retarring frum fone kumpani bifore that he wuzza Murene in Veetnum. Jeromez livvin inna hoos ware hiz fother comidded sooaside menny yeerz aggoa shot hiz sulf inna hed. Jerome bursts hiz azz wurkin on wadder sistum. Rodney the Psyko iz hiz sydekik hulpin im repare the pypez diggin hoalz fer im it seamz lyk Rodney spenz a lotta tym diggin hoalz fer one pursin er nuther.

Fer yeerz the Cownty haz bin boggin the Wadder Bored abowt Darwoon iz outa kumpliants with Kleen Wadder Akt neadz ta putt in wadder treetmint sistim. Conty inforsers wur gedding priddy pooshy unner Lukez prizdentsy but heeza jest say weera wurkin onnit duz stawlin manooverz. Wen Jerome bcumz Prezzidint he sturtz taykin the Invirameddle Helth peeple seeryus. Ime on Wader Bored by thissa tyme so I goa ahed an hulp Jerome sturt fillin owt reel abblikashuns fer reel grantz. Evantully sum yeerz latter the grantz kum throo we put in reel fantsy treetmint sistim awl atta expanse uvva Stayte but wotta heddake Ime niver gunna rite a grunt agin fer Wattr Bord.

Jerome iz vary komunidy myndid he hazza nyse perfeshinil sine maid putzit op at edja toun sayyin Darwoon Istab 1874 tellin the ellavayshin an pobulayshin fiftey er so witch seamz a liddle hi. Uther then that Jeroam iz vury rekluse hee goze fer waukz inna dizert hiz hed awl shayvd oof gitza sonbern onniz bair noggin but it doant seam ta buther im. One dai Shuriff kar pulz op in frunta Jeromez hoos depyutie bursts oapin the doar. Ternz owt that Rodneyz bin tryin ta fone Jerome fer a fyoo daze nokkin onniz doar no anser. Finully kaulz Shuriff hoo fyndz Jerome layed owt onniz snofa prolly bin ded fer sevril daze sturtin ta faul uppart priddy bad.

Best gess iz that Jeroam wuz wurkin oatside inna son not warin a hatt got sonstroak er heet prostatushin jes kullapst onniz crouch niver gottup agan. No sine uv drogz er alkool hee wuzza tea totuler. OK musta dyed frum that moast uv us ugree.

Evabuddy in Darwoonz vary opset by Jeroomz deth hee wurked so hurd keapin the wadder cummin intu toun sutch a nyse fello. We tayk uppa kleckshun bye a cupple boddle brusch treaz tu plunt in frunta Poast Office in memry uv Jarome witch thay dye rite awagh so we git a cupple loakist treaz. The loakusts ar stil alyve but lukkin poorley thayre not gittin waddered vary regyuler eyeronickly enuf.

Jeromez deth ull aloan inniz hoos fer daze maykes yoo wunner how kin this happin in sutch a smaul toun. Peeple shoont hafta dye ull aloon likka that we sware weel due a bedder jobb uv chuckin op on itch uther nivur let sutch a thyng hapin agan. But it duz.

Wee ax Stella the Poastmustriss tu tayk oaver az Wadder Bore Prezidint fer awile. Shee jest prezidez at meadings letz uther peeple due awl the wurk. Thatz OK at leest the wadder iz stil ronnin dounhil frumma moontinz fillin op the wadder tunk onna hil. Uv korse thissiz befoar the big klassey treetmint siztem with alla laytist belz an wisslez gitz inna way uv the farce uv gravvidy an maykez the hole thyng mutch moar komplikaydid an ixpensuv.

Thomas Kramer rickuvers frummiz cantser gitz onna Wadder Bored bcums nex Prezadint mutch tu Stellaz relieve. Hiz wyf Polly izza noo Seckratarey itz sturtin ta luk a liddle napotizum oncet agin but nobuddy ulse wantz the jobbz. Thomaz haz swoar a sollum owth tu Godd that thanx

224

tu hiz rickuvry he wil devoat hiz lyf tu taykin kayr uvva wadder sistim inna Darwoon. So far so gud heeza wurkin hiz bott oof so I gess itz OK that hiz fambly hazza helthyist treaz the moast floras the kleenist veeklez anna freschist lawndrie inna toun.

Anuther daye anuther dienasty. At leest the meatingz ar peasfull fer tyme bean.

{ 32 }

Kristchinz Wickanz n Jaylburdz

Pleez wellkum owr noo nayberz sez Pete at the potlock inna Danze Haul kidgen thissiz Ruby an Ike. Less drank a toost.

We raze owr plaztik cupz uv bux whine wellkum Rooby wellkum Ike we tellem.

Heeza taul skinney seeryus lukkin wite hare goy sheez shoart an rownd smylie fayce a moar er lest midl ayge cupple. Thay ar frendz uv Jeffrey an Stella the Poastmiztris thay muved heer frum Sackamendo met itch uther oaver the Innernut.

Thay hav a pees uv proppidy op on the hil with a traylur thay bawt frum Jeff an Stella priddy sune thay sturt moovin sevril moar trallerz ontu the propperdy so itz lyk a Ar Vee

226

parque. Thay ar havvin a grate tyme ixploarin the dezurt rydin aroun inna big pikop truk anna doon boggie vizzitin mynez n ole kabbins.

Rubie getz eyedea ta sturt a librerry in Darwoon shee putz op sines axin fer kontrabyooshins uv bukz. Peeple bringer ull kyndza bookz roamantsiz cowboi stoareez insyklapeedeyaz maggazeenz pitcher buks travvil boox yoo nayme it. Vizziterz an tooristz doonate moar buks eaven mayl em inn. The libary trayler iz stuft foola boox awl pyled op not oargonized at ull.

Ruby sturtz pudding bookz on shelfs inna traller. Shee maykez uffishal labbelz ta gloo insnide em sayyin Darwoon Liberry peeple ar spozeta git a liberry kard tayke owt oanly a sertin nummer uv volyumez paye a fyne if boox cum bak layte jest lyk a rigyular libary. Seamz a liddle komplikadid fer Darwune but sheeza havvin fon playin liberrian so hoo cayrez.

227

Grund Oapning uv libery iz goona be on Satterday uv Spryng Ma Jigg weakend. I mayke poasterz puttem op at Poast Oaffice eemale em tu peeple kummin tu pardie. Wee bye a fyoo boddles uv shampane taykem tu Libary Oapening. Thayrez mabey fiftean peeple sittin aroun oatside the Liberry we popp the shampayn pore it intu plaztik kupz Ruby sez heerz a toost tu the Darwoon Libary.

Jest at that moamint heer cumz a foarmashin uv Navey jettz flyin lowd an loa rite oaver the Liberry tippin thayre wungz. Wotta impressuv sellabrayshin. Haz the Navey bin spyin onna my kompyuter sneekin aroun bolletin bord atta Poost Oofice how doo thay kno bout Libary gran oapning.

Rubie ishuez liberry kardz tu ennyone hoo wantz em shee ixplanez the fynes fer layte boox. I goa an git my kard Roobyz sittin ull aloan atta tayble with a rubbar stump fer pudding doo dayte inna bux. I kant fynd ennything I wanna borro jest then but tel Rubey sheez doon a grate jobb. Gloria iz vury inthooziastick abowt noo library shee taykez owta cuppla bukz atta tyme reel karefool tu riturn em bfor doo dayte. A fyoo uther nayberz wanner intu library but not mutch bizniss fer Rubyz robber stomp.

Priddy sune nobuddy cumz tu the liberry itz hurdly evvur oapin. Rooby loozez innarest inna hole prodjekt the trayler staze lokd op no waye ta geddat the boox.

Bout thissa tyme Ruby an Ike anownce thay are Wickkanz meening sum sorda paygun witchiz. Wen thay muved heer thay seamed a liddle Kristchin fer Darwoon warin a kros aroun there nek druvin alla waye tu Lung Tree fer cherch but now itz Wikkin wot thay ar. Thay sturt kullektin madgikal oylz seramoaniul objex mayke a aulter inna lyving rume uv thayre traller with kristulz madjik wanz lil daggur Tarro kardz. Thay putton lawng roabez doo rityulez bern insents vary seerius Wickinz.

One day Peeyano Ben cumz tu my hous axes me hav yoo met the lezbiunz. Wot lezbeanz I ripply. Rubyz dawter an hur gerlfren he telz me thay ar livvin inna trayler at Ruby an Ikez playse payin runt outa thayre dissabilidy chex. Big fatt lusbeens he sez thayre doon howse kleening aroun toun kleening Gradyz kampur trok op onna flatt.

Grady izza retarred mullitary goy hee auriginully kum ta Darwoon dooring a Springa Jig with a bonch uv parratroupurz hoo shode op atta Dantz Haul dryvin a cuppla big Homveez ull dekked owt in thayre cambofladge younaformz. Pardie gests ar a lil intimmidaydid by theez tuff yung millaterry gyez but Pete wellkumz em inn thay hawl in a cupple kaysez uv bere so evabuddyz happie tu hav em heer. Ternz owt one a the peritroopurz izza Indyan kidd frum Button fambly hee groo op inna Darwoon. Hiz kumpaney izza lukkin fer a playse ta due a praktiss dropp in thayre pairashootz heeza sudgest mabbe thay cud doo it in Darwoon thayre heer tu tayka luk. Nex murning thay giv Homvy rydez tu ennybuddy hoo wantzit lotsa kewt yung gerlz groan ops in kostumbes klime intu the Hoamvyz thayra drankin bere havvin a wunnerful tym hoo wooda ixpektid mullaterry veekle rydez at Spryngam Jigg.

Grady iz the cummandor uv thissa kumpany uv perrytrooperz. Hee lykez Darwoon so mutch that wen he retarrz he muvez hiz big millaterry lukkin truk op tu Fortha Jooly Flat livz thayre fer cuppla yeerz. Itz thissa kampin truk the lezbeanz are hooskleening thay ar vury gud frendz. Awl thissiz nooz tu me I tel Peyanno Ben. Niver sau enny lezbeanz in toun az fur az Eye kno. Thayre naymed Lex witch iz Rubeyz dawter an hur gerlfrend Prissy. Sune thay bcum pard uv the kommunidy wen thayreza podluk Prissy maykez fantzy caykez an cukkeez sheeza vary gud bayker no wunner so sawft an plomp. Thayre Wickinz alsotoo mabey thissiz how Rubey an Ike got kunverdid.

Wee hadda Witsch oncet befoar inna Darwoon namebly Winifred the Witsch hoo auriginully cum ta vizzit with my ole Baye Aria frend Eddie. Nex tyme Winfrid kumz ta Darwune itz jest bfor hur fivtyith burthday. My fren Land Roaver Al iz thayre alsotoo az Eye hev menshind heeza vury devoatid Kathlick duz Lattin litterjey kolleckz roazeriez Laddin missilz statyooz uv sayntz peesiz uv Jeesuz boanz so furth. Heez ulso a traider onna stok murkit byez an sellz kummodditeez park belleyz goald pladinim. I havva liddle bitta munnie inveztid with im witch seamz tu be doon vury wel sevril uv my frenz hev axed me tu innerdoose em tu Al so thay kin git ritch alsotoo.

I hev toald Al thayrez gonna be a widge at my hous atta sayme tyme heez cummin tu vizzit so he brungs allung a Kathlick buk the Malleus Mallifickoarum. Thissa buk wuz youzed inna Inkwazishun tu fynd owt iffa purson izza witsch. Itz fulla kwestchinz doo yoo due thiz doo yoo beleev that if thay anser rong thay get bernt atta stayk.

Winifred izza sittin onna snofa in my loving rume stitchin hur Kroaning Krown a liddle garlind uv ardifishul floraz fer hur fuftyeth burthdai thatz cummin op. Al izza tryin ta sayve hur sole axxin hur kwestyunz outa Malleuz Mallafuckorem. Sheeza anser shore Ima whitch shore I due rityoolz uv korse. Sheez vary annoid that heeza butherin er with ull theez kwestchins tryin tu kunvurt hur tu Katlick bfore itz too layte.

Wen shee gitz bak hoam tu Burklie shee tarez op hur hoal Crooning Croun sturtz it ull oaver shee telz me evvy stidge sheeza mayke thayre onna my snofa wuz sowed with so mutch pizzed oof angrie.

The nex Sprynga Jigg faulz onna Furst uv Mai so wee desyde ta havva Maypoal Dantz on Fortha Jooleye Flatt. I caul op Winnifrid the Widge ax hur ta leed the Maipool Dantz she noze how tu due it bean a Paggan an ull. Ginnie bringz hunnerdz uv yurdz uv brite kullerd ribbinz from Sand Fransisko Simon an Luke fynd a bigg lung poal we tye alla ribunz ontu it stan it op inna midl uvva Flatt. Winifred duz a vury gud job leedin the Maypool Dants bawssin peeple aroun yoo stan heer yoo hoald that yoo dantz inna this direkshin yoo dans inna uther direkshun. Wotta kullerfool serramonie evabuddy shofflin aroun the poal wile ole Archie drest lyk a bomblebea with a lawng wite poney tale izza flittin an buzzin arown pollinayding alla the ladeyz az thay weeve in an owt with thayre ribbinz.

Op onna hil Ruby haz sturted anuther komunidy surviss distribbyutin sirpluss fude tu pore peeple inna Darwoon. Sheez gotta hole trayler devoatid tu stoarin thissa fude thatz pervided by the Kownty. Oncet a munth alla lo inkum peepl cum tu traller fil owt a foarm git ta tayke a bagga kummodditiez dry beenz cand froot noudlez cheep spageddi sawse nuthin reely grate but at Thunxgiving an Krismuss thayreza nyse froozin terkie cand kranbury sawse cuppla yammz boxa stoffing mix. Rooby an Ike ar so kummunidy myndid.

Wun dai Miranda the skoolteecher cumz ta vizzit frum Lawng Tree. Awl breathliss sheeza tel me gess wot Ike iz onna Megginz Lyst. Thiz izza Innernet lizt uv Sax Uffendurz in Kallifurnia thay hafta riport ware ar thay livvin at ull tymez so lil kidz woant goa ennywarez neer thayre hoam. Miranda sez Ike iz lysted az livvin in

Darwoon we lookit op onna my compooter OK thayre hee iz.

Ternz owt that Ruby an Ike fownd owt abowt Darwoon onna counta Ike wuz inna prizzin with Stellaz sun Jasper a kronnik krimminul. Ikez in thayre fer chyld mullest Jasper fer rubbery er sumthin. Thay git ta be grate frenz inna joynt Ikez lyke a mentaur fer Jasper.

Wel Eye hed no eyedea. Sumhow wurd gitz owt aroun toun that Ike izza chyle mullestur notta vary big prublim inna Darwoon sints thayre arnt enny lil kidz leff aroun heer ennymoar oanly Cozmoz sun Elvin hooz got enuff prublimz azzit iz bein sun uvva drog deeler bsidez heez not so liddle ennymoar. Ruby an Ike ar obvyusly not too happie that evabuddy noze abowt hiz chyld mullest kareer thay laye loa fer awile but nobuddy seamz tu be hoaldin hiz crimnul reckurd aginst im.

So thay corntinyue ta due sivick projex. Fer a lawng tyme sum uv us hev wantid ta sturt a Comyunidy Gardin. With hur konnekshinz with Cownty fude peeple Rubie manidgez tu git muteerialz tu mayke gurden. Shee an Ike doo a hoal lotta wurk creayting gurdin onna drie umpty lott witch blongz tu the Watter Bored thay shuvvil hoa rayke bild razed bedz mayka fents arownd gurden ta keap owt rabitz an buroz.

Sum nayberz ar awl freekd owt vury uppozed tu havva gardon thay say hmph wee doant wan owr wadder ta be youzed fer gurdin itz oanly spozta be fer hooses inna toun. Gardin wurkerz git permishin frum Wadder Bord tu youze wadder frum oaverfloa tanq op onna hil itz jest goon tu waist utherwize ronnin ontu the groun. Wadder neadz ta be toed doun oaver an oaver inna liddle tanque onna traylur a lotta wurk but it gitz dun. We hav reel nyse hoarse manoor doanaydid frumma rantsch in Lawng Trea evathing groaz lyk krazzy. Wotta meerakul tu havva Kommunidy Gurdin owt inna dezzurt.

Rooby an Ike looze innarest inna gardon ufter awile thay hav thayre oan liddle vejtibble plott op at thayr trayler complecks. A fyoo uv us keap op the planding n waddering so the gardin korntinyuze tu servyve.

A yung fello frum Switzzurlund naymed Klaus cumz ta toun lukkin fer makka dockumendery muvie. Heez bin chekkin owt ole goast tounz Darwoon iz so innaresting bcuz thayrez peeple ackshully livvin heer. Hee axes me tu innerdoos im tu ennyone hoo mite wanna be innervued fer muvey. Ruby n Ike latsch ontu him rite awagh dryve im aroun inna dezurt sho im ole histaurick mynez byootiful seenery anna bernt doun kabbin inna Nashinul Parque ware Charlz Mansin wuz kapcherd. Klaus indervuze a lotta the nayberz but Ruby an Ike keap im bizzy moast uvva tyme with thayr dezzert toorz an hulpful infermayshin.

Muvie hazza big oapening at Sanda Barbra flim fustavel. Klaus invidez Ruby Ike an alsotoo the lezbeens Lex an Prissy tu be hiz gests at oapning putzem op atta fantsy hoatell. Thay ar interdoosed atta skreaning azza starz uv the moovie wen thay git bak tu Darwoon thay go roun aktin lyke bigg shotz.

We wate fer lawng tyme wunnering wen wil we git tu sea dockamendery inna Darwoon. Finully Klaus givz a skreaning atta Dantz Haul evabuddy in toun shoze op he pervidez lotsa bere an refreschmintz. Omye godd wotta mes. Vary nyse sinnamatogriffy gud muzik skoar but thayrez Ike an Ruby tawkin abowt thay ar Wickinz warin lawng roabz madgick wondz heerz Lex tellin how sheez becumming a mann taykin whoremoanz teztossteroan groan a beerd gittin a deap voyze wotta lotta prublimz bean tranzjander an thayrez Ike tawkin abowt doon tyme inna joynt fer chile mullest hee wuzza kwaintince uv Charlee Manzon inna prizzin so furth.

Wot inna wurld duz this hav tu due with Darwoon weer alla wunner. Wot about alla kreadive ortistick kommunidy myndid aktivadeez wotz the poynt uv ull this dipressing crazzey stuf.

Rooby n Ike kin sea muvie dint goa oaver vury gud in Darwoon thay becum moar an moar rekloosiv sturt sleapin ull dai op ull nite. Now thay are Preppurz witch meenz servyvalists thay ar stokpyling weppinz an fude witch shud be priddy eezy sints thay hav awl thoze canz uv vejtibblez n bagz uv beenz stoared inna kummoditeez trayler. Prissy an Lex muve bak tu Sakrimendo so Lex kin corntinyoo becumming a mail.

Lan Roaver Al izza jaylburd now alsotoo. Got bursted fer ronning a Ponzey skeem heez doon tyme in Feddril Pennatenshery. Upparintley he wuz maykin op alla nummers uv how mutch hiz invezterz had in thayre acowntz so I doant hav enny uv thatta munnie ufter ull. Eezy kum eezy goa az Dolly wud saye.

Innaresting rayre oald bukz frum Darwoon Liberry sturt terning op inna dompsterz. Seamz lyke the libary traylor iz neaded tu runt tu Roobyz nefyoo heez onna guvmint chyld saport.

Komunidy Gardin keaps prodoosing eaven tho hurdley ennyone iz innarestid in waddering er eeting the vigtubblez moast peeple doant hav a kloo wot ta due with a bonch uv kail kant eavin be butherd tu kutt op a tomaydoe.

Mabey sum day Ruby an Ike wil wayke op urly enuf inna daye that we kin ixprass owr graditood fer awl thay hev dun fer the toun. But pleez no moar abowt tranzjender Wickin Prapper Charlee Munsin lettz keap it simpul.

{ 33 }

Reel Assiz

Sumtimez wen Ime hikking inna hilz aroun Darwoon I heer a faroff gruntin sownd lyk a sik pursin gazping fer ayr. Thatza worning noyze meenin thayreza wyld booro watschin me frumma lil waze awai. Yoo hafta luk reel kairful tu fynd the boro thay bland in with thayre sorrowndingz pritty gud. Moast lykly hee wil jes be stannin thayre stairin rite at yoo makkin shore yure not gonna ron oaver thayre boppim inna noaze er shute im er puttim inna penn.

Booroz hev gud reezin tu be skared uv hoominz. Thay ar kunsidered non indijinus by the guvermint hoo say thay dammidge the invirmint eet the fude neaded by naydive speeseez.

Thayrez a Pee Aitch Dee ladey hoo studdeyd the boroz in thayre dezzurt habbitatt shee rote abowt em in Natcheral

Jeograffick. She campt owt inna Nashinul Parque follode buroz aroun got ta reckanize eatch uv em pursonil. Shee kunkloodid that thay dint buther the uther annimuls at ull dint eet thayre fude. Fer ixampul shee ubzervd that wen a buro iz drankin atta spryng anna Big Hoarn Sheap cumz op the booro jest stanz bak an taykz a napp wile the shepe hazza drynk.

Fedril BLM klaymez that buroz fowl the spryngz roon em fer uther animulez trumplin an shyttin ull oaver the playse. Krazy Digger hadda nuther theery he sed that buroz ackshully mayk noo spryngz. Thay snif aroun fer wadder unnergroun sturt pawwin atta groun ontill a liddle wadder uppeerz then thay poop rite thayre witch keapz the groun kool in thatta spott. Oaver tyme the boro shitt pertecks the wadder so it kin cum op outa the groun grean plantz sturt growwin yoo gotta noo spryng. Sowndz reezinuble tu me Digger noo a lotta seekritz uv the natcherul wurld.

Wotz the diztinkshun btwean booroz an dunkeez yoo mite ax. Thay ar jest difrint naymez fer asse witch iz frum thayre syintiffic Laddin nayme. Thay may be assiz but that doant meen thay ar stoopid. Trooth iz boroz ar vury intellajint smarder then hoarsez. Thay hev figgered owt how tu servive unner difikult kundishuns inna dezzurt ware thay wuz abbandined menny yeerz aggoa tu fenned fer thayrself.

The daley lyfe uv a wyld buro iz marqued owt by traylez bitwean wadder soarces. Eeziest wai tu wauk aroun inna dezzert iz tu follo the booro tralez evenchully thay wil leed tu watter. Thayre wuz a reesint storey inna Rustic noozpapper abowt a fello hoo gitz lossed in Dustey Vallie withowt enny wadder hee manidgez tu servyve by follerin a buro trale tu a spryng an hungz owt thayre drankin the watter ontill reskewerz fynd im. Awl thanx tu the boro traylez.

Guvmint sez thayrez too menny boroz livvin inna wyld thay hev extablitched socauled Mannidgmint Arias oanly a sertin nummer uv boro ar aloud in eatch ayria. The nomburz ar not vary reelistick cornsidderin how menny uv em ar owt thayre.

Inna passt thay kep doun the boro popyulayshin by shutin em. Lotsa peeple dint lyke sutch croolty thay dint seam ta be doon no harm. Moar reesintly thay bin rowndin em op wun wai er nuther. Sumtymez thay due watter traping thay bild a lil korral aroun a wadder sorse wate fer boroz ta cum tu drank then thay cloaz op the kerral. Thiz tayks konstint atenshin witch the guvmint izznt abble ta doo a hoal lotta buro watchin owt inna dezurt. So thay due hellakopter rowndopz er koleckshinz az thay kallem.

One yeer Ima watsch a hellkoppur klekshun oatside uv Darwoon. Fedril BLM haz sett op kooralz alungsyde the rode doun neer the Navey Bayse gait. Big hoarse traylerz lyned op nextu rode. Thayrez sevril kouboy ranglurz watin onna hoarsebak wile heelacoptur chaysiz a bonch uv borroz hoo hav bin floshed outa the kanyinz ware thay wuz jest hangin owt mynin thayre oan bizniss. Yung booroz groan op booroz oald booroz ull kyndza booroz mabbe a duzzin uv em ull ronnin ahed uv hell kopter makkin a gyant dost clod ranglurz sturt cummin op bhine the boroz hurdin em tord the kerralz twerlin thayre lassooz catchin boroz aroun the nek itza sad an kayotic seen.

The wronglerz dragg borroz by thayr nuck intu the kerral ware thay wate ta bee loded intu the big hoarse trallerz. Latter that daye heer cum the traylurz throo Darwoon fulla thurdy er so prizzinerz lukkin ull fritend an diprest.

Theez booroz git took tu the BLM korralz inna Arsenal itz lyk a gyant konsintrayshun kump. Thay got hunnerdz uv capcherd wyld boroz an hoarsez witch at leest thay ar gedding fedd thayre. Evantully thay ar putt op fer adaption BLM iz vary kairful tu chuck owt peeple hoo wanna adept theez annimulz mayke shore thayre not gonna sellem fer mayke intu pet fude. Er so thay saye.

Sum hellkupter rowndops useta tayke boroz tu the Wyld Booro Sankchewary in Alkali a peesfull playze ware borroz git ta liv owt thayre lyfe ronnin aroun in big pasteurs git fed eggstra haye itza pritty gud deel fer thoaz lukkey animulez. Thissa sangduary iz ullwayz ronnin outa munney an spayse itza ful hous nowadaze no rume tu tayke enny moar boroz thayre.

The boroz hoo manidge tu excape kaptcher corntinyoo tu liv inna dezurt oatsida Darwoon yoo mite see a singul boro er sevril tagether sumtymez with a lil babby traylin alung with itz momm. Theez ar the booroz that cum intu toun at nyte fer wadder thay ar kumpleatly wyld wil ullwayz keap thayre distints.

241

In Dusty Vallie summa the boroz ar moar tayme thay bin fedd by the kamp hoast atta Hot Spryngz fer menny yeerz. Theez boroz wil brake intu yer tent thay eet the bookz inna liberry genrilly raze hel. Notta gud eyedea tu fede the buroz but it duz giv yoo a chancet ta pett em an obsurv em op kloas.

If yoo hav niver sene a Jak boro inna stayte uv sexule ixitemint itz kwite a site tu bihoald. I doan kno wot gitz em ixited uther then a feemail but sumtimez thayll be stannin thayre atta Hut Sprungz lukkin at yoo with a gyant erekshun. I jes hoap thay arnt havvin enny fonny eyedeaz.

Wen the Jack boroz are fyting oaver a feamale Jenny itz priddy skarey lukz lyk sumbuddyz gonna get kilt thayre kikkin op a lotta dost jompin aroun tarin at eech uther with thayr teath an hufes thay kin git priddy bad injerd in theeza mayding warz. Meenwile the Jennie iz stannin oof onna syde waytin payshintly fer the winnur ta kum oaver an jomp onner.

Sumtymez wun a the wyld boroz aroun Darwoon becumz sorta taym lyke Hee Haw az Rupert prifurd tu callim. Thatta borro wuz kwite oald had lotza baddle skarz hee useta hung aroun inna yard at Oscarz hoos wen Roopert wuz livvin thayre hoapin fer a handowt. Sumtymez heed stik hiz noaz intu the kidgen doar axxin fer a treet if nobuddy givvim nuthin he mite try tu kum alla wai in. Oncet heez inna kidgin yure in trubble no rume ta tern im aroun an boroz ar not eezy tu bak op.

Hee Haw finully got vury oald an week one day Clay fownd im layin onniz syde hee hadda swallen infexiun inniz skroatem cuddnt stan op nomoar. Clay gott hiz rok hawling kwipmint puttim inna slyng fedd an waddered im hoapin heed rekuver but he dyed ennyway.

Ive ulreddy menshind the Jenney boro hoo livd inna pen at Crozzons Koarnur nextu Sparky the dawg. Wen my frend Barbra izza vizziting frum Sun Fransisko wee ar fealing sorrey fer burra so we ax Clay kin he hulp us kutt hur loost he sez shore. The vury sayme nite that Rupertz shak bernz doun we sneek oaver reel layte with flatchlitez an Clay bursts the chayne onna boro penn we shoe hur owt an tryta chayse hur intu the dezzert wear she kin liv lyka reglar booro. Shee wauks oaf a lil waye but manely jest stanz aroun. Nex murning Ime driving outa toun I see hur hungin owt inna dezurt priddy cloas tu the rode. By tyme I git bak Ham hur oaner haz rowndid hur op putter bak inna pen. Hamm telz evabuddy it wuz vury bad ta tern burra loost becuz sheez gotta prolabsed youteris. How duz hee kno that I wunner. Barbra an Clay an me wee niver tel nobuddy hoo ternt Mizz Loansum loost az Dantz Hill Pete useta kall hur. We sirkyulate a roomer oaver at Dollyz grapvyne that the Shuriff dunnit outa kumpashin ufter Rupertz hous wuz finnischt berning doun. Evantully Miz Loonsum gitz muved op tu Ham n Josiez Kwonzit Hot proppidy wen Krozzonz bilding bcumz the Dantz Hawl. Then thay muve hur kumpleatly outa toun I hoap hur yuteris iz doon OK.

I gess we doant nead tu mayke a kareer uv rexcuing alla boroz owt thayre inna dezzurt er heer in toun. Bedder tu jest lettem bea. Thayra hole lott smarder abowt howta servyve inna dizert then the Yourapeen toorizts hoo ar ullwaze ronnin arown inna brite son not carryin wadder withowt no hatz on. Now thatz wot Eye wud kall non indidjinus.

{ 44 }

Ballid uv Jo Muir

Itz radickyulis ta tawk abowt boyfrenz at my ayge but thayre jest doant seam ta be enny bedder wurd fer it. Sum peeple saye pardnurz Ive tride it owt but it sowndz vury biznisslyke. Luvver iz wai too roamantick so wot ulse iz thayre I gess Ile hafta stik tu boifrenz lyk it er nott.

Az yoo mite imadgin thayrez notta hoal lotta choysiz fer fynding a ahem boifrend if yoo liv in Darwoon. Not reely a gud eyedea tu git mixt op with nayberz eaven if thayre wuz moar ta pik frum. Evry now an then yoo kin rownd op sumwun atta Dusty Hut Spryngz Ive dun that mysulf but thay ullwaze liv fur awagh not vury eezy ta havva reezonible rilayshunship at sutch a distintz. Sumtymez sumwun noo kumz intu toun hooz oald enuf tu cunsidder fer a lil flurtashun but thay ullwaze end op goon thayre oan waye so wy buther.

Wen I aryve in Darwoon I doant hav enny kinda boifren Ime jest rekuvering frum trawma uv rume mayte gedding hissulf kilt inna sitty. Ima singul wumin inna midl uv noware jest gittin seddled intu a liddle oald hows that doant hav no rume fer a eggstra purson in enny kayse.

One daye in Long Trea I goa intu reelterz oaffice tu ax abowt wot wuddit tayk ta getta hoald uv oald Skule Hous witch iz sittin rite insnide my lott it blongz tu sumbuddy hoo doant pay thayr propidy taxiz doant anser ledderz. Itz probly the oaldist bilding in toun vury pitcheresk eavin tho itz ull loppsydid becuz Cooter Hinkle ron intu it witha bak hoa wen hee livd in my hoos nokd it offa itz fondayshin. I hev bin skwattin in it fer yeerz youzin it fer stoaridge wud lyk tu bye it if Eye kin.

Reelter izza vary saym Hazel hoo soald Dantz Haul tu Pete. Sheez not thayre the oanly pursin inna oaffise iz this fonny lukkin gye sittin atta compooter heez taul an skinney waring a burray oaver hiz straggley poaney tale thayrez sumthin not rite abowt hiz teath hee sez hizza naym iz Joe Muir heez doon kompooter wurk fer Haizel how kin he hulp me. Heez reel frenly an tawkz a bloo streek I kin tel heez vury smaurt gotta gud sents uv hyoomer so we git tu bee frenz. Sumtymez wen Ime in Loong Trea I goa inna oaffice an we chute the bool abowt compooterz bakpakkin lowkul gozzip. Priddy sune Ima sturt thynkin wall mabey heed be OK azza boifren ufter ull thayrez not mutch uvva sileckshun aroun heer.

One Sattiday nite Prudence n the Packerz the favrit lowkul band ar playin atta Hi an Dri Barre kloasist thyng tu a reel dyve inna Long Tree. Joe an I desyde ta goa dantsin togither wee drynk a lotta whine he spinz me aroun onna dantz floar I neerly faul oaver the banstan end op at Joze liddle apurtmint OK I gess Ime hiz gurlfrend now.

Ternz owt we hav kwite a bit in kommin not oanly ar wee boath bakpakkerz an didda lotta sykadellick drogz in owr yooth but wen hee livd in Warshungtin Dee See he wuz marryd tu my collidge rume mayt naimed Isabel. Shee wuzza wyld one furst uv us ta loose hur vurginnidy eavin tho shee wuzza Quacker shee dropt owt ufter sofmoar yeer. Thayre marridge dint last sheez reel mill klass now livvin inna soberbz in Merrylind he niver heerz frum hur ennymoar.

Jo Muir iz nottiz reel nayme jest mayde op frum famos inviramedalist but hiz furst naym iz reely Joe. Hee wurkt fer Feddril Guvmint inna Warshungtin chayngin oaver thayre kompyooterz frum oald fashind opperayding sistum tu noo one hee wuz a erly geak in uther wurdz. Heez stil vury gud at kompooterz hulps me with myne wenever I havva prublim. Maykez me a liddle nervis he duz thyngz so fasst but it uzully werks owt OK.

Joze vury prowd uv hiz lawng skinney legz witch I fynd this owt when Ime taykin ixperimendal aurt pitcherz at nyte inna Darwoon. I havva reel kamra that youzes flim I kin due ull kindza trix with dubble ixpozhures takkin fodos with flatchlyte so furth. Joa ronz aroun in my yurd inna darck awl nekkid er warin nuthin butta surappey anna Stedzin kowboye hat hiz lawng lagz hangin owt. Pitcherz kum owt grate speshully sints yoo kant see hiz goofey fayce oanly the oaverull impreshin uvva goast lyke figger ronnin aroun inna goast toun inna darq.

Joze livvin in Lawng Tree but hee adeptz Darwoon an my frendz az hiz oan evabuddy lykez im eaven tho heez priddy hiper an tampermentil. Heez vury hulpful fixin op my hous puttin inna seeling fan heeza stannin onna latter in my livvin rume a millyun mothz flyin inniz fayse heez swattin atta moothz trynta skroo in the fann. Hee hulpz me putta tylez onna kidgen floar paynt the livvin rume waulz sett op the Doam putt inna doarz an winnowz. I woodint hav sutch a kumftible playse withowt Joze hulp. Not oanly that but at Sprynga Jig pardy wen I reed my pome abowt

248

wyld booroz in Leonardz stoodyo I kin sea heez weaping reel teerz so sensadive hoo cud ax fer a bedder boifren n that.

Jo an I goa bakpakking inna Seeyerra he shoze mee hiz seakrit kamp wear he hazza bonch uv fude statched inna mettle tratsch kanz tu pertekt frum barez thissiz ware heel cum an hyde wenna shitt hitza fan heall jest ixcape intu the muntinz. Hiz bakpak iz radikulusly hyooge an hevvy hee draggz it ull alung eaven fer shoart tripz. I kin sea heez havvin trubble katchin hiz breth goon op steap hilz seamz lyk hiz ayge mite be katchin op withim witch heez oanly a kupple yerz oalder n mee.

Throo hiz reelty job Jo gitza opertoonity tu karetayk a hoos in Confedrit Hilz fantsyist purt uv toun. Hous blongz tu Kal Stayte perfesser hoo livz in Ell Ay neadz sumbuddy ta liv in hous fer frea awl he hasta doo iz keap rufe frum leeking the hous haz bin umpty fer sum tyme haz snuffered seeryus wadder damidge.

Joa gitz muved intu hous I goa takka luk. Thayreza turribble muss evryware big staynez onna waulz moald groawing onna karpitz rooned fernitcher frum rane poring throo the seeling fer yeerz. Jo tarez owt karpitz kleenz op waulz dompz a lotta youseliss stuf inna yurd byez duzzins uv fyve galleon bukkitz uv Henreyz Rufing Tarr at landloardz ixpanse spenz weaks an weaks spredding thissa blak goop onna rufe but it keaps leeking the wadder jest pores throo the seeling ull oaver the insnide uvva hous.

Jo gitza bonch uv tarpz hangz em frumma seelingz putz gurbidge kanz tu katch watter thatz ronnin outa the torpz heez husslin bak n foarth draggin owt gorbije kanz dompin em inna yurd evry tyme thayrez a lotta rayne. He manidges tu seddop hiz kompooterz inna koarner uv one rume ware rufe izznt leeking thayrez one bidrume not toobad leeky so he hazza playse tu sleap but itza lotta wurk.

We git ullong priddy gud moast uvva tyme but Jo duz hav hiz mude swangz hee sumtymez dizuppeerz fer wekes atta tyme doant anser hiz fone madd abowt sumthin er uther. Ufter he hulpz me kleen owt my stoaridge younit inna Sun Frunzisko he letz me stoar sum buks an uther stuf inna klozzit inniz hoos ware the rane doant kum in. Wenever he gitz pizzed oof he threttinz ta put my thyngz owt inna streat. Heall kall me op inna midl uvva nite tel mee Ide bedder kum an geddit rite thissa minnit er owt it goze. He niver folloze throo with theez threts but yoo kin tel heez sorta vollatill.

Finully we jest goa owr seprit waze. We remane gud frenz summa my stuf iz stil stoared inniz hows heeza stil threttin ta throe it owt frum tyme ta tyme.

Joa goze tu Ell Ay tu staye fer a wile with a oald frend hooz reesintly divarced neadz Joze hulp with kompooter. I goa vizzit Jo in lil trayler ware heez stayin he telz me vary konfadenshilly that heez bin wot he kaulz roal playne onna Innernet pritanding tu bee a wumin hur naym iz Brandy. He sez he gitza reel thryll owta playyin lyka feemail itza vary seeryus cornfidenshil tawk with me.

Ime horrorfide tel im wotta sik thyng ta due wotza madder with yoo doant yoo kno yoo kin gettin big trubble. Az if hiz ixpeariment with bean a woomin wuz sumhow a riffleckshun on mee hoo iz havving absalootly no kynda intimmit relayshunship withim ennymoar. Jo seamz a liddle hert by my reackshin az wel hee mite wot bizness do Eye hav crittasizing hiz fantissy lyfe.

Priddy sune Joe bekumz a fool blone drag kween hee gitz aholt uv saxy sattin dressiz hi heal shooz inna jigantick syze sevril wiggz so furth. Sumtymez hee hangz owt witha bonch uv trenzvastytez inna Loos Vaggis heez met throo a oald compooder geak frend Tobi hoo ulso hapinz tu bee a dragg kween. He eemalez me pitcherz uv hissulf awl drest op az Brandy inniz priddy dressiz slitt uppa syde showwin oaf one lawng lag big feat in fantsy sandulz red whigg fonny fayce snaggily teath. Heez so prowd uv theez phodoz an tu tel the trooth he doant luk awl that badd.

One sommer I goa tu Nu Maxiko fer vaykayshin I giv Jo Muir a kaul. Heez awl freekt owt sez heez bein attakd by kizzing bogz inniz hous cud he goa an staye atta my hoos git awai frum bogz. O no I ripply Ime not kumftibble with that yoo mite brang yer sleezie dragg kween hussler frenz tu my hoos. Ime thynkin bout my layte rume mayt in Sin Frinzisko hoo got kilt by yung kidd he pikt op inna barr. Not vury nyse I reelize az Ime lukkin bak but I hav gotta poynt.

Cupple yeerz goa bye. I doant sea mutcha Jo Mure by thissa tyme but heez stil livvin in Lung Tree. One daye Ime inna kawfee shoppe in toun and thayrez Jo onna uther syde uvva streat. I yall hullo tu im he ronz uckross the strit intu kofey shup n kullapsiz onna tabble. Wotza madder I axxim I dunno he sez my hart iz beeting orful fazt I thynk I gotta hart probblim frum kizzing bogz Chaggis Dizeeze. Yoo awta sea a dokter I sudgest but Joe doant hav no inshorints fer go tu dox oaffice kant ufford ta paye fer Muddakare Part Bee outa hiz tiney Snoshul Seguridy.

A cupple sommerz latter I gedda fone kaul itz hiz oald drag kween compyooter geak frend Tobi he telz me that Jo Myure iz ded. Hee foun my nummer in Joze uddress buk axes due I hev enny eyedea how ta gedda hoalt uv hiz kidz in Poartlund frum sekund marridge. I doant no ennything abowt that but doo oaffer ta hulp givva mummoreal witch we due attiz wadder dammidje hous inna Kunfedrit Hillz. Tobi paze fer Joze kreamashin lokaytez hiz kidz in Pourtlind hoo shoa op fer mammoreal sumwot rilluktintly thayre not gonna git mutch outa hiz so cauld istayte an thay bin istrainjed fer lawng tyme. Mabbe a duzzin peeple kum tu mimorryul witch inkloodz a podluk luntsch anna awkshin uv Joze kamping geer kompooter stuf an uther blongingz the kidz doant want. Frendz say sum vury nyse thyngz abowt Joa sutch a brilyint sensadiv goy wotta gud frend so furth hiz kidz luk doobeyus. We skadder hiz oshez inna moontins alung the streem ronnin owta hiz seakrit kampsyte thatz the last uv Joe Muir.

Hiz perfesser lanloard goze tu houz inna Cunfedrat Hellz tu kleen it owt oncet an fer awl itz finully gunna be dimolitched. He kaulz me op inna Darwoon axes me sorta ackyuzitory doo yoo kno if Jo hed ennybuddy ulse livvin inna hoos Eye fownd a lotta wimminz cloze inna klozzit. Az iff mabey he wuz gettin cheeted owta free runt fer a sekund pursin.

Oh I doant kno I hev no eyedear Ima tellim. Far bee it frum mee tu besmurtch the raputayshun uv gud oald Joe Muir farmerly my boifrend podner luvver.

{ 35 }

Darwoon Fyre Dipartmint

Sprynga Jigg pardy iz not so puppyular amung sum peeple in Darwoon Ima thynk mabey itd be moar exceptibble if it razed munnie fer sum komyunidy impruvemintz. Atta pardy planing meating I sudgest howza bout we youze munnie we koleckt tu bye fyre fiting kwipmint wee hav hed too menny houzis bern doun bfor fyre kroo kin git heer frum Lawng Trea er Alkali. OK evabuddy uggreez gud eyedea.

Thayrez sevril fyr hydrintz aroun toun anna fyoo vury oald fyr hoazes witch ar ull woar owt so I luk onna Eebaye fynd a saurce uv youzed fyr hoozes rentchiz adopturz fer hidrints awl kindza fyre kwipmint priddy cheep. Franch Betty doonatez a liddle ole traylur with a fonny lil alloominem tanck mowntid onnit useta be a tanq onna arplayn whing. Wee bye a pomp fer the tanck I mayk uppa mannyule howta oppurayte pomp an wee praktiss sprayying wadder throo gardin hoaz ull oaver Dantz Haul purking lott.

We nead tu paynt lil fyr traller Jeffrey sez Ile doo it so heez uppoynted Fyr Cheef hee pantz it redd with wite leddering sayin Darwoon Fyr Dipt.

Ruby an Ike oargunize a deel with Hoam Deepo ta perchiss a bonch uv fyr ixtingwitchers. Alla nayberz kin bye too axtingushers fer thayre hoos tin doolars apeez the rust uvva kost wil be sobsadyzed by Springa Jigg Fyre Fond. Vury popplar campayne it maykez gud pooblik rulayshins fer pardy.

We wanna instawl boxiz aroun toun tu keepa hoaz neer eatch hidrint. Far Cheef Jeff bildz a prodotipe boks putz it atta hidrint akrost the streat frum Alison an Hugoz hoos. Thay doant lyke Spryng Pardy at ull too lowd muzik too menny straynjerz too mutch daynjer uv vandulizzum proppidy dommage but thayre happie with fyr hoaz rite acrost frum thayre howse so pardy iz jest fyne now.

Gradjully we mayke impruvemintz inna fyr kwipmint getta biggur traller biggur tanq put bedder youzed tyrez onna traylor. We hafta replayse pomp witch got dammidgd frum freazing sumbuddy fergot tu reed instrukshinz inna pomp manyool.

Thayreza fyr ullarm onna Poast Oaffice bilding but if sumbuddy brakez glas an ternz it on nobuddy kin heer it not vury lowd. So Nellie doanaytez a big sireen that hur bruther Krazey Digger useta sett oaf azza worning wen hee spottid the Shuriff er Dawg Ketchur dryvin intu toun. Pete mowntz syreen on frunt uv Dantz Haul it maykez a turrible orful lowd noyze we hafta put speshil eermoffs nextu syrin fer purson hoo setz oof alurm.

Priddy sune we getta chancet tu deminstrayte valyoo uv fyre kwipmint. Simon cumz bak frum domping gurbidge ripportz hay thayrez a fyr smoolduring in wun uv the dompsturz. Peet putz on eer proteckshun setz oaf hurrible lowd syreen we spryng intu akshin hidge op the fyr trayler tu pickop truk horry op tu dompster git hoaze outa traller sturt op the pomp chute wadder intu dumbster makkin a big klowda smoak n steem priddy sune the fyre gitz puddout. I tayk pitcherz wile Fyre Croo iz fiting far an makka a liddle nooz poaster puddit onna boolitin bored at Poost Oofiss shoawin Pete hoaldin hoaz the dompsder fyr bean putt owt big sucksess fer Fyr Diportmint.

Ufterwurdz wee disguss how fyr musta got stardid. Moast poppyular theerie iz spontaineyis kumbustchin mabey broakin glaz inna dompstur foakist the sonz raze. Thissiz vury commin inna hot wether ackordin tu thissa theery. Souns priddy fur fedged tu mee it cudda jest az eezy bin sum azz hoal throwwin smulderin kolez frum barbakew intu dompstur.

Darrel wantz ta mayk a fyr truk outa a ole pickop truk hee payntz it red with wite ledderz DVFD hidgez traylur tu it mowntz pomp inna truk putz alla hoazes inna traylur. So mutch fer eyedea uv havvin hoazes avaylibble in boksez ull oaver toun but we doant wanna dizcurridge Darrel heez oald an neadz projex hee lyks ta bild veeklez outa wottever jonk heez got layin aroun.

We havva ackshule fyr dryl cunducktid by Lance hooza retarred fyrman frum Loos Vagas hee staze in Darwoon evvy noun then attiz layte onkle Walts hous. We kunneck a hoaz tu hidrint hookop alla hoazes tagithur tern on wadder evabuddy praktissez hoaldin big hoaz itz jompin awl oaver lyka jyint annakonder snayke. Walt shoze how tu kuntroal hoaz drayne the hozes ufterwurds roal em bak op puddem inna trayler.

Sune we gitta chancet ta put fyr dryll trayning tu reel youse. One Sundae mourning wen toun iz awl kwiet Jud goze tu Poast Oaffice ta put sumthin onna Frea Tabble hee noadissez thayrez smoak cummin owt frum unner the rufe uv rume nextu Pozt Ofise witch iz youzed by Wadder Bored fer meatings an stoaridge. Jud horriez hoam caulz op sevril peeple sumbuddy setz oof turrible sireen at Dantz Haul evabuddy shoze op at Poost Oofiss with axxiz shuvilz n laddurz reddy ta fite fyr. But fyr truk iz not thayre. Ternz owt Darrel hooz in churge uv fyr trok iz takkin a bathe.

Wile weera waytin fer Darrel an fyr trok Thomas the Wader Bored Prezdint oapinz op the rume ware rufe iz smooldring wee hawl owt Wadder Boord reckurdz fyle kabnitz shelfz fulla plomming kwipmint pyle it awl op oatside. Thomas ternz offa propayne tanq but lektrik meater bocks iz lokked no waye tu tern offa powur. Jest by chants a lektrik kumpanny kroo izza druvin throo toun we stopp em an poynt owt smuldering rufe. Lektrik gye klimez uppa poal ternz oof powre. Wot luk thay wur drovin aroun onna Sundae.

Darril finully shoze op with fyr trok purks it nextu hidrint kunnecks hoaz evandully figgerz owt how ta tern on hidrint priddy sune fyr kroo iz sprayne wadder ull oaver Wadder Bord rume. Wes Boggs iz op onna rufe with a big axx tryna brake throo rufe we tellim no that wud jes fede the fyr so hee cumz bak doun. Meenwile a boncha peeple ar insnide tarin doun the seeling brakin winnows tu leddout smoak thayrez wadder ull oaver ronnin owt intu strete finully the fyre er smoaldur gitz ixtingwitched. Evvabuddy stannin aroun owt in frunt ull whet n durty admyrin the muss thay hev mayde.

Hoorai weev sayved owr Poazt Oofiss. Furst bilding thatz evur bin rexkued frum berning doun musta bin bad whyring inna seeling we figger.

Vollinteerz spen resta day kleening op the muss muppin op the floar shuvvlin alla broak op seeling mutterial burstid winnow glaz intu gurbidge kanz hawlin kannz tu dompsturz muvin Wadr Bard stuf tu tampurary stoaridge.

Nex day I puttop nooz poaster onna Poast Oafiss bollitin bord with pitchers an storey uv sucksessfool fyr fiting. Jud shoze op at male tym telz evabuddy heez got turrible breething prublim muss be frum smoak innalayshin bedder git meddikul tenshin mabey heel hafta soo the oanerz uvva bilding. Seamz lyk Juddz ullwaze got one lore soot er nuther goon on wee hoap hiz longz feal bedder so he doant kawze enny trubble.

Poast Offuss bildin blongs ta too felloze hoo liv outa toun. We ixpekt sune az Stella owr Poastmustriss tellzem how we sayved bilding thay wil be vary gratefool mabbe mayk a doanashun tu Far Dipartmint at leest rite a nyse ledder sayin thanx.

But thyngz doant tern owt so gud. Oanerz sen inshoorints inspekder tu evalyouate damidge. Stella telz us that inspecker fownd vary toxick muteeryal inna Wadder Bored rume prolly azbestoze mabey ledd witch uv koarse thayrez led ull oaver toun frum myning opperayshinz. Rume iz kondamned nobuddy kin goa in thayre ontill cundishin iz korecktid. Wader Bard haz lossed itz meating an stoaridge playse. Lotta thanx wee git fer saiving bilding frum bern doun.

Nex thyng we kno Stella telz us that Poast Oafice wil prolly be cloazed. Wee fynd owt that shee cumplayned shee cuddint youze the liddle barthrume ennymoar that wuz bilt speshilly fer hur insnide the Wadder Bored meating rume. Shee woant goa inna thayre fer feer uv ixpoazhur tu tuxick muteeryals. If lanlurdz doant mayke rekwired reparez so Poostmustriss kin takka pea the Poastil Surviss woant reenoo leese no moar Poast Oafess inna Darwoon.

Aargh mabey not sutch a grate eyedea tu hav Fyre Diportmint ufter ull. Az Rupert wudda sed no gud deade goze onpunitsched.

{ 36 }

Lawng Aurmz uvva Lore

Kunsiddering that nobuddy wantz tu sea kopz inna Darwoon itz straynge how offin thay git kauld fer one reezon er nuther sum reely stoopid sum priddy seeryus.

Thayrez ull kyndza lore infoarzmint cummin throo toun ennyway the Shuriff uv korse but ulso Fedril BLM raynjer Nashinul Parck raynjur lil wite Parque playne flyne oaverhed eaven Mullitarey Pullise hoo evry noun then hafta hawl Annie Boggs bak frum trezpazzing onna Navey Baise wen she haz wun a hur spelz an goze wannering.

BLM rainjur izza priddy frenly gye doant bothur us too mutch. Sumtymez heez axxin kwestyuns abowt Cozmo sumtymez lukkin aroun inna dezzert an mynez fur evadents uv drog aktivvidy but niver seamz ta fynd ennything. Hee duz git invulvd wen Rocky hazta muve outa toun bcuz hiz big blak Labbadoor dawgz ar sturtin tu bihayve lyk a pak skarin peeple waukin inna streat. Rockie setz uppa traylur kamp inna warsh bitwean Dee Mowntin anna hil nexdoar witch lukz lyke proofyle uv Abram Linkin if yoo luk attit the rite waye. Heez hapilly kumpd thayre fer sum tyme with alliz dawgz cornfyned tu wun uvviz trallers. Hee kant dryve bcuz uv hiz mussed op urm frum hurrible doap chutin infuxion peeple brangim wadder givvim rydez tu Long Trea fer shoping.

Wun dai the BLM rainjer cumz tu Ruckyz kamp telzim he hasta muve heez onna Fedril BLM lan no lawng turm kumping aloud. Hee sudjestz nuther playse ware Rockey kin seddop kump onna patintid lan meening pryvit proppity owtsida toun. Fonny that raynjer iz so hulpfull tellin im ware hee kin skwat onna privet lan.

Moastly itz the Shuriffz hoo ar messin aroun inna Darwoon sumtymez jest croozing thru lukkin wot thay kin sea. Sumtymez thay ar surtchin fer Cozmo axxin doo yoo no ware Cosmo livz azzif thay dint no. Thay dryve op n doun rown an rown spozidly lukkin fer Kosmoo seamz lyk thay niver due fynd im.

Wun daye a hole perade uv lore inforsmint veeklez cumz intu toun ull theez Inner Ayjensie Tazk Foarce kops cum poring outa thayr karz waring buddy armer thay tayke op puzzishunz ull aroun Kozmos moobil hoam op onna hil lukz lyk thay ar ull set tu rayde the playse. Heez not thayre uv korse mabbe he wuz wornd by sumbuddy onna insnide.

Thay burst intu hous an alejidley cornfuskayte a liddle bitta sospishus muteeryul but nuthin kumz uvvit. Big sho uv farce fer nuthin.

Nuther tyme wile Mitzi iz livvin inna Kitz hoos shee an hur lil dawter ar myndin thayr oan bizniss alluva soddin the hous iz serowndid by Swatt Teem oaffiserz in boolit prufe vezts big assawlt weppinz thayra bangin onna doar lyke thay wanna brake it doun. Shee oapinz dore axez wotizzit thayre a lukkin fer Poastmustris Stellaz sun Jasper hooz bin stayne in Darwoon fer a wile pozzibley hazza lil hangy pank goon on with Mitzee. Hoo kin keap trak. Thay swaurm ull oaver the lil hous luk in alla rumez unner the bedd doant fynd nobuddy an leev withowt no apollajeez. That ufternune thayreza hi spead chayse op Hiway 395 itz Jazzper inna stoalin kar witch he haz upparintly jompt bale in Oaragon stoal the vehikal thayrez bin a Ay Pee Bee lukkin fer im. The kopz mannidge tu pullim oaver luk inna tronk fynd a bakpak kuntayning poartibble drog labb kwipmint anna bonch uv dinamyte. Jaspur sez I doan kno nuthin abowt that stuf inna tronk muss blong tu the gye I stoaled the kar frum. Rustic Ayrpoart iz kloazed doun in kayse heeza terraist plott Jaspar goze bak tu Oargon heez threa strykez may niver git outa prizzin agan. This iz one reezin Stellaz alla tyme weaping inna Poastal Orfice wen sheez spoze tu be sellin stumpz.

Sumtymez Shuriffs cum tu Darwoon lukkin fer Simon axxin evabuddy hav yoo sene im. Sintz hee an Lola hav git togither thay seam ta be havvin a lotta emoshinul opz an dounz doon a lotta drankin an fiting. Sumtymez shee shoze op atta Poost Oofis witha blak oye shee muss be kaulin Shurff on Symon fer beetin hur op.

Shuriff dryvez aroun lukkin fer Simon niver manidgez tu fynd im we figger heez hyding sumwarez. Lowla izza livvin inna lil ole mynerz shak that she got frum the Spye wen he lef toun. Thayrez a seekrit trapdoar inna houz witha liddle hydey hoal inna groun witch the Spye useta kast kannonz outta brazz hee mayd the hoal tu stoar the kaninz an thayre blak pouder. Symon iz sumtymez hydin in thatta hoal eaven tho Lowlaz the wun hoo kauld the Sharif inna furst playse.

Finully Simon gitz in seeryus trubble fer hittin Loola hazta go tu angur manidgemint klassiz. Rite abowt then he hazza clasick grond moll seezyure inna murkit inna Lawng Trea rite atta chukowt kownter. OK heez got appilapsy now hasta tayk meddakayshinz kant dryve nomoar kant git tu angrey mannadgemint inna Rustick heez oof the huk but stil onna probayshin.

Tyme passiz. Lolaz invulved in turrible axident onna Fith uv Joolie azz Eye hev toald but finully rekuvers frum hur injereez. Shee an Simon ar tryne thayre bust ta kleen op thayre ack shee haz kwit dranking. Thayrez a liddle privit pardy at hur hous ta sellabrate hur too munthz uv soabriady. Nelly maykez tackoez evabuddyz drankin soada pupp so happie tu sea Lola so kleened op. Loala gitz tyred goze ta laye doun anna liddle wile latter Simon goze in ta chuck onner. Sheez not breething sheez kumpleetly ded layyin inner bed. Ternz owt shee wuzzint reely onna waggin ufter ull thayrez bouze stasht ull aroun hur hoos in bakka cubberdz insnide toylit tanque so furth. Sheeza dyed frum komplakayshunz uv alkool vury sadd endin fer Lola ufter awl that sheez bin thru an so yung.

Symon iz so broakin hardid shee wuz hiz kommin lore wyfe hee sez. Hee givz op on gerlfrendz ufter thissa trajadie he seamz mutch bedder oaf onniz oan livvin inna traylur kompownd akrost the streat frum hiz parintz ware hiz raggity liddle shak bernd doun. Heez bizzy kuttin op rox makkin aurt outa jonk seamz priddy happie kumpared tu awl the stoarmy daze uvviz kommin loar wyfez an alsotoo hiz appilepsie seamz tu be kleerin op.

Rodney the Psyko iz nuther reezon fer Shuriff aktivitie inna Darwoon. One daye frumma distints I sea sum kinda blareup goon on in frunta Pozt Ofize havvin ta due with Shuriff an Rodnie. Nex day at male tyme I fynd owt that Rodnie haz jest riturnd frum vizzitin famly proppidy bak inna Midwhest hadda gye livvin in frunta hiz hoos inna kamper truk takkin kayr uvviz froot treaz. Kartakker goy haz ron op a big lawng distintz bil onna Rodneyz fone Rod trize ta koleck the munnie kumz ufter im with a shutgon. Sumbuddy kaulz the Sheruff Rodnyz chassin the gye withiz gon tripz an brakez hiz ankul. Hoot Bloo Crow grabbz the gon hydez it inna ditsch so Shurif kant fynd it. Rodnie gitz halled oof tu jale on krutchiz but gitz owt rite awagh how kin he havva gunne Ima wunner wen heez uffishully krazzy gitz krazey munnie.

Sumtymez Rodney fonez in hiz oan kumplayntz witch thay kno heez krazey but thay stil hafta rispond an giv nayberz a buntcha greef oaver hiz ackyuzayshins. Wun tyme hee kaulz Annimul Kontroal tu riport on chuckar burdz hoo liv inna dezzert thay kum intu toun in big flox lukkin fer seadz putt owt by the nayberz. Hee kumplaynz thatta chukarz ar blokkin the stritz obstruktin trafick cawzing a hazzurd. Anymal Kuntrol hazta sho op fer thiz so cauled problim cant do nuthin uv koarse the burdz ar ulreddy bak inna dezzert.

Rodnie hazza projeck tu straytin owt the proppidy lyne in frunta hiz traylur hous witch he sez the ackshul leegal rode iz not ware evvabuddy izza dryvin. He klamez Jeffrey an Stellaz dryvewai iz infrindjin onniz proppidy heez alla tyme kaullin op Stella atta Poast Oaffis tu threttin hur abowt druvewaie witch ternz owt tu be nuther reezon fer hur tu weap onna jobb. Hee putz a big stayke inna middl uv thayre drovewaye Jeff kumz owt an rimuvez the staik Rodnie popz outa hiz traylor goze ufter im with a chayne sore. Uv korse alla theez insidintz ar dooly ripporded tu awthoridiez.

Eye hev menshind that Mitzi gotta restrayning odor aginst Rodnie on accounta hiz parnograffik fone kaulz. Heez alla tyme kallin wimmin at nyte hee leevz lawng creepy messidgez onna my anzering masheen I jest iggnoar em. Hee eaven kaulz op aytie yeer oald Verla Dines ufter hur hozbind dyez axes duz she wonna fuk. Skayrez hur haff tu deth heez nokkin onna winnow uv hur trayler at nite shee livz rite akrost the rode frummiz playse.

Rodney iz alsotoo skarin Nellie nokkin onner winnow at nite she gitz so frytind she ronz oof withowt tellin ennybuddy shee iz leevin. Alla wimmin skrutchin thayre hedz wunnerin ware iz Nelly finully Polly Kramer ripoartz hur az mizzing parson Shuriff kumz tu inveztagate. Ternz owt Nellie soald hur kar in Arsenal tukka buz tu Kintuckie tu staye wither rellativz. Pollie taykez oaver sez Nelly doant wan ennything ta due with ennybuddy in Darwoon wil oanly kommyunakate with hur. Shee goze throo Nelliez trayler selz a hole bonch uv hur stuf atta yurd sail tu raze munnie fer Nellyz ixpansez in Konticky. Nelly evantully riterns ta Darwoon prolly wooda kum bak mutch suner if Pollie wuznt gedding inna waye not lettin ennybuddy ulse tawk ta hur.

Viktim Asistinse ladey frum Diztrick Atturnie oaffice cumz tu toun thayreza big meating inna Dantz Haul abowt Rodney heez sutch a mennice. She ixplaynz howta git restranning odorz aginst im shee hanz owt foarmz tu fil owt an alsotoo fer sum reezon shee givz owt liddle pardy fayvurz. Sevril wimmin fil owt foarmz hav thayre daye inna kort Rodny hazza chancet tu rispond but thay git thayr rustrayn ordurz. Rodney kant kum within a thoozind feat uv sew an sew thayrez so menny riztranning odorz yoo wunner ware kin he ackshully goa inna Darwoon ennymoar.

Onna hole Darwoon seamz bedder oof withowt ull thissa so cauled hulp frum lore inforsmint. Thay niver mannidge tu pravent ennything bad frum happin oanly sho op too layte ufterwurdz an end op kawzing moar prublimz. Yeerz agoa fer ixumple wen sumbuddy kaulz tu kumplayne abowt alla jonk veehickles at Ham n Josiez Kwonsit Hot proppidy Hiway Petrol shoze op tu chuck onna sitchuayshin thay nodise Jesse at Poastal Oafice waytin fer male inniz VW doon boggy hee gitz a tikit fer no rudgistrayshun no lisents plat. Jesseez reely madd hee niver druvez doom boogie ennywarez but aroun toun hazta goa tu travick kort git pappers fer veekle ull kyndza muss.

Kwite reesintly I hadda oppertoonidy tu tayk lore intu my oan hanz. I ritern frumma sumer outa toun my oald Toyoota pikop truk izza purked in my yurd. I goa ta sturt it op tern the kee inna ignishin nuthin hapinz. It doant feal lyke ded batterie fealz lyk no baddery et ull. I oapin op the hud shore enuf no baddrie oh shytt it wuz oanly a kupple yeerz oald. I luk aroun truk dixcuvver no spayre tyre unnerneeth truk bed neether. Ime reely pizzed oof an hav sum immedyit sozpishuns hoo cudda stoal my baddrie n tyre. Ufter thunkin abowt it oavernite I puttop a liddle nodise atta Poost Oafise axxin wot kynda chikkinshitt wud steel frumma ole ladey an oafferin ruward uv fivty doolarz a peese fer ritern uv baddery an tyre.

Peeple kum op with varyus theeriez abowt hoo cudda stoal batrey an tar I gitta fone kaul frum Wes Boggz hoo sez Cosmo givvim a badderie but it doant fit the diskripshun sumbuddy ulse sore Cozzmo chaynjin tyre fer Nelly but that doant meen mutch. Cuppla daze latter I wauk owt onna portch inna murning oops ullmoast tripp oaver baddery an tyre pyled op on my frunt steppez. Oh Eye hav fayth inna hyoomin naytcher oncet agan.

Tel mee witch seams tu wurk bedder kall the kopz er apeel tu peeplez konshints er feer uv ixpozhure. An Eye dint eaven hafta pay thoze fuftey doolar ruwardz neethur.

{ 37 }

Fether Leggz

The theam uvva reesint Spryng Pardie wuz Lowkul Kuller. I git drest op inna lacey blak negglijay anna slinkey blak roab with marraboo fetherz an rapp my foarhed inna big wite bandidje put red paynt ull oaver the lef syde uvva bandidje mayke a big blak oye.

Hoo ar yoo sposta bee evabuddy axes mee. Ime Nancy Williamz I tellem. Hooz Nantsie Wilyumz thay wanna kno.

O my gudniss evabuddy shud no the storey uv Darwoonz oanly reely famus hiztorick purson frumma oald myning daze. So heerz hur stoarey er ackshully sevril difrint stoareyz.

Furst tyme yoo vizzit the Darwoon Sematary yool noadise thayrez wun grayve mutch moar imprezziv then enny uthers itz a big taul murble obbalisk lyk thay useta mayke in Eejipt with a rawt eyeron fentse ull aroun. The inskripshun onna monyoomint sez tu the memrey uv Nansey Wilyimz dyed Sept 13 1877 ayjed 45 yeerz.

If yoo wuz tu reed wot wun uv the Darwoon Boosturz rote abowt Nantsy bak inna Wadder Warz tymez yood thynk shee wuz a reel saynt she ron a lodjing hoos atta end uv Mane Strit wuz ullwaze doon gud deedz takkin kayr uv sik mynerz corntribyootin tu evry wurthey kawz inna kommyoonidy. Wel mabey thatz awl troo but wye wuz hur niknaym Fether Leggz that doant soun lyk a respeckibble bizniss wumin.

Nansie Wilyumz wuzza wel knoan proztitoot er maddim shee wurkt hur wai throo the myning kumps akrost the Oald Whest finully endid op inna Darwoon. Mabbe shee kep wurkin heer er mabey sheed sayvd op enuf munney tu retarr frum proztootin at hur advantsed ayge an oapin op hur lodjing hoos rite awai. In enny kayse evabuddy noo bout hur chekkerd passt but she wuz doon so menny gud wurkz that nobuddy seamd ta thynk enny les uv hur.

Urly inna murning uv Septimbur thurteanth hur ded boddey wuz dixcuvverd lyin onna floar uv hur hous thass awl that evabuddy agreaz on. The uffishul noozpapper storey sez shee wuz fownd by Jak McGinniss a wel noan gamblur an bad gye hee rippoartid hur koarpz tu the Shuriff. Nuzepapper sez she wuz struk threa bloze onna frunt uvver hed an oncet inna bak witch frakcherd hur skul. Wen the sheruf surtched hur hous thayre wuz sum sylvur fownd an skryp frumma lowkul myne. Moast lykely the moadiv fer the merdur wuz rubbery evabuddy ullwaze thot shee muss hav sum munney hidd awai sumwarez.

Peeple wuz gittin kilt alla tyme inna Darwoon but the merdur uv Nantsey Wilyimz kawzed a grate sensayshin. The rezzidentz hadda big meating kaullin fer apprehentchin uv the killur an bryngim tu justix. Thay pledjd a boncha munney azza riwaurd an the Shurif went oof lukkin fer the merdurer er merdurerz. Sum Maxikinz hoo hed bin gamling inna establitchmint nexdoar wur kwestchind but nuthin cum uv it. The killin remaned onsolvd.

The peeple uv Darwoon hadda big proseshin tu the semmatery an layed Nantsie tu rust. Sum tyme latter the fantsy murble obbalizk anna murble fut stoan wuz playst onna grayve. Sum ripoartz say the toun rezzidints razed the munnie fer the marquerz uthers say the funz cum frum hur istayte ufter it wuz seddled. Itz not uzule fer prostoots tu be berried in konsikrayded groun but mabey nuthin inna

Darwune wuz cornsiddered konsakraytid sints thayrez nevur bin enny kinda chertch heer it wuz a godliss toun frumma sturt.

I hev menshuned a buk cauled The Grate Unnerstanner witch izza a memmwar rittin by Olliver Robbertz a yung gonfiter Welz Fargoa poaney ixpres ryder an sumtymez sobstitoot lore inforsmint purson inna Darwoon. Ollaver klaymez that heez the one hoo fownd Nantseyz buddy an hur hed wuz splat oapin frunt tu bak with a hadgit witch wuz fown atta seen uvva kryme hur houz wuz ull ternd opside doun aparintly fer the purpiss uv rubbery. Hee sudjests Nantsie wuz merdurd by that ratt Jak Maginis hee eavin sez he cornfest onniz deth bed. Nuthin evvur kum uv Olavurz ackyoozayshinz hee did ten tu make stuf op it seamz.

The misteeryus merdur uv Nantsey Wilyumz haz kaptchered the fantsy uvva peeple uv Darwoon evvur sints. Nobuddy noze wot did shee luk lyke thayrez no pitchers uv hur but shee remaynez the gardeyin aynjil uvva semmatary.

Dooring the ninedeen foartiez wen Annakonda iz ronning the Darwoon myne sumbuddy taykez a boncha pott shotz atta Nantseyz obbalizk. Wotta owtraydge the lowkul peeple kaul the Shuriff hee givz a seeryus tawk tu the mynerz an the torgit praktiss stopz.

Sum yeerz latter a cupple toorizts steel the fut stoan frum Nantseez grayve. Ufter a liddle wile the stoan iz mayld bak tu Darwoon with a messidje sayyin we doant wan nomoar bad luk frum steelin thissa stoan Nantsey izza hawntin uss pleez puddit bak inna sematerry. Witch the tounspeeple doo.

Duz this remine yoo uvva stoarey uv Owr Ladey uv Bogoatah hoo dizappeered frum hur schryne uppin the hilz then kum bak ull glood tagither. Inna kayse uv Owr Laddie alsotoo nobuddy evur did fynd owt wot happind but uv korse she wuzznt merdurd er a proztatoot neethur.

Az my pardy kostumbe sudjests a lotta Darwoon rezzidents ar intreaged by the stoary uv gud oald Fether Leggz speshully Jake Parlan a big tuff ex Mareen he hadda reel krusch onner. Ufter Jake dyed uvva stroak sumbuddy put a wite stoan slabb rite nextu the fents serrownding Nantsey Wilyumz graiv itz got pitchers uv liddle leefy brantchiz anna Mureen Koar emblim ull kroodly ingrayvd an fild in with blak inck an leddering that sez in memry uv Jayke Parlan with hiz daytez. Hee remaynez koddled op with Fether Legz ferevvur er at leest ontil the nex buncha theevz sho op tu steel a soovineer uv Darwoon.

{ 38 }

Pyrit Raydeo

Darwoon iz outa tutch with restuvva wurld. Dint eavin git lecktrissity heer till Crismuss 1970 wun uv the lass komyuniteez inna stayte.

Weer kumpleetly sorrowndid by mowntinz thayrez no sell foan siggnil an priddy mutch no raydeo resepshin ixept at nite yoo kin sumtymez git Ay Em stayshinz frum fur awai. No Eff Em raydeo at ull witchiz toobad bcuz I lyke tu lissen ta Poblick Raddeo keap op onna nooz toald in ull thoze soopy voysez. Wee kin git saddelite Tee Vee a lotta nayberz sitt aroun lukkin at stoopid stuf ull daye lawng. I havva oald Tee Vee but oanly luk at Nedfix BVDeez.

So wotta blassing wen I ron intu a reel raddyo egspurt.

Atta annyule Eester pardy in Steamer I nodiss thissa gye sittin reel kwiet hoaldin a macrofone op inna ayre a lektronick devize inniz lapp heez obbvyusly rickording the muzik that peeple ar playin onna liddle stayje. Heez kwite a bit yunger n mee drest vury neet an preppey thik glassiz seems tu bee inna transe lissenin an rackoarding. Hi thayre wotcha doon I axxim. Heez reel frenly seamz glad sumbuddy shode sum innarest. Ime doon rickoarding he rapplize. We innerdoose owrselfs. Ternz owt that Stanley izza awdio geak duz awl kyndza raddeo an rickording. I tellim I doo rackoarding alsotoo inna my stoodeo in Darwoon. I invitate im ta vizzit my hoos an alzo kum tu Spryng Pardy witch wil happin inna fyoo weaks.

Lyke so menny peeple in naybering komunidiez Stanley hazza vury neggadiv impreshin uv Darwoon heez hurd itz drog infeztid an fulla daynjerus loa lyfez. Oanly tyme he wuz evvur heer he kum with hiz nayber hooz a frend uv Cosmo the drog deeler thay wuz muvin sum stuf fer Rupert. Alla tyme cummin an goon hiz nayber wuzza bad mowthing Darwoon.

Eaven tho heez a liddle hezzatint ta vizzit Darwoon awl by hiz sulf Stanlie duz kum an dixkuverz wotta luvlie an peesfull playse it ackshully iz we git tu bee gud frenz. Stanly iz famus fer mayking speshul rickordingz uv spayse sowndz witch wen thayrez lytening er lektrik aktivitey inna admusphear itza mayk ull kindza wunnerful wisslin an kraklin noyzes. Heez gotta wubsite sellz See Deez an raydeos tu lissen tu spayse sownz fer yersulf.

Stanley hazza pyrit raydeo stayshun in Steemer an duz Shoart Wayve. Hiz yurd izza forrist uv taul auntennaz heez brodkasting alla tyme fer hiz nayberz. Uv korse this iz not ixackly leegul witch a fyoo yeerz bak the Eff See See trakked im doun fyned im one thoozind doolarz now he broodkazts a lil week signil stil not kumpleatly leegul but heez geddin awai withit.

Ooh ooh I tellim wee doant hav enny raddyo resupshin inna Darwoon Ide luv tu havva pyrit radeo stayshin alsotoo.

He gitz mee a cheep Choyneez tranzmidder offa Eebaye setz op a pyrit raydeo inna my Doam bildz a taul entanna owt bak so I kin brodkast muzik frum taypz an See Deez fer endertaynmint uvva hoal toun.

At furst I doant doo mutch with raydeo stayshin too mutch trubble ta goa owt an chaynge rickoardingz inna Doam so sayme stuf plaze oaver n oaver I doant kno if ennybuddy izza ackshully lissen ennyway. Fer hiz stayshun in Steamer Stanlie sobskrybez tu saddlite raddyo witch I doant reely lyk the eyedea uv payyin fer lissen tu raddio but evantully I sobskribe alsotoo sumday Ile transmitt it onna pyrit stayshin meenwile I kin lissen inna hoos.

Stanley kumz tu Springa Jig hee maykez rickordingz uv alla the muzik but heez priddy sensadive hazza prublim with krowdz noyzey veehicklez lil kidz raycing aroun onna kwadz. At nite hee druvez oof intu the dezzurt lissens tu hiz shoart wayve raydio ull by hisself. Hee haz settop a bonch uv beekinz in difrint remoat playsiz thay ar alla beapin n tweatin onna sayme shart waiv freakwintsy so hee kin lissen onniz raydio tu alla the beapz an tweatz atta sayme time lykka lektronnick wynd chymez a sorta geaky invirameddle aurt projeck.

Moast uv awl hee reely luvz Muzik Kamp gitz invulved frumma vury sturt hee rackoardz evathyng that happinz inklooding the sowndz uv owter spayse. Atta enduv Muzik Kump we spen weakz lissenin tu alla rickordingz then fer cuppla daze we sit togither in my livvin rume atta tabble fulla awdio geer prodoosin thatta yeerz See Dee witch we diztribyoot tu peeple hoo pardissipated inna Kump.

Muzik Kamp anna See Dee projeck ar a hi poynt uv Stanleyz yeer. We ar sutch gud frendz heez lykka kidd bruther altho mabey he thinx uv me moar lykka muther Ime surtinley oald enuf. In enny kayse wee ar vury kloas.

Then Silas arryvez.

Silas livz inna Noo Maxiko Ima meat im thru a boncha kowintsidintsez. One sumer in Noo Megsicko I due a innervue abowt watter on my fren Esmes raydeo sho. A cupple weaks latter thissa fello kaulz the stayshin wantza contack the purson hoo wuz tawkin abowt wadder naimley mee. Esme fonez me inna Darwoon givz me hiz nummer so I kaul im op. I doant kwite ketch hiz naym but we chadder on an on abowt evvathyng wadder soaler ennurgy raydeo sykadellicks hiz mullitarey kareer anniz hoal lyfe stoary. Sowndz lyk sum oald koot sittin aroun owtsnide a trayler sumwarez inna moontinz evry uther wurd outa his mowth izza fuk this fukkin that sorda lyk Rocky inna Darwoon. Atta end uv konvursayshin I axxim hiz nom agin witch it ternz owt I hev ackshully mettim owt in Noo Muxiko I sat rite nextu im atta meating I thot hee wuz a innaresting karackter but he doant rememmer me frum nuthin.

278

We keap foning bak an furth tawkin fer owerz then wun day hiz elektrissity goze owt at wot he caulz hiz rantsch howse heeza sittin thayre inna darck in Disembur he doant hav enuf munnie jest now tu fixxop the lektrik wyrez. So I axxim wy doant yoo kum owt an vizzit Darwoon he sez sowndz lykka gud eyedea oanly prublim iz hizza kar haz jest broak doun kant fixxop the kar neethur. So we ugrea heel tayk the trane not ixackly kunveenyint fer me I hafta dryve a hunnerd an fiftey mylez tu pikkim op inna mittl uvva nite.

Onna daye ufter Crismuss I druve tu Barstoa mannidge tu fynd thissa kumpleatley dizzerted trane stayshin at threa thurdy inna murning. Trane pulz in Silas gitz oaf I reckonize im berly gye with a big blak beerd warin a hevvy Kar Hart kote witchiz a gud eyedea itz priddy koald in Darwoon inna winder. Heez gotta hoal pyle uv loggidge lukz lyk heeza plannin tu stai fer a wile.

He unpax an shoze me summa hiz toyez lil raydeoz a medditayshun devyse compooterz n bookz. Hee telz me stoareyz abowt his menny adventcherz alla famus peeple heez bumpt intu unner unuzule sirkumstantsez sorta lyke Forist Gomp. Thayrez reely no rume fer nuther purson an awl hiz stuf inna my tiney hoos but hee priddy mutch seddlez in he sez less be pardnurz Eye wil ayde an abett yoo witch sowndz OK tu mee eaven iffa bit sodden. Heez serprized itz so coald inna Darwoon he thot hee wuz goon rite nexdoar tu famus Nashinul Parque hoddist playse on urth.

Silas iz reel ixsited that Ive gotta pyrit raydeo stayshun wantz ta mayke seeryus brodkasts. Priddy sune wee stopp bye Steamer so he kin meat Stanley the raydeo egspurt. Well gess wot wen Stanley fyndz owt that Silas izza sleaping inna sayme badrume az me he gitz awl opset an angrie telz me Stanlie iz sum kynda dissaloot karakter lookit hiz redd fayse hee muss thynk Silas izza ailyenading my uffeckshinz awai frum hym. Whell Silas may be a lil ruff aroun the edjiz but heez reely sawft hartid. Stanlie gitz oaver hiz opset priddy fass an thay becum boddiez wurk tugither onna raddyo projex vizzit bakkanfurth.

Sylas gitz aholt uvva liddle traller frum my noo Frentsch nayber Jacques traydez im fer a boddle uv wizkey. This maykez rume fer alla hiz stuf an alsotoo he kin settop raydio opperayshun inniz lil oaffise traller. Hee spenz ull daye inniz trayler smoakin sniguretts rickoarding offa saddleyte raddeo brodkazting oald tyme drammaz rokk an roal jaz muzik innervue shoze fer alla peeple inna Darwune. He byez op cheep ole raydeoz atta thruft chopz an hanz em owt tu naybers so thay kin toon in tu Raydeo Frea Darwoon.

We spen a lotta tyme with Pete an Sheila atta Dantz Haul drankin wyne an bere laffin joakin wurkin togither on projex. Silas reely luvz annimulez useta raze kowz an chikkinz at hiz hippey raunch commyunidy inna Noo Maxiko hee lykz ta playe ruffnek with thayre dawg an katt thay kum op tu im alla tyme fer a gud skratch.

Pete halps mee an Silas bild a waul outa bere kanz behine the Doam we kolleck kanz frum alla nayberz itz amayzing how kwik we git sutch a big boncha kanz evvabuddy muss be drankin a hoal lotta bere. The waul iz sposta brake the wynd witch it doant doo too gud bcuz the wind bloze frum evry direckshin but itz vury ornamendle awl kyndza oald jonk stuk inna seament peeple kum oaver an admyre it hoo wooda gessd yoo cud makka waul outa bere kanz. Wun uv the menny thyngz Silas sez he hulped tu unvent in Noo Maxiko bak inna oald hippey daze.

One daye Peet axes Silas ta cum oaver tu Dantz Haul thay sit doun onna portch. Silas iz thunkin mabbe Pete wantz im ta fead the petz wile thay goa awai fer a fyoo daze he ullwayze haz sutch fun withem. But kwite the contrerry Peet telz Silas doant nevver tutch owr dawg er kat nomoar an alsotoo Sheila sez yoo kant kum intu the Dants Haul kidgen evvur agan.

Wow Silas iz vury hert doant unnerstan wotza prublim mabey Peet izza loosing hiz murblez. Nex daye hee goze oaver an axes Sheela reel pullyte did shee say hee cuddint kum inna kidgen she sez no shee nevvur sed no sutch thyng. Thay thynk it oaver an rememmer wun tyme atta Spryng Pardy shee got madd wen Silas cum intu kidgen wen evvabuddy wuz cukkin she thot he wuz lukkin fer fude outa tern but he wuzznt. Thay gottit straitind owt rite then but that wuz yeerz agoa.

Nex thyng we kno Petes sayin thatta Dantz Haul kant be youzed fer Spryng Pardy if Silas iz goona be invulved. I goa oaver tu tauk ta Peet heez op onna latter fixxin the rufe. Wotz the prublim with Silas I axxim. Hee kut the chow lyne sez Pete hammerin angrully onna rufe hee kant cum inna kidgen. An besydez heez too ruff with the annamulz.

We arraynje a meading in my lyving rume me an Sheela sittin thayre waytin fer Silas an Pete hoo ar tawkin oaver atta Dantz Haul. Wee hoap thay arnt yallin at eatch uther havvin fiztikoffs. Thay sho op awl luvvie duvvie aurmz aroun thayre showldurz evathyng iz OK we kin youze Dense Hawl fer pardie ufter ull.

Sprynga Jigg goze on az uzule the theem iz Aliss in Wanderlund amayzing kostumbes but priddy parranoyd vybe aroun Duntz Haul. Peetz keapin an oye on Silas alla tyme makkin shore heez not kuttin the chou lyn er tutchin the petz Silas iz tippey towing aroun tryne not tu sturt enny

282

trubble by musteak. Peet jest doant lyke Sylas nuthin we kin due abowt it.

Thatz the end uvva Dantz Haul partissipayshin inna Spryng Pardy an enduv wunnerfool lawng frenshup with Peet. Maykes me so sad heez bin my bess frend in toun evur sints he muved tu Darwoon.

Nex sommer wile Ime in Noo Maxiko I getta eemale frum Sheila sayyin Pete haz hadda smal stroak prolly sumthin lyk thatz bin goon on the hoal tyme witch wud ixplane hiz pursonnalidy chaynge. Wen I git bak tu Darwune Peet iz waukin a liddle sydewaze I axxim howr yoo doon he sez fyne but heez ubbvyusly not. I tryta be frenly but hee izznt that innarested. Dantz Haul iz oaf limmitz fer Silas but I goa tu Zoomba with uther Darwoon ladeyz inna bigg frunt rume wotta grate eyedea uv Sheelaz tu havva eckersize viddyoez evry murning.

Meenwile Sheilaz settin uppa big sowing opperayshin inna Dantz Hawl makkin kwiltz a kumpleatly noo youse fer frunt rume. So menny memmuriez uvva oald Crozzonz Kornur Sparky the Dawg an Mizz Loansum the Boro the opside doun pikkop trux inna purking lott the dronk an sykadellick paynterz hoo awl mayde thayr marx now thayreza klowd hangin oaver the Dans Haul an we useta be sutch gud frenz.

Jest abowt evry daye Sheila an Pete wauk togither tu the Pozt Offize heez a lil loppsyded gotta a liddle lymp. Thay sit onna bentch waytin fer the male alung with alla uther oald faurtz but Peet hurdly speeks tu me if I tellim hullo an hee givz Silas the sylint treetmint. Ackshully hee doant tawk ull that mutch tu ennybuddy.

Weer awl gedding oalder itz toobad thayre hazta be sutch difrinsez in sutch a tiney liddle toun. But Silas iz OK heez owt inniz traller smoaking sigurettz witch heez not aloud ta smoak inna hous heeza playin oald tyme raddeo doon projex with Stanley vizzitin frenz aroun toun wile hiz playse inna Noo Muxiko jest sloaley meldz bak intu the adoabey soyl. I gess pyrit raydeo iz heer fer gud.

{ 39 }

Dyin Tu Be Berried in Darwoon

One a the famus toorist atraxions in Darwoon izza Semetary owt inna dezzert akrost Lukky Jym Wosh. Evvy noun then sum Jermin er Frentsh toorist shoze op with a big gyde buk in thayre han axxin warez the Pieonear Sematary. Summa the grayves dayte alla way bak tu ole myning daze but I woodnt say thayrez enny pyoneerz berryd thare.

Jest lyk the toorists uv tuday the semmaterry iz mayde op uv peeple frum ull oaver the wurld Indeyanz Meksakinz peeple frum Skandanavya Frants Inglind. Thayres a hole boncha Choyneez berried sumwarez alsotoo but no marquerz fer tham.

Lyke enny oald simetery itz vury pikcheresk thayrez inklozhures mayd outa aynshint wud that luk lyk fore

285

poaster bedz ware the diseesed ar sleapin furevur. Thayrez unmarkd slabz uv splintry ole bord jest stannin thayre in memry uv sum naymliss pursin anna fyoo fantsy grayvez with rawt irun fentses ta keap owt the kyoteez.

Furst thyng yoo sea wen you cum throo the gayt iz the ellagunt murble monyoomint uv Nantsey Wilyumz. Az Eye hev toald Nansey iz beluvved by evabuddy inna Darwoon eaven tho shee wuzza proztatoot an bin ded fer neerly a sentry anna haff.

Inna far kornur ar the grayvez uvva Indeyinz hoo livd aroun Darwoon an thayre rellativz. The memburz uvva noo Timbusha Shoshowney Trybe hev fixt op thissa sekshun uvva sematary tu sho thayre conexion with the toun. Thay putt op a boncha lil blak marquer stoanz onna graivz with naymez uv trybe peeple pedrogliffed intu the dezzurt varnitch. Wen the lass servyving granfothur dyez frum the Showshoneez uv Rode Ronner Vallie thayrez a big trybul Kry Dantz tu onner im no wite peeple alloud. Heez gotta nyse markur inna sematery az duz Henry Button hoo ulso cum bak tu Darwoon fer hiz fynul rusting playse.

In hiz buk abowt oald minning daze that braggin bloahard Ollivur Rubertz sez that outa one hunner an twenny fore grayvez inna Darwoon Semmitery thayre wuz oanly too peeple that dyed uv natcheral kawzes the utherz wuz stabd er shott. Thatz prolly a igzadjerayshun but at leest moar fokes theez daze getta chancet tu dye peesfull in thayre bedz er sik inna horspittal altho wee doo hav owr shayr uv voylint deths uv one kynd er nuther an sum natcherul kawzes ar not awl that natcherul.

Thayrez no reggyulashins abowt howta git berried inna Simiterry yoo kin due it enny waye yoo wan jest fynda unmarkt spot goa ahed an digga hoal an hoap yoo doant bomp intu ennybuddyz boanz.

Prolly moasta my nayberz sorta ixpeck tu dye inna Darwoon but thay may hev uther planz then gittin berryed inna Semiterry mabbe thay wan thayre ushez skaddered owt inna dezurt er hawled oof tu nuther playse fer fammuly ubsurvintse.

Oald Dolly musta bin planing on endin op berried er skaddered inna Darwoon alung wither hozbind Ace hoo hazza markur op onna Dee Moontin rite bilow the big wite Dee. But it doant wurk owt thatta way. Shee sturtz gittin

287

fergetfool shee goze owt fer a wauk tyme an agan fynds hursulf lokt outa hur hous sheez fergot tu undoo the liddle katch onna bak skreen doar. Then shee hasta wauk aroun tryin ta rownd op sumbuddy tu klime inner barthrume windoa an oapin op the hoos. Hazta be sumbuddy athleddick an farely skinney becuz the winnow iz hi offa groun an vury smaul. Wile sheez owt hauntin down sumbuddy ta hulp thayrez a chancet shee mite trypp an hert hursulf witch shee duz faul an brake hur rist hazta goa tu Murgincy Rume agan.

My muzick pardnur Mickey hadda krawl throo thatta winnow a cupple tymez. Weed be playin myuzik inna Cargoa Boks an heer cum Dollie axxin kin yoo hulp me git intu my hoos. Ufterwurdz Dollie sitzim doun atta kidgen tabble oafferz im sum kawfey an cukkeez. She porez a koffe axes im wotta yoo tayke in yer kawfey hee rapplize a lil milck no shugger pleez. Sheeza sit doun with the kup sturtza sippin onnit axes im agin wot wud yoo lyk in yer kofey sheez kumpleetly fergot shee ulreddy axed im an hazznt eavin giv em the kaffe yet.

Finully Dollyz dawter Abbie anner hozbind Will figger she kant git alung ull aloan inna Darwoon ennymoar thay muve hur tu liv withem inna Feenix Arrazoana so thay kin keap a oye onner. Sheeza sturt wannerin oof aroun the sitty the kopz hafta brunger bak so Dolley enz op dyin inna Alzymerz Hoam.

Vury sad tu sea Dolly leev Darwoon sutch a sweete hartid ladey. No moar ufternunez inna bak yurd unner the grapvyn no moar Sentril Intellajints Ayginsey uv gozzup.

Wen Will retarrs frummiz jub hee an Abbie muve intu Dolliez hous thay bryng a grate big Yoo Hall witha hoosfull uv farnishure thay hafta pyle op moast uv it inna yurd. Thay wurk thayre butz oof addin ontu the tiney liddle hous tu mayk enuf spayse fer the gyunt furnitcher. Furst thyng tu goa izza graipvyne thay ripp it owt tare doun the arbur hawl awagh the bentchiz an tabble ware nayberz useta sit aroun drankin bere thay bild a dek putt inna hot tob. Thay keap addin moar liddle rumes ontill Will kutz hiz han priddy bad onna tayble soar hazta goa tu Sand Burnadeeno tu geddit sowed bak togither no moar konstrucktin fer hym. Thay doant lazt in Darwoon ennyway thay bye nuther plays inna Erizoana kloaser tu thayre rullativez not so koald inna winner an moar kunveenyint fer meddikal emurjinseez. Darwoon iz thayre sekund hoam now thay kum bak ta vizzit frum tyme tu tyme thayrez stil a fyoo leftoavur farnushingz inna yurd.

Sum peeple hoo doant liv inna Darwune at ull wanna endop inna Semmitary ennyway lyk my muzak frend Mickey. He sturtz gedding vury sik frum cantser muvez frummiz stoodeo in Okelind tu hiz dawter Bethanyz playse inna Laz Vayguz ware shee kin tayke kayr uvvim at hoam optu the end. He telz hur wen Ime dyeing pleez jest thro mee inna kar an druve me tu Darwoon domp me inna grayve inna Sematary. It doant wurk owt kwite lyke that he dyez at Bethanyz hous shee gitzim kreamadid an we planna mummoreal fer Spryng Pardy inna Darwune.

We havva bigg mamoreal purade frum Dantz Haul tu Simitery lotsa peeple kno Micky frum preevyus Springa Jigz hee wuz ullwaze the lyfa the pardy. At frunt uvva perayd izza big lyfe syze pupitt inna bak uv Petez pikop truk. Thissa poppit wuz mayde by Mickyz ardist frend Juliana frum Burklie shee sitz behine pupet maykez hiz urmz wayve atta peeple wauking behine the truk. Bethany hiz byootiful dawter leedz the martcherz drest azza Eajipshin preestiss her awburn hare kurling owt frum unner her hed dress. Ime waring a Neffurtitty hatt mayde outa payper mushay uther peeple ar warin thayre pardy kostumbes witch the theem thissa yeer iz Evalooshin in onner uv Charlz Darwoonz two hunnerth burthdai. Thayrez a kayve man a dinasore an uv korse a baggpipper.

Mickyz mumoreal markur iz inna powetz korner uv Simetary nextu Rupert anniz neese Tessa anna Unknoan Pursin inna Urne thatta pardy gest one yeer fownd inna moader hoam heed jest bawt. It freekd im owt so we invided im tu leev the Earn inna Simmitery.

Mickeyz stoan wuz ingrayvd witha layzer by Julianaz hozbind it givz hiz daytez an sez I Travvel Onn The Lyte witch izza kwote frum wun uv hiz pomez. We urraynge peesiz uv broakin seramicks aroun it that hee mayde inniz stoodio an skadder summa hiz oshes on topp. Bethany singz a Hindoo prayre peeple saye wotta grate gye so tallintid wotta jeenyus wotta kloun. We skadder resta hiz oshez atta Sleapin Prinsiss the Darwoon Fisch an Owr

Ladey uv Bogodah. Gudbye deer Mickey havva grate ryde onna lyte.

Uv korse Mickey dint reely liv inna Darwoon nor dye thayre neether so sum peeple mite thynk he dint hav no rite tu be mummoryled heer. Heez nott the oanly one tho. Wen Seths fother dyez in Sand Franzisko hee iz deturmind tu berry im inna Darwoon Semmaterry. Seth oans the oald stoan bilding that useta bee the Darwoon Myoozeum but heeza livvin inna Ell Ay doon a karpintrey bizniss. I noo hiz fother inna Noarth Beech hee wuzza wel noan powet but uther then that nobuddy in Darwoon haz enny kloo hoo thissa gye iz. Hmph goze the uzule tawk hoo duz hee thynk he iz berrying a kumpleat straynjer inna Simeterry weer ronnin outa rume azzit iz wotta bout alla peeple hoo liv heer ware wil thay git berried wotta nurve so foarth.

Seth doant wanna goa throo the uzule imbombing so Gloria duzza lotta reesurch fer im fyndz owt howta havva due it yersulf berrial. Seth goze tu Moarg in Sun Frunsizko kullecks hiz fother an putzim inna fyne wodin cawfin heez mayd inniz shoppe in Ell Ay dryvez im tu Darwune. Summa the nayberz moasly Gloria hev dogg the hoal nextu Roopert inna Powitz Koarner. Nayberz sho op an stan aroun respeckfooly halp tu lowwer the casskit intu the hoal. Nobuddy haz enny eyedea hoo hee iz but heer hee lyez jest anuther skwatter inna Darwoon.

Az Ime sittin an joakin onna bentsch oatside uvva Poast Awfice nextu a hoal row uv oald kodjurz I wunner how menny hav planz tu end op inna Darwoon Sematary er wil thay git shipd oaf sumware ulse that thayre famleez cornsidder thayre reel hoam. Ufter ull weer awl noo kummerz heer excep fer awl thoze ded Indeyinz.

{ 40 }

Behine the Kertinz

Wen yoo dryve intu Darwoon it luks priddy mutch lyka domp thayrez traylurz an broakin doun shax an jonk karz n trux ull oaver the playse. The reel seakrit byootifull Darwoon izznt vizzible frum insnide yer veehikal yoo hafta git owt an kno ware tu luk.

Op Mayne Strit frum the stopp sine thayrez two taul blak rox thayve bin kut outa wun big rok so thayr edjiz matsch op but the rox are stannin a liddle bitt uppart. Yoo kin luk bitwean em an sea the Poost Oaffice inna distints. Theez rox wur mayde by Skulpder Nick thayrez a stoan plack onna groun sayyin Gaytez uv Hel. Ime not shore ware the Hel iz sposta bee mabbe the Pozt Offiz mabey itza reffrints tu a mithalodgikal playse. Lotsa toorizts git outa thayre kar ta goa lukkit thissa pees uv aurt thay poaz fer pitchers klymin aroun the rox reed the sine skrutch thayre hedz lukkin aroun fer the Hel.

Akrost the strit inna Nikz frunt yurd izza big wite stadyue uv The Luvverz too peeple stannin ull coddled arown eatch uther inna urotick imbrayse itz not ixackly poarnagraffick bcuz itz priddy abstrack. Doun the strete izza big rok witha rownd hoal kut throo it witch the toorizts lyk ta stik thayr fayce intu the hoale havva frend takka pitcher. Nickz yurd iz fulla moar rok skolpcherz az wellaz weldid meddal wurk an cullerful maskz mayde by Lily wen shee wuz livvin heer az hiz wyfe an ex wyf an wyf agan an ex wyfe agan thay bin marryd an devoarsed too tymez az uv now.

Nik doant spen mutch tyme inna Darwoon theez daze heez in Big Sir doon hiz skulpin oaver thayre but hee doant mynd if peeple goa intu hiz bak yurd tu admyre hiz wurk. Ull aroun a big wite rok skolpcher kauld Soordz intu Plowcharez ar liddle chipz uv wite rok witch luk lyk thay musta bin chipt offa the auridjinal big rok. Toorizts wil reech doun pikkop a peesa wite rok puddit in thayr pokkit azza soovaneer suner er latter thayre woant be enny moar wite chupz if thissa theavury keapz op.

Doun atta end uv Mayne Streat iz Efrem Howez Pees Kannin a big mettal toob mowntid on wealz thayreza boncha ardafishul flourz stikkin outa the enda the pype. Efrem lyked ta put togithur big peesiz uv jonk tu mayke aurt wen he wuzznt puttin tagethur big rox tu mayke hiz unnergroun hoos. Hee dint finnish thatta hous bfoar he dyed but hiz Peas Kanin anna taul meddal jonk flowr neerbye az wellaz the rok waulz uvva hous wil bea stannin thayre fer lawng tyme.

Insnide thayre liddle trayler rezzidinse Alma karryz on with hur kreadiv aktivadeez sheeza fyndin hur oan voyse ufter so menny yeerz uv houswyf fer Efrem. Sheeza grate granmuther now but stil a Suthrin Bel hur wite hare neetly kerled ullwaze drest vury kullerful in hur oan distinktive stile. Evry surfiss insnida Almaz hoos iz paynted with floras annimulez lanskaype seenery. Thayrez kanvissez onna waulz an leenin op aganst the farnishure sheeza a vury gud panter. Rite now moast uvva tyme Almaz sittin at hur cumpyooter wurkin on hur lyfe stoarey abowt groan op in Jorgia muvin aroun with Efrem finully endin op inna Darwoon ware thay bin livvin fer menny yeerz razin thayre fammuly. Sheez gotta buk uv powetrie with pitchers fer evry pome if yoo goa ta vizzit hur sheel sett yoo doun reed yoo summa the pomez in hur thik Jorgea aksent sel yoo a buk if yoov got the munnie.

Inna boddom uv Almaz yurd hur sun Simon haz tranzfoarmd a tackey Krismuss ranedear intu a kopper wyre booro he haz takken uppart kopper wyndingz frum veehikle modorz jennerayderz lektrik cabble an twizted em aroun the rayndere. Thayrez ulso a Pease Trea mayd outa thik cobber whire with pees sines ull oaver itza growwin moar peas sines alla tyme az hee twiztz moar wyre.

Evvur sints Lola dyed the fynul luv uvviz lyfe Symon iz devoading hissulf tu hiz veryus aurt foarmz. Abowt tyme iz awl Eye kin saye. He haz kwit drankin an seamz mutch happyer now wurkin onniz projex an takkin pitcherz keapin priddy mutch tu hiz sulf ixept hee schmooziz with alla toorizts hoo drop inn maykz frendz withem onna Faze Buk ware thay kin admyre hiz fodoze.

Akrost the streat frum Almaz if yoo folloa a pathwai payvd with broakin coar sampulz frum the myne yool fynd a bonch uv traylerz sirkled lyk wagginz thayrez dawgz ronnin unner fut lotza junque strood aroun. Thissiz ware Symonz liddle shak bernd doun alung with the shak cuntayning the muteerialz fer Invizzibul Speckticklez. Now itza owtdore wurkshop ware Simon izza cuttin op n pollisching stoanez maykin joolrey an liddle jonk skolpdurez an hiz frend Q izza menufracturin pedrogliffs outa rox hee kollecks inna dezurt. Q kin wipp owt theez rok aurtz reel kwik uzin a Dremble tule maykin jenyuine Kozo patroglif dezinez az wellaz Kelltick Oaryentil yoo nayme it heel sellit tu yoo fer vury cheep. Heeza reel hussler hurdly enny toorizt hoo wannerz intu the yurd wil be abble ta leev withowt a padroglif. Jest doant thinck abowt mayling theez rox tu ennybuddy yool be shokd atta poastidge.

Oald Tex the lanskaype paynter livz atta enduv Mane Strit in Oscarz foarmur houz now oaned by hiz suster Maxikan Betty. Tex izza taul an ellagunt ulderly jentilmin hee wuz kayrtakker atta myne ufter Jesse dyed then hee muved intu toun wenna myne wuz tooken oaver by noo oanur. Heez a oald Beetnick tawkz reel hepp with a faynt Texis draul. Fer yeerz hee travild aroun inna vann kunvertid intu a payntin stoodyo witch he cud oapin op the syde luk owt atta seenery an mayke a oyl lanskap panting. Hiz houz iz fulla kanvussez ull neetly stakt aginst the waulz

moastly uvva montinz sum abstrack payntingz alsotoo.
Heez wurkin onna buk tellin hiz eyedeaz abowt lite an
fizzicks an aurt hee hazzit ull tiped op in Mackrosoff Wurd
but he doant ketch ontu the kumpooter too gud doant
unnerstan Innernat at ull. Itz lukky heez stuk on dile op
kunexion witch meenz he piks op virasez a liddle moar
sloaley then if hee had hi spead but hiz kumpyuder still gitz
mussed op alla tyme. Now it sitz onna floar inna koarner in
dizgrayse hee givz op.

Uv koarse Clayz Stoan Sirkle foarmurly noan az
Clayhendje izznt hydden awai yoo kin wauk rite intu it
onna nex streat oaver frum Mane Streat. Itz finully gotta
vary innaresting rufe luks likka kooley hat er puggoada.
The rufe iz mayd outa purfuraded meddal with liddle roun
hoalz so itz fiftey pursent lite cummin throo uv korse that
meenz fuftey perzent rane alsotoo but it doant rane enuf
inna Darwoon tu wurrie bowt an the wadder haz mayde the
meddal awl rustey witch Clay pland so it fitz rite intu the
dezzert. Ull aroun the edja the Stoan Sirkle Clay haz
urraynjed hiz fother Leonardz rok skolpdurez wotta
mayzing thyng tu fynd inna ole broakin doun goast toun.

Wen Clay finnishez the rufe hee hazza lotta lawng
tryangoolar peesez uv purferaytid mettal leff oaver. He
stiks em inna fents bitwean the Stoan Surkle an Frentch
Bettyz propidy. Shee luks outa hur winnow an seez theez
meddal peesez inna fentz kumz russian oaver maykza big
fuzz telz Klay ta git ridduv em. Heeza skradgin hiz hed
wotsa madder with deckurayshinz inna funce ufter ull hee

bilt the fents inna furst playse. Evantully the shurif gitz invulved evathing gitz straytind owt the mettle peesez ar bak inna fentse an I thynk Beddy sorta lykes em ufter ull.

Yoo mite sea varyus Darwoonerz waukin aroun inna streatz er inna dezzert with a kammra wee got sum vury gud fotografferz inna toun. Simonz ullwayz takkin pitcherz uv sonsetz the Sleapin Prinsiss bugz floraz vury klose op pitcherz uv minnerulz tooken with a lenz hee mayde hissulf witch he lernd tu mayke lenziz frum wurkin inna fambly oyeglazz bizniss.

Rachel an Jacques muved tu toun moar reesintly sheeza perfeshunal fotogger maykez viddeyoz so furth. Sheez ullwayz wurkin on sum kinda aurt projeck myooral payntingz big waulz uv ruztey kanz she wuzza advurtizzing aurt direkter inna sitty bfoar thay muved ta Darwoon. Hur fantsy Inglish acksent addz a reel tutch uv klass tu the toun az wel az Jaquez Frentsh wun. Thayre unnergroun houz iz bilt outa kargoa kontannerz berried inna syde uvva hil vury cumftibble insnide brite kullerz stylitsch farnishure modrin pantingz onna waulz. Jacquez haz dun so mutch wurk fixxin op the proppity frumma bair lott thayrez nooly plantid treaz gest trayler anna stoodyo inna liddle kabbin awl sorrowndid by a taul fentse yood niver kno thayre wuz ull thatt jonk owtsida thayre liddle klozed in parradyce.

Uv korse Darwoonz junque iz vury ardistick in itz oan rite rustid owt hulx uv karz anna ainshint yellow wadder trok parkt at Mane an Marckit witch izza favrit sobjeck fer vizzitin fodogrufferz. Ullmoast evvabuddy in toun uppreshiaytes the pickcheresk rustey junque but sum uvva naybers jest doant geddit. Thay keap kallin in the Maxikan skrapper trux tu hall moar jonk awagh priddy sune we woant hav enny uv the oald stuf that givz the toun itz ruztick karackter. I gess thay hoap that sumday Darwoon wil luk lyk Aurange Cunty but withowt the trafick jambz.

The oald broakin doun bildings ar sloaley gittin fixd op alsotoo but thatz a gud thyng sints thay cud faul alla wai doun utherwize. Alison an Hugo hev ristoared the lil kabbinz on thayre propidy that wuz bilt tu akomidayte toorists hoo wur goon throo onna hiztoorick Tole Rode witch fer lawng tyme wuz the oanly way tu git tu Rode Ronner Vallie an the famus Hottist Playse on Urth oaver the nex mowntin rayndje frum thayre. Sum nayberz wil tel yoo eaven tuday that theez kabbunz wur hoarhowzes but thatz not troo thay wuz vary rispecktibble toorist fasilladeez.

Cupple yeerz aggo Skulper Nick wuz abel tu git ahoalt uvva oald fallin doun bilding nextu hiz proppity gottit put bak togithur reel nyse an naymed it Darwoon Stayshun it useta be a gaz stayshin. Heeza mayke it avaylibble azza komunidy bilding witch iz reely grate nooz sints Dantz Haul iz no lawnger oapin fer pardiez an meatings. Itz sadd that Pete doant lyke pardiez nomoar but hee an Sheila hav bin jennerus fer so lawng itz abowt tyme thay kin hav thayre peas an pryvasey.

Inna big frunt rumez ware a kupple duzzin peeple paynted onna waulz uvva nooly naymed Dantz Haul so menny yeerz agoa thayrez now a noo gest rume onna one syde an onna uther syde Sheela sitz atta big perfeshunil sowing masheen maykin kwiltz. Shee wuz ulreddy a expurt at nitting n kroshaying n seemstriss shee wuz rillucktint tu git invulved with kwilding too mutch ubseshun with deetayl. Now sheez gawn ahed an got ubsest sheez havvin a grate tyme terning owt the moast specktackyuler padgwurk kwiltz givzem awagh tu famuly an frenz.

Gloria alsotoo haz bin kwilding fer yeerz sheez got so menny relladivez havvin so menny babbeyz thay ull getta babey kwilt wen thay kum owt. Shee skrownjiz peesiz uv fabbrick frum thryft stoarez an peeple giv hur skrapz thay doant nead. Shee kant uffoard the ixpensiv setz uv fabbrick peesiz thay sel inna artsan kraft stoarz but hur kwiltz ar jest az byootiful an mayde with so mutch luv. Hur kwiltin wurk givz hur a liddle pees uv mynd shee iz stil missin Clyde so soarley ufter sutch a lawng an kloas marridge. Sheez still yung n atracktiv ullwaze shoeing awai hoapful batchlerz.

Dollyz dawter Abbie haz ulso kawt the kwilting bugg. Bfor shee an Will muved bak tu Arrazoona shee wuz tukked awai inna nooly bilt son rume in Dollyz oald hous wurkin at hur sowing musheen makkin kwiltz fer ull hur relladives witch it seamz lyke yoo gotta hav a big fammly if yer gunna git stardid onna kwilding.

Thissa padgwurk iz jest anuther virgin uv wot peeple in Darwoon bin doon ull allung taykin skrapz uv thiz an peesiz uv that puttin em togither tu mayke sumthyng yousefull er byootiful er boath.

Theez chappturz Ive bin ritin abowt Darwoon wot ar thay but bitz an peesez Ive kum akrost an puttem tugather intu biggur peesez lyk bloks inna padgewurk kwilt. Theez blox er chapderz git assambuled intu a lardger wurk mabey yool sea a paddern mabey not but awl thoaz karackterz an intsidintz ecko eatch uther akrost the oaver awl stitcht togithur thyng.

Thayrez ull kindza tradishinul paddernz in kwiltz weding wring dronkurdz path logg kabbin so furth then thayrez the frea foarm krazey kwiltz. Saym az thayrez ull kyndz uv buks memwarz shoart storeez novvilz hiztereyz.

Sumtymez wen vizziterz ar admyrin the kwiltin ladeyz wurk thay ax me doo I due kwilding too. I tellem no but mabey Eye doo. I mai be riting inna noatbuk er settin atta kompooter notta sowing musheen but Ime mayking a padgwurk uv my oan. I doant goa owt mutch ennymore ixept ta wauk inna dezzert not that innarested in pudding on pardiez er goin tu Hut Spryngz. I doant hurdly tauk tu ennybuddy ixcep Silas anna fokez onna Poast Oaffiss bentsch at mayl tyme. I jest set heer stidgin tagithur my memreez the liddle skrapz Ive duggop outa my jernilz lil fax abowt the hiztery uv thissa toun itz kritterz an the dezzurt itsulf.

This iz my patschwerk my oan krazey kwilt. Yer wellkum tu rap yersulf op innit fer a wile.

ACKNOWLEDGMENTS

Thanks to Jon Klusmire and the Eastern California Museum for access to the Museum's historical files. To Nancy Ryan, for her unerring artistic judgment. To J. R., for the clarity of her memory. To Fred, for his discerning eyes and ears. To Chris, for laughing in the right places. To David, my spelling mentor. To all the characters in this book, because you can't make these things up. To Nancy Williams, who continues to affirm the possibility of redemption.

ABOUT THE AUTHOR

Kathy Goss is a nonfiction writer, poet, spoken-word artist, and musician who managed to escape the cubicled life by coauthoring, ghostwriting, and editing works on alternative medicine, renewable energy, consciousness studies, and other tools of liberation. After surviving more than thirty eventful years in San Francisco, she settled in a remote but affordable town in the California high desert, identified herein as Darwoon. She continues to write, hike, play music, make junk art, and poke fun at the English language. For more of her work, visit: **www.kathygoss.com**

32552639R00185